I0659920

Stay, Baby, Stay
Von Don Both und Maria O'Hara
Deutsche Erstausgabe Juli 2019
© Don Both & Maria O'Hara
Kontakt: https://www.facebook.com/DonBothMariaOHara/
Trailer zum Buch: https://youtu.be/RMDfMNNkMKY
Mit besonderem Dank an Kerstin Patze und Nicole Zdroiek
Cover: Marie Grasshoff
Presseanfragen: akreimendahl-a.p.p.verlag@freenet.de
Erschienen im A.P.P.-Verlag
Peter Neuhäußer
Niederlassung Deutschland:
Gemeindegässle 05
89150 Laichingen
Mobi: 978-3-96115-520-0
E-Pub: 978-3-96115-521-7
Print: 978-3-96115-522-4
Alle Rechte vorbehalten!
*Nachdruck, auch auszugsweise, nur mit schriftlicher
Genehmigung des Verlages. Personen und Handlungen sind frei
erfunden. Etwaige Ähnlichkeiten mit real existierenden Menschen
sind rein zufällig und nicht beabsichtigt. Dieser Roman wurde
unter Berücksichtigung der neuen deutschen Rechtschreibung
verfasst, lektoriert und korrigiert.*

Don Both
Maria O'Hara

Stay,
Baby,
Stay

A.P.P.
Romance

Für die treusten Freunde dieser Welt.

Mia, Hercules und Jack.

Unsere Inspiration für Missy, Rosie und Venus.

Prolog

Du bist hin- und hergerissen zwischen dem Licht und der Dunkelheit.

Aber du brauchst die Dunkelheit. Du brauchst den Abgrund.

Du brauchst mich.

Spiel nicht den Löwen, wenn du nur ein kleines Kätzchen bist. Eine Bewegung von mir und ich zerquetsche dich wie eine Ameise.

Du gehörst mir, Emilia.

Jetzt und für immer.

Bleib!

1. Ich mag das nicht, Emilia

Mason

Ich sage mir immer wieder, *nur noch eine Woche, Emilia.* Dann sperre ich dich entweder in meinen Keller oder in mein Apartment. Solange muss ich meine Fresse halten, aber das ist nicht leicht.

Ich hasse es, wie du bist.

Du bist nicht mehr meine kleine, süße, schüchterne Emilia.

Du bist die Party-Bitch, die jeden kennt, die jeden begrüßt, die jeden umarmt und die von jedem einen Becher Bier in die Hand gedrückt bekommt. Dabei verteilst du verdammte Küsschen, und mindestens acht Kerle haben schon deinen Arsch angegrapscht. Dein Kleid ist so verdammt eng, dass man jede

Kontur deines Körpers sieht. Ich habe dir gesagt, dass du es nicht anziehen sollst, aber du hast es trotzdem gemacht. Und weil das nicht reicht, musste ich mit dir hierherkommen, da ich dich in so einem Kleid nicht allein rausgehen lassen kann. Das sind Studenten, die sind krank im Kopf, Emilia.

Ich hasse American-Pie-Partys, ich mochte die Partys in meinem Keller – und nicht einmal die wirklich.

Wir sind in einem kleinen, abgefuckten Pub und ich klammere mich an mein Bier, damit ich die Hände nicht um irgendeinen Hals lege und jemanden erwürge. Ich bin so froh, dass Dad Riley angerufen und ihn gezwungen hat, mir die Waffe wegzunehmen, sonst wäre schon jemand tot und ich im Knast, während du hier immer noch in diesem verdammt knappen Fetzen Stoff rumhüpfen würdest.

Ich lehne an der Bar und beobachte dich, Emilia. Wie du strahlst und wie du lachst und deine Haare zurückwirfst. Was versuchst du mir zu beweisen? Dass du jetzt so ein tolles Leben hast, so beliebt und selbstständig bist und mich nicht brauchst?

Provozierst du mich, Emilia?

Dann warte mal ab, bis wir wieder in Chicago sind.

Ich lasse dich gerade nur soweit gehen, wie ich es für richtig halte, um dich nicht zu verschrecken. Denn ich werde dich mit nach Hause nehmen. Außerdem will ich wissen, wie du reagierst, wenn ich ausnahmsweise mal ignoriere, was du gerade tust. Dad hat das ständig mit Mom gemacht – ich habe es in seinem Notizbuch gelesen. Sie wollte ihn reizen, doch Dad hat es einfach nicht beachtet. Somit musste sie allein aus der Situation raus, auch wenn die gerade vielleicht alles andere als angenehm war.

Die Musik ist so laut, dass man sich nur brüllend unterhalten kann. Du siehst Bridget, die gerade reinkommt, und ich grinse, weil es sehr lustig wird, wenn sie mich entdeckt. Sie weiß ja noch gar nichts von uns, Emilia.

»Emmy!«, ruft sie und ich verdrehe die Augen.

»Heey!«, rufst du zurück.

Oh Gott, Emilia, du bist zu einem *dieser* Mädchen geworden. Zu den Hey-Mädels. Zu den Mädels, die zu jedem Lied kreischen, als wäre es ihr absoluter Lieblingssong, und die klatschen und dabei peinlich auf der Stelle hüpfen. Emilia, ich liebe dich, aber ich mag es gar nicht, zu was du dich entwickelt hast. Auch wenn dir das Selbstbewusstsein gut steht, du bist eine Aufmerksamkeitshure, und ich mag das nicht. Du liebst es, dass ich dir dabei zusehe. Aber, Baby, die einzige Aufmerksamkeit, nach der du heischen solltest, ist *meine* und nicht die von diesen Schwachmaten um dich herum.

Bridget hat sich jetzt zu dir vorgekämpft und ihr umarmt euch, als hättet ihr euch fünfzig Jahre nicht gesehen. Sofort fragt sie dich nach Seth. Ich sehe, wie dein Blick zu mir schweift, und weiß, dass ihrer gleich folgen wird. Ich grinse schon mal.

Bridget reißt die Augen auf, als sie mich sieht – und ich winke.

Du verengst die Lider und ich denke mir, das ist meine Chance, dir ein bisschen von dem zurückzugeben, was du gerade tust. Also stoße ich mich von der Bar ab und schlendere mit einer Hand in der Hosentasche locker-flockig auf euch zu.

»John?«, fragt Bridget mit großen Augen. Du kannst ihr nicht antworten, weil du viel zu sehr damit beschäftigt bist, mich böse anzustarren. Besonders als ich mich neben sie stelle.

»Hi, Bridget, eigentlich heiße ich Mason.«

»Häää?!«, hakt sie nach und ich komme gar nicht dazu, weiterzureden, weil sich deine Arme um meinen Bauch schlingen wie eine Boa constrictor.

»Ja, das ist Mason, und wir sind jetzt zusammen.« Du bist betrunken, Baby. Ich mag das.

»Häää? Was ist mit Seth? Was ist hier los, Emilia?« Als ich seinen Namen höre, muss ich tief durchatmen. Du lässt mich nicht los, packst mich noch ein bisschen fester, weil du spürst, wie angespannt ich auf einmal bin. Denn du hast Angst, dass ich ausflippe.

»Lange Geschichte, Bridget.« Du gibst ihr geheime Zeichen, Emilia, damit sie still ist. Das ist schon wieder so süß, dass meine Wut etwas abflaut. *Etwas*.

»Ich versteh das nicht, woher kennt ihr euch denn?«
Schon blitzt Erkenntnis in ihren Augen auf. »Mason
Rush?« Sie sieht dich mit großen Augen an, dann
packt sie dich am Unterarm – ich erkenne da ein
Muster, Emilia, nach dem du dir Freunde und
Liebhaber aussuchst, denn du magst Leute, die über
dich bestimmen – und zerrt dich irgendwo hin.

Ich lasse euch gehen und verlasse den stinkenden
Hipster-Schuppen, um mir draußen eine Kippe
anzuzünden. Außerdem brauche ich frische Luft, auch
wenn die New Yorker Luft alles andere als frisch ist.
Ich kann enge Räume nicht ausstehen, ganz zu
schweigen von den vielen Menschen. Schweiß,
Alkohol, Sex, alles liegt in der Luft, und ich hasse es,
dass du da drin ohne mich bist. Aber du machst ja
einen auf ach so stark und tough, da wirst du sicher
fünf Minuten ohne mich schaffen. Emilia, dass ich
deinem Ex eine Waffe vor die Nase gehalten habe
und er dich geschlagen hat, ist gerade mal ein paar
Wochen her, doch es ist, als wäre es nie passiert. Du
rennst hier total als Happy-Flummi durch die Gegend
und präsentierst mich als deinen neuen Freund.

Emilia, merkst du eigentlich, wie krank das ist? Ist
das jetzt deine neue Methode? Statt dir wehtun zu
lassen, verdrängst du? Statt dich zerbrechlich zu
zeigen, kehrst du alles unter den Teppich?

Machst du dir keine Gedanken, was mit Seth ist?
Ich weiß es, aber du hast nicht einmal gefragt.

Überlegst du nicht, wie Riley das alles verarbeitet und was er jetzt davon hält, dass wir zusammen sind? Wie du es sonst immer tust? Fragst du dich nicht, ob das mit uns jemals funktionieren kann, so unterschiedlich, wie wir sind, obwohl ich dich niemals in Ruhe lassen werde?

Du wirkst, als hättest du keine Probleme, keine Bedenken, als wäre alles super. Ich bin nur noch mit dir hier, weil du den ganzen Papierkram klären musst, um in Chicago fertig studieren zu können. Du musst wieder zu dir finden, Baby. Du bist nicht du. Und ich mag das nicht.

Du hast mit dem halben Campus geschlafen, Emilia. Du warst mit einem Frauenschläger zusammen und hast gedacht, er wäre super. Du verdrängst, dass du Eltern hast, stattdessen tust du so, als wären meine Eltern deine. Merkst du eigentlich, was in deinem Kopf passiert?

Warum Dr. Daniels? Warum hast du mit einem Mann geschlafen, der viel zu alt für dich ist? Hat er dir denn nie gesagt, was ich mir gerade denke?

Wieso hast du Seth überhaupt betrogen?

Geht es dir vielleicht nur um den Kick?

Und wirst du das bei mir auch tun? Wie du es bei Riley getan hast? Wie du es bei Seth getan hast und eigentlich auch bei Dr. Daniels, wenn man es genau nimmt?

Bin vielleicht nicht ich das Problem, sondern du?

Emilia, du bist krank.

Aber ich komme niemals von dir los und du von mir auch nicht. Dafür werde ich sorgen. Mein Handy klingelt. Die Nummer ist unterdrückt. Doch das kümmert mich nicht, ich gehe immer an mein Telefon. Vielleicht ist es der Penner Seth, obwohl ich nicht glaube, dass er noch reden kann, nachdem mein Dad mit ihm fertig ist. Wusstest du, dass mein Dad in der Nähe war, um sich um die Drecksarbeit zu kümmern, Emilia? Er ist so gut darin, sich anzuschleichen, dass er hinter dir stehen könnte, ohne dass du es merkst, obwohl er nur einen Schritt entfernt ist.

»Jaaa?«, gehe ich gelangweilt ran und schnippe den Rest meiner Zigarette auf die Straße. Irgendwelche betrunkenen Wichser laufen Arm in Arm an mir vorbei. Gott, ich habe keine Lust auf die Scheiße. Ich will nach Hause und dich ficken und wieder das kleine verletzte Mädchen in dir rausholen.

»Mason?« Ich erstarre, als ich die weibliche Stimme erkenne. »Hi.« Mein Blick fliegt zur Tür, während ich »Scheiße!« murmle.

»Was willst du, Cherry?«, frage ich hart. Auf sie kann ich gerade echt verzichten.

»Störe ich? Klingt, als wärst du unterwegs.«

»Was ist los, Cherry? Es ist zwei Uhr nachts, warum rufst du an?«

Sie druckst rum. »Ich wollt nur fragen ... ach, vergiss es!«

»Jetzt spiel nicht das kleine unschuldige Reh. Ich weiß, dass du ganz klar sagen kannst, was du willst. Also, was willst du, Cherry?«

»In zwei Wochen ist wieder der Strandurlaub. Ich will wissen, ob du mitkommst.«

»Und das fragst du mich nachts um zwei?« Ich zünde mir noch eine Kippe an. Emilia, ich weiß, ich sollte nicht mit ihr reden, aber ich muss jetzt wissen, was sie nachts um zwei will. »Nein, ich komme ganz sicher nicht! Ich bin wieder mit Emilia zusammen, okay?!«

»Oh!«, macht sie. Dann ist sie kurz still, bevor sie fragt: »Hey, ich möchte was wissen von dir. Warum bist du wütend auf mich?«

»Das weißt du ganz genau!«, blaffe ich.

»*Du* hast deinen Schwanz in mich reingesteckt, ich habe dich nicht gezwungen, einen Ständer zu kriegen und mich zu ficken, Mason, während deine Freundin oben schläft. Es war deine Entscheidung. Du bist fremdgegangen. Ich habe dich nur geliebt und versucht, dich für mich zu gewinnen.«

»Du rufst mich jetzt an, nachts um zwei, während ich in New York bin, um mir *das* zu sagen?«

»Nein, aber ich ertrage es nicht, dass du so sauer auf mich bist. Ich bin nicht schuld an dem, was passiert ist. Ja, ich hatte Sex mit dir. Klar betrifft es mich auch. Aber im Endeffekt hast *du* die Schwelle überschritten, nicht ich.« *Scheiße*, denke ich.

»Wer ist das?«, fragst du in dem Moment von hinten.

Und ich weiß, ich bin gefickt.

Fuck, Emilia.

Ich lege einfach auf. Für eine winzige Sekunde rutscht mir mein Scheißherz in meine Scheißhose. Fuck! Ich fühle mich, als hätte ich dich schon wieder betrogen, dabei habe ich nichts getan und es nicht mal im Sinn gehabt oder so.

Du wirkst skeptisch und ziehst eine Braue hoch.

Ich mag diesen Bitchblick nicht.

»Wer war das, Mason?«, fragst du nochmal. Deine Stimme klingt ungewohnt hart.

»Sag du mir mal lieber, wer *du* bist, weil ich diese Bitch in ihrem kleinen, kurzen Kleid nicht wiedererkenne. Sie geht mir auf den Sack!«

»Wie bitte?«, fragst du zögernd.

»Oh, du hast mich schon richtig verstanden. Ich muss mich nicht wiederholen, Emilia!« Du schnaubst und verschränkst die Arme vor der Brust.

»Ich wusste, dass du nicht stark genug bist, um mit meinem neuen Ich klarzukommen. Du magst nur die unterwürfige, meinungslose, kleine Emilia. Aber sobald ich einen Charakter habe, Menschen, die mich lieben; ein Leben, das nicht nur aus dir besteht, passt es dir nicht.«

Du willst dich umdrehen und davonstürmen, Emilia. Aber so läuft das nicht. Also packe ich dich am Ellbogen und ziehe dich ruckartig an mich.

Ich sehe dir in die Augen. »Hast du etwa alles vergessen, was wir in den letzten Wochen erlebt haben, dass du hier so rumrennst und rumbitchst? Hast du auch nur eine Sekunde darüber nachgedacht, dass du mit einem uralten Kerl gefickt hast, oder was mit deinem kleinen Seth überhaupt passiert ist? Hast du darüber nachgedacht, wie es weitergehen soll, wenn wir in Chicago sind, mit deinem kleinen Prinzessinnen-Ich? Du bist nicht stark, Emilia, du bist jetzt am schwächsten. Du bist so schwach, wie ich dich noch nie gesehen habe, weil du so hart versuchst, jedem vorzuspielen, stark zu sein und deine Gefühle runterzuschlucken«, knurre ich

Du überraschst mich, indem du mit einem Mal deine Hand an meine Wange legst und mit einer Faszination im Blick, die ich selten darin gesehen habe, fragst: »Seit wann bist du so tiefgründig, Mason Rush?«

»Seit ich mir eingestanden habe, dich zu lieben, und jetzt komm!«

2. Du bist meine gebrochene Hure, Emilia

Mason

Dein Studentenzimmer ist genauso klein wie mein Büro, Emilia. Hier drin hast du ein uraltes Bett, einen Schrank und einen Schreibtisch. Damit ist der Raum auch schon voll. Wir stolpern küssend und fummelnd in dein Zimmer, während ich dein Kleid hinten aufreiße. Oh fuck, ich werde nie aufhören, auf dich zu stehen. Niemals. Nicht mal, wenn du achtzig bist.

Ich bin immer noch sauer. Wegen so vieler Dinge, Emilia. Jetzt kann ich mich nicht mehr zurückhalten, denn ich habe mich die letzten Wochen schon so sehr beherrscht. Aber ein paar Dinge muss ich klarstellen. *Jetzt!*

Die Liste ist endlos. Doch endlich habe ich dich wieder und kann dich benutzen. Ich klatsche dir fest auf den Arsch. Du liebst das, behaupte niemals was anderes. Daran merke ich, dass du tief in deinem Inneren mit gar nichts abgeschlossen hast. Baby, du bist immer noch so zerbrechlich. Spiel nicht den Löwen, wenn du nur ein kleines Kätzchen bist. Eine Bewegung von mir und ich zerquetsche dich wie eine Ameise, das hatten wir doch schon.

»Beug dich über den Tisch!«, knurre ich in dein Ohr. Du grinst mich provokant, immer noch auf deinen High Heels, über deine Schulter an und willst im Schneckentempo meinem Befehl nachkommen. Baby, so läuft das nicht. Man merkt, dass du drei Jahre nicht mehr mit mir zusammen warst. Zudem hatte ich die letzten Wochen Samthandschuhe an, aber das ändert sich jetzt. Also packe ich dich fest am Nacken, schiebe dich die drei Schritte zum Tisch und knalle dich mit dem Oberkörper darauf. Du keuchst. Das Mondlicht fällt auf deine ebene Haut, und der gelbe Schein der Straßenlaternen vermischt sich mit dem silbernen Schimmer. Auf dem Flur laufen noch betrunkene Studenten rum, als ich mich über dich beuge. »Nicht bewegen!«, befehle ich, dann reiße ich dir dein kaum vorhandenes Höschen mit einem Ruck vom Körper. Ich weiß, das tut weh, Baby, und ich weiß, du kannst es ertragen.

Mit dem Fetzen binde ich einen Fußknöchel von dir am Tischbein fest – und zwar so fest, dass du zischst. Mit einer schnellen Bewegung fetze ich mir das schwarze Shirt über den Kopf und binde auch deinen anderen Knöchel fest. Du bist so vor mir entblößt, ich mag das, Baby. Deswegen haue ich dir noch mal auf den Arsch, ich kann gar nicht anders.

»Wie fühlst du dich, Baby?«, frage ich und stelle mich, ohne dich zu berühren, hinter dich. Mein Schatten fällt auf dich, weil ich direkt vor dem Fenster stehe.

»Gut«, sagst du leichthin.

Ich haue dir nochmal auf den Arsch.

»Wie fühlst du dich, Emilia, hab ich gefragt!«

»Fuck, Mason, ich habe doch gesagt, dass ich mich gut fühle!«, zischst du mich über deine Schulter hinweg an. Ich öffne langsam, sodass du das Klimpern hören kannst, meinen Gürtel und ziehe ihn aus den Schlaufen. Deine Pupillen werden groß.

»Mason!«, sagst du warnend.

»Klappe halten, Emilia!« Ich wickle mir den Gürtel ein paarmal um die Hand, hole aus und klatsche ihn dir so auf den Arsch, dass du laut aufschreist.

»Ich habe dich gefragt, wie du dich fühlst, und wenn du mich noch einmal belügst, was deine wahren

Gefühle angeht, gibt es fünf weitere Schläge – hintereinander, ohne Pause. Also, ehrliche Antwort!«

»Ich fühl mich beschissen!«, brüllst du. »Zufrieden?«

Mit schiefgelegtem Kopf trete ich an dich heran und streiche hauchzart über deine Mitte. Du bist immer so feucht für mich, Baby.

Du stöhnst und lässt die Stirn gegen die Tischplatte sinken, als ich mit meinen Fingern auf und ab fahre, ohne in dich einzudringen. »Für jede ehrliche Antwort gibt es eine Belohnung, Emilia. Was sollst du nie wieder tun?«

Du stöhnst nur, also zwicke ich dir fest in den Kitzler, bis zu aufkeuchst.

»Lügen?«

»Falsch!« Ich klatsche dir auf den Arsch.

»Fuck, Mason!« Ich klatsche wieder auf deinen Arsch.

»Früher hast du schneller gelernt, Baby. Also, was sollst du nie wieder tun?«

»Meine Gefühle vor dir verstecken!«

Mit einem »Braves Mädchen!« öffne ich meine Hose und schiebe den Ständer meines Lebens bis zum Anschlag in dich. Du stöhnst und ich wickle mir deine Haare um die Faust und ziehe deinen Kopf zurück, sodass du fast aufrecht vor mir stehst.

»Und wenn ich dir das nächste Mal sage, du ziehst das Kleid nicht an, dann ziehst du es nicht an!« Ich ziehe mich bis zur Spitze aus dir heraus.

»Fuck!«, flüsterst du.

»Was sollst du nicht mehr tun, Emilia?«

»Kleider anziehen, die du nicht magst«, stammelst du und ich versinke wieder in dir. Genau dreimal stoße ich in dich und genieße die Laute, die du dabei von dir gibst und wie du dich um mich herum zusammenziehst. Dann entferne ich mich wieder aus dir – bis auf die Spitze.

»Das nächste Mal, wenn du mit mir in einem Raum mit mehreren Menschen bist, dann wirst du neben mir stehen, mit mir lachen und mit mir reden. Du wirst keinen anderen Schwanz ansehen. Hast du das verstanden!«

»Mason, du übertreibst!« Du funkelst mich über deine Schulter hinweg an.

»Wie war das?«, frage ich, halte dich immer noch an den Haaren fest und rühre mich nicht.

»Ich habe gesagt, du übertreibst«, artikulierst du sehr genau. »Mason, du bist nicht mein Vater.« Oh, Emilia, kann es sein, dass du mich wütend willst?

Ich ziehe mich komplett aus dir raus und schiebe mich mit einem Ruck in deinen hinteren Eingang, benetzt von deiner Feuchtigkeit. Denn ich weiß, dass du das ertragen kannst. Ich weiß auch, dass du es sogar liebst und vermisst hast, dass ich mich aufführe wie ein eiskalter Bastard. Die letzten Male waren nicht sehr hart zwischen uns, Emilia. Ich habe mich extrem zurückgehalten, aber du bist frech geworden. Selbst schuld.

»*Fuck, Mason!*«, rufst du. Ich liebe es, dass alle auf dem Flur hören können, was ich mit dir tue. Sie sollen wissen, dass du tabu bist und nur mir gehörst.

Ich bleibe regungslos in dir, sobald ich ganz drin bin, und frage nochmal: »Wie fühlst du dich jetzt, Emilia?«

Als du trotzig »Perfekt!« sagst, bewege ich mich ruckartig und du schreist auf.

»*Scheiße, Mann!* Ich fühl mich Scheiße, okay! Bitte!« Ich weiß schon, Emilia, ich sollte mich erstmal nicht rühren, aber du reizt mich.

»Schön, Emilia, und was sollst du das nächste Mal nicht machen, wenn wir zusammen rausgehen?«

»Andere Schwänze angucken und nur bei dir stehen. Oh mein Gott, bitte geh raus aus meinem Arsch, Mason!« Ich ziehe mich sofort zurück und gehe in aller Seelenruhe mit meinem Riesenständer in die kleine Abfuck-Küche.

»Mason, wohin gehst du?«, rufst du atemlos, weil du mich nicht mehr sehen kannst. Ich liebe das, Emilia. Ohne dir zu antworten, wasche ich mich kurz ab, hole mir eine Flasche Wasser und noch eine Kippe. Dann schlendere ich zurück und setze mich dir gegenüber an den Tisch, auf dem ich mit einem lauten Knall das Wasser abstelle. Dein Kopf fährt nach oben, hier hast du mich nicht erwartet. Ich stütze mein Kinn auf eine Faust und mustere dein schönes, verschwitztes, total verzweifeltes Gesicht. Die Lust in deinen Augen und das leichte Beben deiner Unterlippe. Ich liebe es, wenn du so kurz davor bist, zu kommen, Emilia, und ich dich nicht lasse.

»Also fassen wir doch mal zusammen, was wir heute gelernt haben, Emilia«, sage ich im Lehrerton und zünde mir eine Zigarette an. Du verengst die Lider.

»Mason, du kannst so nicht mehr mit mir umgehen!«

»Ach, willst du das nicht? Soll ich dich losmachen, Emilia?«, frage ich ehrlich interessiert.

»Fick mich einfach«, zickst du mich an. »Ich will kommen und du auch.«

»Oh, ich hab Geduld, Baby.« Ich lehne mich zurück und ziehe an meiner Zigarette. »Willst du mir nun sagen, was wir heute gelernt haben oder nicht?«

»Nein, will ich nicht!« Ich beuge mich vor und zwicke kräftig in deinen Nippel, halte ihn fest, bis du wimmerst. »Wie war das?«

»Au, Mason!« Ich kneife noch fester zu. »Fuck, okay, ich sag's dir, aber lass mich los!«

»Sag's mir so!«, meine ich gelangweilt.

»Ich darf dich nicht mehr wegen meiner Gefühle … anlügen … bitte, Mason, aua!«

»Das war noch nicht alles, Emilia.«

»Ich darf nichts anziehen, was du zu kurz oder zu eng findest!« Du wirst immer atemloser und ich lockere etwas meinen Griff.

»Weiter.«

»Ich darf mich nicht mehr auf andere Schwänze konzentrieren, wenn du bei mir bist.«

»Und auch sonst!« Ich kneife wieder fester zu.

»Fuck, Mason! Ja, immer nur auf dich! Lass jetzt los!«

»Braves Mädchen!« Damit nehme ich meine Hand weg, trete mit der Zigarette zwischen meinen Lippen wieder hinter dich und schiebe mich tief in dich, bis du schreist. Und diesmal nicht vor Schmerzen.

Du machst dieses abartige Ding mit deinen Pussymuskeln und ich ziehe mich zurück. Wir werden jetzt noch nicht kommen, Baby.

»Du wirst mir keine Widerworte mehr geben.«

»*Bitte!*«, zickst du wieder total arrogant. Gott, Emilia, was mach ich nur mit dir?

Mit einem Ruck ziehe ich mich wieder zurück.

»Es steht dir nicht, so rumzuzicken«, sage ich und hebe den Gürtel vom Boden auf. Du hörst das und wirst zapplig. »Wie war das, Emilia?« Ich haue dir auf deinen sowieso schon geröteten Hintern, aber nicht mit voller Wucht. Nicht so fest wie beim ersten Mal. Dann beuge ich mich vor, um dir ins Gesicht zu sehen.

»Ich soll dir keine Widerworte geben«, sagst du gepresst und verdrehst deine Augen.

»Und nie wieder deine Augen verdrehen!« Ich klatsche nochmal auf deinen Arsch. »Du kannst heiß sein und du kannst selbstbewusst sein, aber bei mir bist du wieder meine kleine gebrochene Hure, oder, Emilia, du musst dich leider von mir fernhalten, doch das kann und werde ich nicht zulassen!« Ich schiebe mich wieder in dich. »Willst du das, Emilia? Soll ich mich von dir fernhalten?«

»Nein!«, schreist du auf und ich ficke dich so hart, dass meine Beckenknochen gegen deinen Hintern prallen. Ich weiß, dass das morgen wehtun wird, Emilia. Aber das ist gut so. Dann halte ich inne und küsse deine Schulter. »Und was willst du von mir?«

Du bist schweißgebadet, deine Haare kleben überall und du bist total atemlos, als du dich zu mir umdrehst und keuchst: »Was?«

»Du hast einen Wunsch frei, Emilia.« Eine gefühlte Ewigkeit bewege ich mich nicht, genauso wenig wie du, und ich bekomme ein bisschen Schiss, was du jetzt von mir verlangen wirst. Du drehst dich zu mir, soweit es dir möglich ist, und siehst mir in die Augen. Mit jeder verstreichenden Sekunde wird mir klar, dass ich das nicht hätte sagen dürfen. Als du dann Luft holst, um zu sprechen, würde ich mir am liebsten die Ohren zuhalten. »Wer war das vorhin am Telefon?«, fragst du.

Fuck! Mein Herzschlag erhöht sich. Emilia, du wirst das nicht verstehen, wenn ich es dir jetzt erkläre, also stoße ich mit meinen Hüften wieder nach vorn. Deine Lider fallen zu und deine Stirn sinkt auf die Tischplatte.

Gleich, Baby, jetzt müssen wir erstmal beide kommen.

Ich grabe meine Hände in deine Schulterblätter und stütze mich an dir ab, während ich dich hart nehme, aber ich weiß, dass du es liebst, wenn du mein Gewicht auf deinem Körper spürst. Es wird immer heißer, unsere Körper werden immer feuchter und unsere Atem immer schneller. Schon bald hört man nichts mehr als unser Stöhnen. Ich spüre, wie du dich um mich herum zusammenziehst und deinen Kopf nach hinten schmeißt, doch ich drücke dich am Nacken wieder runter. Mein Blick wandert über deine Gestalt, wie ausgeliefert du mir bist. Ich liebe das, Emilia.

Es dauert nicht lange, bis ich ebenfalls explodiere und tief in dir komme.

3. Heirate mich, Emilia

Mason

Ich binde dich los und setze dich vor mir auf den Tisch, Emilia. Du bist immer noch ganz atemlos, zittrig und schweißüberströmt – so fertig, dass du langsam nach vorn kippst und ich dich mit einer Hand wieder zurückdrücke.

»Sitzen bleiben!«, fordere ich. Du reißt deine Augen auf und nickst. Schnell ziehe ich mir meine Shorts an und hole eine Salbe aus deinem kleinen Bad. Du bist nicht vom Tisch gefallen, als ich wieder zurückkomme. Das ist schon mal gut, Baby. Dann ziehe ich mir einen Stuhl heran und setze mich vor dich. Ich streiche dein Haar nach hinten und reibe vorsichtig deinen wunden Nippel mit der Salbe ein. Du zischst und ich spüre deinen Blick auf mir. Ich weiß, dass du immer noch auf eine Antwort von mir wartest. Das werde ich dir auch nicht nehmen können. Davon abgesehen stehe ich zu meinem Wort. Also sage ich ganz ruhig, ohne aufzusehen, total konzentriert auf deine Brüste:

»Es war Cherry.« Du versteifst dich sofort, doch ich ignoriere das gekonnt und kümmere mich auch um deinen anderen Nippel, obwohl da gar nichts ist. Dann spüre ich deine kleinen, unnachgiebigen Finger, die sich in mein Schlüsselbein bohren. Du versuchst, mich ein Stück nach hinten zu stoßen. Ich mag das nicht, Emilia.

Seufzend hebe ich den Blick und sehe dir in die Augen – und die brennen vor Rage. Dein Atem beschleunigt sich, dein Gesicht nimmt eine ungesunde rote Färbung an, deine Lippen pressen sich aufeinander und deine Nasenflügel blähen sich auf.

Du starrst mich an, Emilia, und ich starre zurück.

Ich könnte die Lage ein wenig entspannen und dir erklären, wie es genau war, aber irgendwie will ich wissen, was du jetzt tun wirst. Dann sehe ich, wie in Zeitlupe, dass deine Hand sich hebt, deine zittrigen Finger zu einer harten starren Fläche werden, ehe du ausholst und sie mit voller Wucht gegen meine Wange knallen lässt.

Baby, da war so viel Wut drin.

Mein Kopf ruckt sogar zur Seite.

Und ich bin stolz auf dich.

Ich hab das verdient, nach allem, was ich dir angetan habe. Deswegen presse ich die Zähne zusammen und schaue dich wieder an.

Du springst vom Tisch, hechtest zu deinem Schrank und zerrst irgendeinen langen weiten Pullover raus, den du dir überstreifst. Ich liebe das, Baby, wenn du so lockere Kleidung trägst und ganz verschwitzt bist, weil ich gerade noch in dir war. Und endlich kannst du dich wieder selbst anziehen, weil der blöde Gips weg ist, deswegen kann ich dich auch wieder so ficken, wie wir es mögen.

»*Du Mistkerl!*«, schreist du mich an, und als ich aufstehen will, zischst du. »Nein! Bleib, wo du bist. Beweg dich jetzt ja nicht, Mason!« Mit gerunzelter Stirn bleibe ich sitzen. Meine Wange brennt ein bisschen, Baby, aber ich werde den Teufel tun und es mir anmerken lassen.

»Darf ich das vielleicht auch erklären?« Ich versuche, ruhig zu bleiben. Es reicht, wenn einer ausflippt.

»Nein!«, schreist du wieder. »Du hörst *mir* jetzt zu, Mason! Ich habe mir alles von dir gefallen lassen! Jede Art von Demütigung, Folter, aus deinem

Schlafzimmer geschmissen zu werden, wenn du mit mir fertig warst, wie eine kleine Hure. Ich habe mir von dir gefallen lassen, wie Dreck behandelt zu werden, wie Abschaum, der auf die Straße gehört, jahrelang. Ich habe mir von dir eine Ohrfeige eingefangen und bin trotzdem nicht von deiner Seite gewichen. Ich habe mich von dir aufs Übelste beschimpfen lassen. Du hast mich aus deinem Keller geschmissen, wenn du sauer auf mich warst. Du hast mich bei jeder Gelegenheit fertiggemacht, und dann hast du mich betrogen, Mason, während ich ein paar Meter weiter geschlafen habe. Du Mistkerl! Wie kannst du es wagen, mit dieser Schlampe zu telefonieren?« Du marschierst auf mich zu, und ehe ich mich versehe, hast du mir nochmal eine geschmiert. Auf die gleiche Stelle, Baby. Hart. Auch das nehme ich hin.

»Wie kannst du es wagen, nach all den Jahren in mein Leben zu kommen, mich wieder daran zu erinnern, dass ich dich liebe und mich dann fertigzumachen, weil dir mein Charakter nicht gefällt, obwohl ich alles tue, um mich selber über Wasser zu halten? Mason, ich *überlebe* so. Du hast mich so tief verletzt und ich hasse dich ...« Dir steigen Tränen in die Augen. Fuck. Du willst mir nochmal eine schmieren, aber zwei Ohrfeigen sind genug. Diesmal fange ich dein Handgelenk blitzschnell ab, halte es fest und erhebe mich langsam. Du schluckst. An deinem Handgelenk dränge ich dich zurück an die

Wand und deine feuchten Augen werden größer. »Du bist so ein selbstgerechtes Miststück, Emilia Sullivan. Du bist zu mir gekommen, auf diesen Friedhof, und ich habe dir gesagt, du sollst dich von mir fernhalten, Emilia. Du sollst laufen. Was hast du getan?« Du siehst mich nur mit zusammengebissenen Zähnen an. »Hättest du dich nicht auf mich einlassen wollen, hätte ich dich erpressen können, so viel ich will, Emilia. Ich hätte keine Chance gehabt, wenn du Riley geliebt hättest. Das weißt *du* und das weiß *ich*. Du hast mich förmlich angebettelt, dir wehzutun, Emilia. Alles. Was. Ich. Dir. Angetan. Habe. Wolltest. Du. Außer die Ohrfeige. Aber ich glaube, sogar das hast du ganz bewusst heraufbeschworen, denn ich habe dich an diesem Tag dreimal gewarnt. Du weißt, dass ich mich nicht zügeln kann, dennoch hast du weitergemacht mit diesem kranken Trotz in deinen Augen. Es war, als hättest du gewollt, dass ich die Kontrolle verliere, damit du dir einreden kannst, dass ich so ein schlimmes Monster bin. Immer wenn ich dich weggeschickt habe, saßt du danach wieder in meinem Bett.«

»Und immer, wenn ich freiwillig gegangen bin, hast du mich wieder zurückgeholt.«

»Klappe halten. Du hast mit meinem Bruder in meinem Bett gefickt und du wusstest, dass ich da bin.«

»Und du hast mit Claire in *meinem* Bett gefickt und auf meine Decke gewichst, weil du wolltest, dass ich es sehe!« Ich drücke dich fester an die Wand. »Du hast mit deinem Scheißtypen in meinem Pool gefickt und du kannst mir nicht erzählen, dass du nicht wusstest, dass ich irgendwo im Haus bin und euch zusehe, weil ich immer sehen will, was du machst. Dein Kopf ist kaputt, Emilia!«, knurre ich.

Du willst mich wegstoßen. »Lenk nicht von deinem Cherry-Problem ab!« Doch ich lasse es nicht zu, halte dich fest an die Wand gepresst.

»Sie hat mich angerufen, ihre Nummer war unterdrückt. Ich wusste also nicht, dass sie das ist. Sie wollte wissen, ob ich im Sommer ins Strandhaus komme.« Deine Augen werden so leer, ich mag das nicht. »Ich habe Nein gesagt. Ich habe gesagt, dass ich wieder mit dir zusammen bin.«

»Wieso hast du nicht aufgelegt, als du erkannt hast, dass sie es ist?«

»Es war zwei Uhr nachts, Emilia, und *Cherry* hat mich angerufen, das bedeutet, es hätte was mit Tante Amber oder Mom sein können. Ich weiß es nicht, auf jeden Fall wollte ich einfach nur wissen, weshalb sie anruft und dann habe ich aufgelegt. Ich will nichts mehr von ihr!« Fest packe ich deine Wangen und zwinge dich, mich anzusehen. »Ich liebe dich, nicht Cherry.«

»Es gibt nur einen Weg, wie ich dir das glauben kann, Mason!«, sagst du mit tränenerstickter Stimme und wieder funkelnden Augen.

»Solange du mich nicht schlägst, was willst du?«

»Erzähl mir alles!« Ich gehe einen Schritt zurück und fahre durch mein Haar.

»Das werde ich dir nicht antun!«

»Okay, Mason. Dann geh!« Fuck! »Ich habe es satt, dass du mir nichts erzählst und mich immer im Dunkeln tappen lässt und ich mir meinen Scheiß immer selber zusammenreimen muss!« Ich werde nicht gehen. Das ist gar keine Option, Emilia.

Ich schweige und du deutest auf den Stuhl. »Setzen.« Noch niemals hast du stärker ausgesehen, Baby. Jetzt bist du kein kleines Kätzchen mehr, sondern eine richtige Löwin, so wie du hier vor mir stehst. Jetzt bist du mir ebenbürtig, deshalb setze ich mich.

Emilia, ich glaube, ich nehme dich gerade das erste Mal ernst. Außer das eine Mal, als du mich verlassen hast.

Du stehst vor mir, die Arme vor der Brust verschränkt, und siehst mich an. »Wir fangen ganz von vorn an, Mason. Schritt Nummer eins«, sagst du ernst. »Was ist in diesem Strandhaus passiert, als ich geschlafen habe?« Ich atme tief durch und streiche mir erneut durchs Haar. *Ich will das nicht tun, Baby,* denke ich. Aber ich sehe, dass du mir keine Wahl lassen wirst, deshalb lasse ich den Kopf nach hinten fallen und schließe die Augen.

»Sieh mich an, Mason!«, forderst du sofort und ich verziehe mein Gesicht, sehe dich aber mit leichter Wut unter meinen Wimpern heraus an. »Es war Sex, Emilia. Mehr nicht.« Ich bekomme kaum die Zähne auseinander.

»Das glaub ich dir nicht, Mason.« Du setzt dich auf den Tisch, direkt vor mich, und überschlägst deine nackten Beine. Der weiße Pullover hängt locker über deine Knie.

»Wann hast du sie das erste Mal, als wir dort waren, gefickt?« Und wie du das aussprichst, da zucke ich fast zusammen.

»Ich hab fast eine Woche durchgehalten«, sage ich unwillig.

»*Durchgehalten!* War es also so schwer, mir treu zu bleiben?«

»Baby, so habe ich das nicht gemeint. Kannst du bitte aufhören, mich absichtlich falsch zu verstehen?«

»Wo habt ihr das erste Mal gefickt, Mason, und um wie viel Uhr? Was habe ich da gemacht?«

»Du hast geschlafen. Sie kam ins Zimmer und hat mich rausgerufen.«

»Oh, das nenn ich mal skrupellos. Weiter.« Du bist so unglaublich wütend und gleichzeitig verletzt, Emilia. Ich mag das gar nicht.

»Sie hatte eine Flasche Gin dabei und wir sind an die Palme direkt unter der Veranda gegangen.« Ich will kein Wort mehr sagen. Mein Herz rast.

»Was hast du dir in dem Moment gedacht, Mason?«

»Ich dachte, dass sie alles ist, was ich will, doch als du gegangen bist, habe ich gemerkt, dass *du* das bist und sie nichts weiter als eine wunderschöne Illusion aus meiner Jugend. Du hast dir so viel von mir gefallen lassen, dass ich den Respekt vor dir verloren habe, Emilia, also habe ich gedacht, ich wollte eine wie Cherry. Aber das wollte ich nie. Mit so einer werde ich auf Dauer nicht klarkommen. Ich will nur dich. Okay?«

»Nein! Nichts ist okay. Weiter. Also ihr saßt unter der Palme.«

»Fuck … Emilia, bist du nicht müde?«, blaffe ich dich an.

»Oh nein, ich war noch nie in meinem Leben so wach wie jetzt, Mason!«

»Sie hat mich geküsst und ich wollte sie noch aufhalten, aber im nächsten Moment …«

»Warst du in ihr? Tja, so schnell kann es gehen, Mason. Wie oft? Insgesamt?«

»Fünfmal«, knurre ich unwirsch und du stößt laut die Luft aus deinen Lungen.

»*Fuck!*« Du stehst vom Tisch auf, wühlst deine Hände in dein Haar und tigerst im Raum auf und ab. »Fünfmal? Ehrlich?«

Ich antworte nicht. Was soll ich darauf auch sagen?

Bis du vor mir stehen bleibst und mein Herz ein bisschen bricht. »Wieso, Mason?« Du siehst mich an, als würdest du dich dafür verantwortlich fühlen, als wärst du nicht genug.

»*Fuck!*«, flüstere ich, als mir was klar wird. »Ich bin schuld daran, oder? Dass du die ganze Zeit von Mann zu Mann ziehst und deine Bestätigung suchst. Ich bin schuld daran, weil ich dich gebrochen und das bisschen von deinem Glauben an dich, was übrig war, genommen habe.« Du schnaubst.

»Baby, es hat nie daran gelegen, dass du nicht schön genug bist oder dass du mir nicht genug gegeben hast. Ich habe von dir immer mehr bekommen, als ich verdient habe. Es hat nie daran gelegen, dass mir irgendwas bei dir gefehlt hat. Ich war einfach nur überzeugt davon, dass Cherry diese eine Frau ist, die mich von jeder anderen losreißen kann. Aber weißt du was? Diese eine Frau bist *du*. Die, die mich von jeder anderen wegbekommt, mit nur einem Augenaufschlag.« Die Tränen laufen mit einem stummen Schluchzen über und du sinkst auf die Knie, als hätte man dir eine jahrelange Last von den

Schultern genommen. Du presst einen Handrücken gegen deinen Mund.

»Ich hasse es, dich so zu sehen, Baby, und ich hasse es, dass ich schuld daran bin. Seth hat dir den Arm gebrochen, aber ich habe dir dein Herz gebrochen. Das ist viel schlimmer.« Ich rutsche vom Stuhl und gehe vor dir auf die Knie, nehme dein Gesicht in die Hände. Meine Daumen fahren über deine feuchten Wangen. »Ich will nie wieder eine andere ficken, Emilia. Ich betrüge dich nie wieder. Andere interessieren mich nicht, sie reizen mich nicht. Ich denke immer nur an dich, egal was ich mache. Die ganzen Vorwürfe bringen uns nichts, und ich weiß, wir haben uns so viel angetan, aber wir müssen jetzt lernen, uns zu vertrauen. Du mir genauso wie ich dir, sonst funktioniert das hier nicht, Baby. Ich will nie wieder ohne dich sein, und deswegen will ich, dass du mich heiratest!« Dein Blick schießt sofort hoch und du reibst dir mit einem Ärmel über die Nase. Du zwinkerst und die Tränen versiegen langsam.

»Was?«, fragst du total neben dir. Ich weiß selbst nicht, woher das kam. Ich weiß nur, dass ich es unbedingt will.

Ich nehme deine Hand und küsse sanft deinen Handballen. »Heirate mich, Emilia.«

»Fuck!«, flüsterst du. Deine Augen, Baby, sie sind riesig vor Erstaunen, wie bei einem kleinen Kind an Weihnachten. »Meinst du das ernst?«

»Du müsstest wissen, dass ich nichts sage, was ich nicht ernst meine. Vor allem nicht *so was*.« Du lachst unter Tränen auf.

»Muss ich jetzt Ja sagen, oder war das ein Befehl?« Ich lächle und wische dir die letzten Feuchtigkeit von den Wangen.

»Beides«, sage ich sanft.

Dann strahlst du wie ein verdammtes Atomkraftwerk, Emilia, und ich weiß, ich habe *einmal* etwas richtig gemacht. Du fällst mir so heftig um den Hals, dass du mich zu Boden reißt und auf mir liegst. Ich mag das, Baby.

»Natürlich heirate ich dich, was denkst du denn?«

»Scheiße Emilia!«, keuche ich noch, und dann kann ich nicht mehr sprechen, weil wir uns küssen.

4. *Ein Ring für dich, Emilia*

Mason

Ich erwache mit einem heftigen Prickeln im Gesicht, und als ich die Lider langsam öffne, sehe ich erstmal deine riesigen türkisblauen Glubscher direkt über mir. Mit einem verpennten »What a fuck!«, reibe ich mir die Augen. Dein munteres »Hi!« gefällt mir gar nicht. Es klingt viel zu wach. Als ich dich genauer mustere, merke ich, dass du voll angezogen bist, Emilia. Und geschminkt. Und geduscht. Und frisch.

Ich verenge die Lider.

»Wohin gehst du?«

»Zur Uni!«, antwortest du unbekümmert. »Ich dachte mir, ich wecke dich und sage dir Bescheid, bevor ich mich auf den Weg mache. Ich weiß ja, dass du es nicht magst, wenn ich einfach verschwinde.« Dein süßes Parfum kriecht mir in die Nase und ich reibe mir die Stirn.

»Ich mag es auch nicht, wenn du ohne mich dieses Zimmer verlässt«, erwidere ich grummelig.

»Ich muss jetzt los. Habe in einer halben Stunde meine erste Vorlesung und danach muss ich noch den restlichen Papierkram wegen dem Ummelden regeln, damit wir so schnell wie möglich in Chicago sein können.« Als du dich einfach abwendest und gehen willst, packe ich deinen Unterarm. Du seufzt. »Mason, ich muss jetzt zur Uni. Wir haben darüber geredet. Wir wollen uns jetzt vertrauen, das hast *du* gesagt. Gestern.« Dabei klingst du, als würdest du mit einem verkackten Kindergartenkind reden.

Ich ziehe meine Augenbrauen nach oben. »Emilia, mir gefällt das gar nicht, was gerade passiert. Ich kann dich da nicht hinlassen. Du hast mit allen Sex gehabt. Sie kennen alle deinen Namen und sie alle wollen dich nochmal. Und die letzten Wochen waren schon genug.«

»Na, dann solltest du mir so schnell wie möglich …« Du fuchtelst mit deiner Hand unter meiner Nase rum. »Einen hübschen Ring besorgen, oder? Damit jeder sieht, wem ich gehöre.«

»Du kannst auch einfach hierbleiben, dann weiß es auch jeder.«

Du beugst dich vor und streichst mir durch das Haar. »Mason, bitte, ich muss jetzt los. Ich verspreche dir, dass ich zurückkomme. Ungefickt, unangestarrt, unangeflirtet und immer noch ganz dein.«

»Oh Gott, Scheiße, ich hasse das, Emilia«, murmle ich, aber ich lasse dich los. »Dann verpiss dich, bevor ich dich zurück ins Bett ziehe!« Du lachst und tust, was ich gesagt habe, kommst aber nochmal zurückgerannt, küsst mich kurz und stürmst kichernd davon.

Ich schüttle nur meinen Kopf über dich.

Du bist so süß geworden, Emilia.

Dann gehe ich aufs Klo und lasse mich wieder ins Bett fallen. Grübelnd streiche ich mir über die Stirn. Habe ich dir gestern wirklich einen Antrag gemacht? Ja, das habe ich! Dabei war ich nicht betrunken. Ich habe keine Ausrede, ich war nicht mal stoned, weil mein Grasvorrat sich rapide dem Ende neigt. Ich war einfach nur high von dir … und außerdem hast du geheult.

Scheiße, Emilia, jetzt kriege ich Panik. Du und ich, bis wir sterben, das wird kein langes Leben. Entweder du springst freiwillig vor einen Zug oder ich bringe dich um. Ich bekomme kaum Luft und reiße das Fenster auf.

»Scheiße!«, fluche ich, als frische Luft hereinströmt und es trotzdem nicht besser wird. Ich muss mit meinem Dad reden. Es führt einfach kein Weg daran vorbei.

Also nehme ich mein Handy, setze mich aufs Fensterbrett und zünde mir eine Kippe an. Alle hetzen zu ihren Vorlesungen, alle sind so gestresst. Bin ich froh, dass ich das hinter mir habe. Dad geht natürlich ewig nicht ran. Ich muss es dreimal probieren, dabei weiß ich, dass er sein Handy immer hört.

Er meldet sich mit einem total genervten Stöhnen. »Du lässt dich auch einfach nicht ignorieren, du Scheißkröte, oder?«

»Ja, dir auch einen wunderschönen guten Morgen, Dad.«

»Was willst du?«, fragt er und dann blafft er: »Beweg dich nicht!«

Jetzt bin ich es, der angewidert stöhnt. »Bitte sag mir nicht, was du gerade tust, Dad.«

»Hatte ich nicht vor, also was willst du?« Er ist heute ziemlich ungeduldig, Emilia. Also werde ich es erst recht hinauszögern.

»Also … das ist so …«

»Mason!«, knurrt er.

»Emilia und ich sind ja jetzt hier in New York happy together und wir waren gestern in einer Bar. Es ist so eine Hipster-Bar …«

»*Mason!*«

»Ja, also, und da waren lauter Hipster.«

»Du hast zehn Sekunden, mir zu erzählen, was los ist, oder ich lege einfach auf. Ich habe an diesem Tag Besseres vor, als mit dir zu telefonieren! Und eine viel schönere Aussicht.«

»Keaton!«, empört sich Mom im Hintergrund. »Hör auf damit!«

»›Nicht bewegen‹ heißt auch ›nicht sprechen‹, Olivia!« Es klatscht!

»*Dad! Ihhh pfui!*«, schreie ich, während Mom kichert. Sie *kichert*, Emilia, und ich will sterben. Wieder mal.

»Also, Emilia und ich sind jetzt irgendwie sowas wie verlobt.«

Es herrscht Stille.

»Dad? Was mache ich denn jetzt? Ich krieg das nicht hin.« Ein genervtes Stöhnen ertönt. »Wieso habe ich das überhaupt gemacht? Ich bin so dumm. Was soll ich jetzt tun?«

»Du ziehst dich an, Mason, nimmst deine Kreditkarte, gehst zur Upper East Side und kaufst ihr den schönsten Ring, den du findest.«

Mom schreit im Hintergrund. »*Was?!*«

»Ich kann das nicht ...«, quengle ich wie ein kleiner Junge.

»Du kannst und du wirst. Und du wirst vor ihr auf die Knie fallen und ihr diesen Ring überstreifen. Du wirst ihr treu bleiben und du wirst sie lieben, so wie sie es verdient hat.«

»Oh mein Gott, Mason!«, schreit Mom und ich seufze.

»Dad, ich kann nicht heiraten, verstehst du das nicht? Ich werde sie umbringen oder sie wird sich umbringen oder wir bringen uns gegenseitig um, aber auf jeden Fall wird irgendjemand sterben.«

»Das glaube ich nicht. Wenn, dann hättet ihr das schon längst getan. Liebst du sie?«Ich höre das Lächeln in der Stimme meines Vaters und das gibt mir irgendwie Zuversicht.

»*Ja*«, sage ich sofort.

»Dann brauchen wir hier nicht weiter zu reden. Geh und kauf ihr einen Scheißring und ruf mich die nächsten vier Stunden ja nicht an.«

»*Vier Stunden?*«, rufe ich schockiert, doch Dad hat schon aufgelegt.

Fuck!

***

Emilia

Oh Gott, Mason, mein Hintern tut so weh. Trotzdem kann ich nicht anders und grinse wie ein Honigkuchenpferd auf Speed. Dabei rutsche ich hin und her und stöhne und zische, weil ich keine geeignete Position finde. Du hast mir den Hintern versohlt – mit einem Gürtel, Mason. Das war nicht gerade nett, aber was habe ich erwartet? Nett ist nicht das passende Wort für dich, Mason Rush. Da würden mir so ungefähr tausend andere Adjektive einfallen. Heiß. Böse. Wütend. Hammerfuckingtotalkrassabgefucktbastardmäßigscharf.

Ich sitze etwas weiter hinten, damit ich meine Ruhe habe, sollte Seth zurückkommen. Den habe ich seit dem Vorfall nicht mehr gesehen, und ganz ehrlich? Ich habe auch nicht versucht, weiter darüber nachzudenken. Denn ich ahne, dass Seth nicht einfach so verschwunden ist. Aber herauszufinden, was passiert ist, würde mir unter Garantie nicht gefallen. Zwar könnte ich Keaton fragen. Soweit ich weiß, war er bis vor Kurzem noch in New York, doch das tue ich nicht. Ich will die Antwort nicht kennen. Stattdessen habe ich mich die letzten vier Wochen abgelenkt, Mason, und getestet, wie weit ich nun bei dir gehen kann. Und ich muss wirklich sagen, du hast mich überrascht, denn du hast dich zurückgehalten. Aber gestern ist dir dann endlich der Geduldsfaden gerissen. Es war ein Spektakel für meine Sinne. Okay, das Gespräch danach war alles andere als schön, aber absolut nötig. Ich habe von dir hören müssen – nein, sogar wollen –, dass ich die Eine für dich bin. Dass du mich liebst und dass du endlich weißt, was du an mir hast. Wir haben zwar schon einmal über *sie* geredet, aber nicht so detailliert und genau wie gestern. Es hat mir gutgetan, und ich versuche, damit abzuschließen, was gar nicht so leicht ist.

Kein Wunder, denn momentan schwirrt mir der Kopf. Du hast mir einen Heiratsantrag gemacht, Mason Rush.

Du!

Mir!

Niemals hätte ich angenommen, dass wir dort enden werden, als es damals zwischen uns begann. Zuerst dachte ich, ich wäre nur ein netter Zeitvertreib für dich. Dann dachte ich, es gehe dir nur darum, mich zu besitzen. Dann war ich mir sicher, dass du mich niemals richtig lieben wirst. Und jetzt bist du hier. Du sagst mir Dinge, die ich nie im Traum gedacht hätte, jemals von dir zu hören. Ich dachte immer, du wärst mein Gift. Meine Dunkelheit. Und das bist du gewissermaßen auch, Mason, weil ich weiß, dass wir immer aneinandergeraten werden. Dass wir uns immer runterziehen werden. Aber ich weiß genau so gut, dass du der Eine für mich bist. Ob das nun gut ist oder nicht, ist mir völlig egal.

Ich bekomme eine Nachricht und weiß schon jetzt, dass du es bist, was meinen Puls in die Höhe treibt. Mein Verlobter. Oh mein Gott! Es ist so befremdlich, diese Worte auch nur zu *denken*. Du, Mason Rush, mein *Verlobter!* Du willst mich heiraten, Mason. Das volle Programm. Mit Kleid und Pastor und Kirche. Wir zwei. Wir werden wahrscheinlich vom Blitz getroffen, sobald wir die heiligen Räume betreten.

Ich ziehe mein Handy aus der Tasche und schaue darauf.

Was machst du, Emilia?, hast du geschrieben. Ich überlege, ob ich dich ignorieren sollte, nur um dich ein bisschen zu reizen. Du siehst, dass ich online bin, denn du bist es auch. Wenn ich jetzt einfach das Handy weglege, wie schnell wärst du dann wohl hier?

Ich grinse in mich hinein und schließe den Chat einfach wieder, woraufhin gleich die nächste Nachricht ankommt.

EMILIA!, in schreienden Großbuchstaben. Wieder gehe ich einfach offline und schmeiße das Handy in meine Tasche.

Ich glaube, der Sex wird grandios, Mason.

Du hast gesagt, du willst versuchen, mir endlich zu vertrauen. Dann wollen wir mal schauen, ob du das schaffst.

Und es drauf ankommen lassen.

* * *

Mason

Ich hasse dich gerade, Emilia.

Denn ich stehe hier bei *Tiffanys*. Überall um mich herum funkelt alles und ich riskiere einen Augenschaden, wenn ich hier nicht bald verschwinde. Die Verkäuferin kommt auf mich zu. Sie hat dieses Glitzern in den Augen, das mich an einen Hai erinnert, der jeden Moment zuschlägt, die Zähne in dich gräbt und dich zerreißt. Ich habe ein bisschen Angst. Und du schreibst mir nicht zurück, Emilia. Ich mag das nicht. Wieso schreibst du nicht? Du warst online. Bläst du gerade deinem Professor einen, oder was? Mein erster Impuls ist es, alles liegen zu lassen und zu dir in die Uni zu fahren, um abzuchecken, was du da machst.

»Kann ich was für Sie tun, Sir?«

Ich erschrecke mich, als ich links von Blondie *Neunzig-sechzig-neunzig* angequatscht werde.

»Offensichtlich, ja«, erwidere ich träge. Ich brauche eine Kippe, Emilia. Ehrlich.

Was machst du gerade? Wieso antwortest du nicht? Wirst du schon wieder aufmüpfig? Oder bist du vielleicht wirklich mit einem anderen beschäftigt? Habe ich mich gestern nicht klar ausgedrückt?

»Also ich brauch da so 'nen Ring …«

Sie faltet die Hände und blinzelt dämlich durch ihre künstlichen, viel zu langen Wimpern. Wenn sie zu oft zwinkert, fliegt sie garantiert davon. »Was hätten Sie sich denn vorgestellt?«, fragt sie dumm.

»Na, so ein rundes Ding, das man sich an den Finger stecken kann!« Gott, ich hasse Menschen, Emilia. Was sollte ich denn sonst mit *Ring* meinen?

Sie schluckt. »Also, ähm ... zu welchem Anlass denn?«

Ich verdrehe die Augen. »Sicher nicht zur Verhütung.«

Sie wird knallrot und versteht es eindeutig nicht. Was tue ich hier überhaupt, Emilia? Siehst du, wozu du mich bringst?

»Heiraten! Ich will heiraten!«

Sie schaut mich an, als würde sie nicht glauben, dass jemand so dumm ist, mich zu heiraten, aber dann lächle ich sie schief an und sie schluckt wieder. Mich langweilt das, Emilia.

»Also erstmal einen Verlobungsring?«

Ich runzele die Stirn. »Gibt es etwa mehrere, oder was?«

»Na ja, erstmal der Verlobungsring und dann kauft man eigentlich Eheringe.« Sie schaut sich flüchtig um. Wahrscheinlich hofft sie, dass sie mich an eine Kollegin abgeben kann, aber die sind alle im Beratungsgespräch. Als wäre es so schwer, Schmuck zu kaufen, Emilia. Ihr Frauen seid krank.

»Ja«, seufze ich. »Dann eben einen Verlobungsring.«

»Okay.« Sie macht eine ausladende Handbewegung und deutet zur Höhle des Löwen. Ich folge ihr zum Tresen, wo gefühlt eine Million Ringe mit Glitzerzeug ausgestellt sind.

»Gelbgold, Roségold, Weißgold oder Silber?«, fragt sie und ich blinzle.

»Irgendwas Funkelndes?«

Sie seufzt. »Was ist Ihre Verlobte denn für ein Typ Frau – rein vom Äußerlichen?«

Ich hebe mein Kinn. »Sie ist heiß.«

»Super«, sagt die Verkäuferin. »Geht es auch genauer?«

Ich zucke mit den Schultern. »Große Titten, schlanke Taille, geiler Arsch, immer rasiert ...«

»Okay, okay, okay, Sir, das reicht! Wie ist denn ihr Teint ...«

»Ihr *was*?«, frage ich genervt. Ich will doch nur einen Ring, verdammte Scheiße!

»Ist ihre Haut eher sehr hell oder dunkler, gebräunt, karamell?«

»Ach so ...« Jetzt verstehe ich.

»Ja, sie ist gebräunt und hat schwarze Haare und türkisblaue Augen.« Emilia, ich will dich ficken. Jetzt. Ohne Scheiß. Allein wenn ich dich mir vorstelle, kriege ich einen Ständer.

»Super, und was ist ihr Kleidungsstil?«

Ich blinzle. »Was?«

»Sportlich, elegant, dezent, lässig, Jeans und Chucks, High Heels und Kleider, Businessfrau oder Studentin?«

»Studentin!«, rufe ich aus und bin froh, irgendwas zu wissen. »Und sie mag es lässig.«

»Super«, antwortet sie erleichtert seufzend. »Dann würde ich Weißgold empfehlen und eventuell einen Stein. Einen schlichten. Vielleicht einen Diamanten?« Sie zieht eine Schublade auf und nimmt drei Ringe heraus, die sie mir vorlegt.

Emilia, ich weiß nicht, was mit mir ist, aber ich deute sofort auf den mittleren. »Den.« Er ist ganz einfach und ein einzelner Diamant sticht hervor. Er passt zu dir, Baby. Ich mag das. Er ist wie für dich gemacht.

»Sicher?«, fragt sie. »Wollen Sie nicht den Preis wissen?«

»Nope.«

»Und kennen Sie die Ringgröße Ihrer Verlobten?«

Ich zeige ihr meinen kleinen Finger und deute auf dessen oberstes Gelenk. »Ungefähr so groß.« Ich weiß das, Emilia, weil ich letzte Nacht, als du geschlafen hast, deinen Ringfinger über meinen kleinen gelegt und es getestet habe.

»Okay.« Sie schluckt gerührt und sucht eine kleinere Größe, die sie mir hinhält. »Dann müssen *Sie* ihn wohl anprobieren.«

Oh Gott, Emilia, wieso tue ich das alles? Wieso habe ich nicht Mom gefragt, ob sie dir einen besorgt?

Ach ja. Weil mein Dad mir gesagt hat, ich solle es selbst machen. *Danke, Dad.*

Trotzdem stecke ich ihn an und er passt.

»Ich nehme ihn«, sage ich und merke, wie ernst es gerade wird, Emilia.

Mein Herz rast.

5. Du bist meine Dramaqueen, Emilia

Mason

Jetzt stehe ich vor deiner Uni, Emilia – auf dem Parkplatz –, und warte auf dich. Der Ring ist in meiner Hosentasche. Ich habe ihn aus der Verpackung genommen, und ich schwöre dir, ich sterbe vor Aufregung. Wenn ich das jetzt mache, bedeutet es, dass wir bis zu unserem Tod zusammensein werden, Emilia. Vielleicht haben wir irgendwann Kinder, die auch Scheiße bauen. Dann werde ich auch so wie mein Dad und fange an, mein Leben zu hassen. Außerdem wird es richtig schwer, dich irgendwo anzuketten und zu bestrafen, weil überall kleine, dreckige, rotzfreche Gnome rumrennen werden. Sie werden bestimmt deine Augen haben. Und diesen bestimmten Blick, den du immer draufhast.

Scheiße, ich kann es kaum erwarten.

Emilia, ich hätte nie gedacht, dass ich das volle Programm will. Eigentlich bin ich nicht der Typ für sowas, aber mit dir fühlt es sich an, als hätte ich keine andere Wahl, als müsste es so sein. Als wäre dein Platz für immer an meiner Seite.

Aber ich bin sauer.

Immer noch.

Deshalb scheiß ich auf diesen emotionalen Dreck und tippe ungeduldig mit dem Fuß auf und ab. Du hast nicht geantwortet, Emilia. Und die Häkchen im Chat sind blau, *Emilia*. Wir wissen beide, was das bedeutet. Damit hast du diesen scheißteuren Vierzehntausend-Dollar-Ring eigentlich gar nicht verdient.

Ich warte.

Und warte.

Und warte.

Es ist heiß. Und ich habe schon die dritte Zigarette angezündet.

Dann kommst du endlich.

Gefühlt tausend Studenten verlassen das Unigebäude, um zu anderen Sälen oder nach Hause zu gehen. Mittendrin bist du. Du würdest mir auch auffallen, wenn es zwei Millionen Studenten wären. Ich hasse es ein bisschen, wie schön du bist. Und wie offensichtlich das für alle Bastarde ist.

Wie für den, der neben dir läuft, Emilia.

Er läuft neben dir.

Und du lachst mit ihm.

Er ist in deiner Wohlfühlzone.

Keine Armlänge Abstand.

Ja, Emilia, das alles habe ich beim FBI gelernt. Auf all das achte ich jetzt bei dir. Und ich mag das nicht. Überhaupt nicht.

Du trägst lockere, zerrissene Jeans und dazu ein leichtes, weißes Trägertop mit V-Ausschnitt. Heute Morgen war ich zu müde, um darauf einzugehen, wie fucking tief das Shirt ausgeschnitten ist und wie fucking viel von deinen Beinen man durch die Risse der Jeans sieht. Das ist nicht okay, Emilia.

Du fährst dir durch das schwarze Haar, schmeißt es auf die andere Seite, sobald du nach draußen trittst.

Bevor ich es realisiere, marschiere ich auf dich zu. Dann ziehe noch einmal an der Zigarette und schnippe sie total rücksichtslos auf den Campus.

Du lachst. Immer noch. Ich mag das nicht. Jetzt stützt du dich auch noch an *seiner* Schulter ab, weil das ja alles ach so witzig ist, Emilia.

Dann schweifen deine Augen von Goldlöckchen direkt zu mir und du hörst abrupt auf zu lachen und bleibst stehen. Der Typ geht weiter und schaut über die Schulter verwirrt nach dir.

Du redest irgendwas, gestikulierst herum und verabschiedest dich anscheinend. Du willst wohl nicht, dass er stirbt, Emilia.

Schade.

Aber er ist schlau genug, weiterzulaufen.

Du bist blass geworden.

Und stehst immer noch da, während ich die Treppe zu dir hochgehe.

Ich ignoriere, dass mich jede Tussi anglotzt.

»Hi!«, rufst du überschwänglich. »*Baby! Du holst mich ab! Das ist so lieb!*«

Emilia, du springst die zwei Stufen, die uns trennen, nach unten und fällst mir um den Hals. Du denkst wohl, Angriff wäre die beste Verteidigung.

Während deine Arme mich umschlingen, liegen deine Lippen an meinem Ohr. »Ich hab mir nur Unterlagen von ihm geliehen«, sagst du schnell und dein kleiner, heißer Körper drückt sich an meinen.

Ich lege meine Arme um deinen Rücken und halte dich, wie ich selbst weiß, ein bisschen zu fest. »Sehe ich dich nochmal mit einem Schwanz, den ich nicht kenne, so lachend und happy und all dem Bullshit, stirbst du. Oder er. Oder wir alle. Aber jemand stirbt, okay?«

Du küsst meinen Hals. »Okay!« Dann sinkst du zurück auf die Fersen. Ich betrachte deine glitzernden Augen und ich will dich immer noch ficken.

»Du hast mir nicht geantwortet«, sage ich, umfange deine Handgelenke und ziehe dich wieder nach oben, hinein in deine Uni, die mittlerweile ziemlich leer wirkt. Nur einzelne Studenten laufen rum, aber ich gebe einen Fick auf die.

Dann wirble ich dich herum und presse dich gegen die nächste Wand. Du starrst atemlos zu mir auf.

»Wieso hast du mir nicht geantwortet, Emilia? Wie soll ich dir so vertrauen?« Deine kleinen Hände liegen an meiner Brust, dein Blick folgt ihnen, bevor du wieder in meine Augen schaust.

»Ich saß mitten in einer Vorlesung«, erklärst du unschuldig.

»Du warst online. Du hattest Zeit, dir die Nachricht *anzuschauen*, aber keine Zeit, um zu antworten, Emilia?« Meine Stimme ist ausnehmend ruhig, was kein gutes Zeichen ist, wie du genau weißt.

Dein Blick schweift kurz nervös hin und her und du beißt dir auf die Unterlippe.Dann seufzt du, stellst dich auf die Zehenspitzen und neigst dich meinen Lippen entgegen. »Ich wollte dich wütend machen, Mason. Ich wollte nochmal so heißen Sex wie gestern.«

»Heiß also, Emilia, hm?«, frage ich leise und unsere Lippen berühren sich, als ich rede. Du ziehst zittrig die Luft ein und ich liebe es, was für eine Wirkung ich auf dich habe, Baby. »Ich muss dich enttäuschen, Baby, du entscheidest nicht, wie ich dich ficke.« Obwohl ich zugeben muss, Emilia, dass ich es liebe, wie sehr du darauf stehst, wenn ich dir wehtue. Und mir wird klar, dass du für immer meine kleine, versaute Bitch sein wirst. Ich liebe den Gedanken und ein Lächeln schleicht sich auf meine Lippen.

Du betrachtest mich skeptisch, weil das Lächeln nichts Gutes verheißt.

»Mason?«

Unauffällig ziehe ich den Ring aus meiner Hosentasche, packe deine Handgelenke und drücke sie mit einem Ruck gegen die Wand über deinen Kopf.

Ich überbrücke den letzten Abstand zwischen uns und küsse dich, Baby. Hart. Ich liebe es, du liebst es und es ist uns fuckegal, wo wir sind und wer uns sehen könnte. Ganz im Gegenteil. Die Ficker sollen wissen, wem du gehörst.

Ich presse mein Becken an dich und genieße dein heiseres Stöhnen. In einer schnellen Bewegung, die du selbst nicht realisieren kannst, habe ich dir den Ring über deinen Finger gestülpt.

Ich lehne meine Stirn an deine. »Du gehörst mir, Emilia. Jetzt und für immer.«

Atemlos senkst du deine Hand, als ich den Griff darum lockere, und merkst, dass da was ist. Ich beobachte genau, wie du deinen Blick senkst und deine linke Hand betrachtest. Dein Mund klappt auf und du siehst zu mir hoch. Unsicher, fasziniert, glücklich. Und ungläubig. Alles in einem.

Deine Augen strahlen.

»Das ist ein Verlobungsring, Mason«, stellst du total intelligent fest.

Ich grinse schief. »Ich weiß.«

»Heißt das, wir heiraten wirklich?«

»Darauf kannst du Gift nehmen, Baby.«

Du schluckst, schaust dir wieder den Ring an, der dir übrigens perfekt passt, und dann wieder zu mir. »Fuck«, flüsterst du, bevor du dich erneut auf die Zehenspitzen stellst und mir um den Hals fällst. Ich spüre heiße Tränen an meiner Haut und verdrehe die Augen. Du Dramaqueen.

Aber du bist *meine* Dramaqueen.

Und der Gedanke macht mich ein bisschen glücklich, Emilia.

6. Dein verdammtes Glück,

Emilia

Mason

Ich kann nicht behaupten, dass ich es vermisst habe, Emilia. Mein Dad sitzt mir gegenüber und findet irgendwas total amüsant. Ich sehe es an dem Funkeln in seinen Augen. Du sitzt neben mir, in deinem verdammt heißen, dunkelblauen Fummel, der so knapp ist, dass ich nur daran denken kann, wie ich dich in den Keller runterzerre und ein fröhliches Revival von *Festschnallen und Ficken* feiere. Aber das geht jetzt nicht, Emilia. Weil ja Riley und Bridget das erste Mal gemeinsam hier sind und wir essen. Meine Mutter hat Lasagne gemacht, Emilia, obwohl sie weiß, dass ich traumatisiert bin von Lasagne.

Wir sind endlich wieder in Chicago. Das hat ja auch lange genug gedauert. Ganze fünf Wochen. Aber seit gestern sind wir endlich wieder zu Hause. Du studierst jetzt an der Uni, an der ich vorher war, und wir leben im Apartment in der Stadt. Ich dachte, es würde komisch sein, mit dir in diesem Penthouse zu wohnen, aber nachdem ich die ganze Nacht damit verbracht habe, dich an jedem erdenklichen Ort zu vögeln, ist es einigermaßen erträglich. Bridget und Riley sind auch mitgekommen. Seit ich das »offene Gespräch« mit Riley hatte, scheint es, als hätte er endlich mit dir abgeschlossen und sich etwas Neuem öffnen können. Er und Bridget gehen seit vier Wochen miteinander aus und schon sitzt sie mit uns am Tisch. Ich meine, will er sie wieder verschrecken? Meine Familie ist doch irre. Und bei dir hat er sich so viel länger Zeit gelassen. Wenigstens weiß er jetzt sicher, dass ich ihm nicht die Freundin ausspannen will.

Wieso auch, wenn ich dich habe?

Mom starrt die ganze Zeit auf deinen Ring. Sie heulte, als wir ankamen, und hat dich gedrückt und geknuddelt und fast erstickt, bis ich ihr gesagt habe, dass ich dich gern lebend hätte.

»Und?«, fragt Dad. »Wann wird geheiratet?« Er ist heute gut drauf.

Du wirst knallrot und ich verdrehe die Augen und schnaube. »Ich hab keine verdammte Ahnung, Dad!«

»Oh!«, ruft Mom. »Wir könnten Pfarrer Hanson fragen. Wir waren vor Kurzem erst auf einer Hochzeit von ihm und er hat eine so rührende Rede gehalten. Es war so herzzerreißend. Wir könnten auch im Garten feiern oder wir mieten was Schönes an. Im Sommer wäre toll, Emilia, da gibt es viel schönere Kleider. Hast du schon eine Idee, was du tragen willst?«

Ich lasse den Kopf in den Nacken fallen und will sterben, Emilia. Wir hätten es ihnen nie sagen dürfen.

»Ich hab noch gar keine Ahnung«, sagst du und stocherst in deiner Lasagne herum. Ich hab meine noch nicht angerührt und bin genervt, weil ich Hunger habe.

»Also ich finde …«, schaltet sich jetzt Bridget ein. »Das Kleid sollte schlicht sein, Emmy. Du bist kein Typ für den protzigen Prinzessinnenkram. Du bist eine Lady!« Emmy, Emilia? Ich *hasse* Emmy. Und seit wann darf dir außer mir jemand sagen, was für ein Typ du bist? Ich starre sie an und Riley tritt mir gegen das Schienbein.

»Was?«, frage ich ihn.

»Schau meine Freundin nicht so an und friss deine Scheißlasagne!« Ich verdrehe nur die Augen und lasse ihm die Machoshow vor Bridget.

»Willst du nichts essen, Baby?«, fragt Mom und ich schaue sie nur starr an.

»Mom, das ist Lasagne!«

»Und sie schmeckt total lecker!«, rufst du. »Probier doch mal.«

Ich hebe eine Augenbraue. »Baby, willst du mir jetzt sagen, was ich zu tun habe?«

Du verdrehst die Augen wie ich zuvor, Emilia. Das gefällt mir gar nicht. Ich hab gesagt, kein Augenverdrehen. »Manchmal bist du wie ein Baby.«

»Was?«, frage ich und hebe die Brauen.

Deine Hand findet sich auf meinem Oberschenkel ein und ich spanne mich an. »Ich hab gesagt, Baby ...«, hauchst du und deine Hand wandert nach oben. »Du solltest deine Lasagne probieren.« Scheiße, nur bei dir kann sowas so heiß klingen. Besonders wenn du mir gleichzeitig in den Schritt fasst. Heilige Scheiße. Ich weiß immer noch nicht, ob mir dein neuer Charakter gefällt oder nicht. Das wird sich über die nächsten Monate rausstellen. Du bist nicht mehr so leicht einzuschüchtern, Emilia.

Dann ziehst du deine Hand zurück und ich esse meine fucking Lasagne, während Dad schon wieder so bescheuert grinst.

»*Was?*«, frage ich ihn nun. Ich frage das heute ein bisschen zu oft, finde ich, Emilia.

»Es ist schön, zu sehen«, sagt Dad und trinkt dann einen Schluck Wasser.

»Was ist schön, zu sehen?«, will ich wissen.

Er atmet tief durch und lächelt, Emilia. Er lächelt selten. »Es ist schön, zu sehen, dass du schon jetzt verstehst, wie eine Ehe funktioniert.« Sein Lächeln wird breiter.

Ich spüre, dass ich blass werde. »Was?« Schon wieder, Emilia.

»Es geht nur darum, zu tun, was deine Frau will. Und um *Kompromisse*.« Er malt Anführungszeichen mit den Zeigefingern in die Luft. »Im Endeffekt hast du aber nicht viel zu entscheiden.«

»Keaton!«, schimpft Mom. »Mach ihm keine Angst.«

Er deutet mit einer ausladenden Handbewegung auf Mom. »Siehst du?«

Mir wird ein bisschen übel, Emilia, und ich schaue dich von der Seite an. Du lächelst auch – genauso wie Dad. Verfickte Scheiße, wann habt ihr euch eigentlich verbündet?

Dein Handy klingelt. Ich mag es nicht, wenn es das tut. Aber ich habe mir abgewöhnt ranzugehen, unter der Voraussetzung – oh, und da fängt es ja schon an –, dass ich draufschauen darf.

Es ist anonym, Emilia.

Du siehst mich schulterzuckend an, entschuldigst dich kurz und nimmst ab.

»Hallo?«, fragst du und stehst auf, entfernst dich ein paar Schritte vom Tisch. Ich schaue dir nach. Du drehst dich mit dem Rücken zu mir und dem Gesicht zum Fenster. »Was?«, fragst du jetzt und dann straffen sich deine Schultern, Emilia. Ich verenge die Augen. Dein »Okay« hört sich leicht atemlos an. Du nickst und sagst: »Ja. Okay. Nein, das geht nicht. Bye.« Du bleibst noch etwas länger so stehen und ich hebe die Augenbrauen, genau wie mein Vater. Was zum Teufel?

Deine Schultern heben und senken sich, dann drehst du dich zu mir um und grinst. »Es war nur Torry. Sie hat gefragt, ob wir uns nächste Woche treffen können. Ich glaube, sie hat vergessen, dass ich jetzt in Chicago bin.«

Ich starre dich immer noch an, doch du siehst mich nicht an, Emilia. »Ich muss auf Toilette!«, sagst du und verschwindest einfach, Emilia.

Was soll das?

»Torry?«, fragt Bridget und ich schaue zu ihr rüber. Sie sieht verärgert aus. »Was will die denn jetzt auf einmal? Als sie gedacht hat, ihr Freund steht auf Emmy, hat sie doch so radikal den Kontakt abgebrochen. Und jetzt will sie sich treffen? Ich verstehe das …« Noch, bevor sie zu Ende sprechen kann, stehe ich auf und will dir folgen, aber ich höre die Stimme meines Dads hinter mir, was mich stocken lässt.

»Mason, nein!«, sagt er eindringlich, aber diesmal kann er mich nicht aufhalten, Emilia, und ich laufe weiter. Denn die Konsequenz, wenn ich jetzt nicht zu dir gehe und erfahre, was los ist, wäre, dass ich mir in meinem Schädel jede Menge Scheiße zusammenreime und langsam, aber sicher wieder anfange durchzudrehen. Ich war viel zu lange ruhig. Der Vulkan ist fast erkaltet, aber ich weiß, dass es in den Tiefen nach wie vor sehr stark brodelt und nur auf Entladung wartet.

Dein Glück, du hast nicht abgesperrt.

Du wäschst dir gerade die Hände, als ich reingestürmt komme.

»Du hast jetzt *eine* verdammte Chance, mir die Wahrheit zu sagen. Und du weißt, was passiert, wenn du das nicht tust. Wer war das?«, frage ich leise und eindringlich und meine Hände ballen sich zu Fäusten. Ich spüre, wie das Adrenalin schneller durch meine Adern schießt.

Du seufzt. »Es war Steven aus meinem Kurs. Er wollte sich mit mir treffen. Ich wollte nicht, dass du es erfährst, weil du dich sonst aufregst.«

Wir sind wieder in diesem Bad, Emilia, und du hast mich angelogen. Du lügst immer noch, ich sehe es an dem kleinen Zucken deiner Lider, daran, dass du an mir vorbeisiehst und nicht in meine Augen sowie an dem nervösen Wackeln mit deinem Knie.

»Du bist keine gute Lügnerin. Wieso verfickte Scheiße noch eins probierst du es dann immer wieder bei mir? Zweite Chance. Wer war das?«

»Es war Steven, Mason!«, beharrst du. Ich höre Panik in deiner Stimme, Emilia. Und du solltest auch verdammte Panik haben. Die Wut macht sich mehr und mehr in mir breit, Emilia; ich versuche wirklich, sie zu stoppen. Ich versuche wirklich *alles*, jede Atemübung und jedes Bis-zehn-zählen, aber es geht nicht.

Ich rolle mit den Schultern und lasse meinen Nacken knacken. Deine Augen werden immer größer. Meine Zähne sind zusammengepresst und ich habe die Nasenflügel gebläht.

Ich bin kurz davor, Emilia, etwas sehr Dummes zu tun, und ich war so lange nicht mehr so kurz davor. Was machst du mit mir? Mit uns? Mit dir?

»Geh!«, presse ich durch zusammengebissene Zähne hervor. »Sofort!«

»Mason …«, setzt du an und suchst den Blickkontakt mit mir.

Meine Hand schnellt nach vorn, ich packe dich am Hals und drücke dich hart gegen die Wand. »Fuck, Emilia. Hast du immer noch nichts verstanden? Wenn ich sage *geh*, dann verpiss dich!« Damit stoße ich dich zur Tür und du stolperst schwer atmend hinaus.

Mit beiden Händen greife ich mir ins Haar, lege den Kopf zurück und versuche zu atmen. Du hast mich angelogen, Emilia. Du hast mit jemandem telefoniert und ich soll nicht erfahren, mit wem. Was soll ich davon halten? Was soll ich tun?

Wenn ich darüber nachdenke, will ich dir hinterher und dich dafür bluten lassen.

Ich fahre herum und will raus, stolpere aber direkt gegen die Brust meines Vaters.

Dein verdammtes Glück.

7. Ein Mann, der alles verloren hat, Mason

Emilia

Ich sitze in unserem neuen Zuhause. Na ja, eigentlich ist es ja mein altes und auch dein altes Zuhause, Mason. Du hast hier mit deiner Familie gelebt, bevor ihr gebaut habt, und ich habe hier mit Riley gewohnt. Aber nichts erinnert mehr daran. Alles ist neu und sieht wunderschön aus – der Parkettboden, die neue, hochglanzweiße Einbauküche und das riesengroße Badezimmer. Dein Vater hat sich viel Mühe gegeben.

Die Räume sind sogar ganz anders aufgeteilt als früher, bevor du hier alles demoliert hattest, weil ich mit Riley nach New York gegangen war, um unseren Mietvertrag zu unterschreiben. Damals, in einer anderen Zeit, die mir wie eine Ewigkeit vorkommt.

Jetzt sitze ich auf der großen, weißen Ledercouch. Venus liegt neben mir und hat den Kopf auf meinen Schoß gebettet. Missy liegt an der Tür und wartet auf dich. Die zwei verstehen sich mittlerweile ziemlich gut, Mason. Was man von uns anscheinend nicht behaupten kann.

Was ist nur passiert?

Fuck.

Ich weiß, ich kann nicht lügen. Mir war von Anfang an klar, dass du mir diese läppische Ausrede mit Steven nicht abkaufen würdest. Nachdem du kurz davor warst, total auszuflippen, hat dein Vater dich zum Glück runtergebracht. Danach bist du abgezischt und seitdem habe ich dich nicht mehr gesehen. Natürlich ist kurz darauf auch Riley mit Bridget gegangen. Für sie war das ein turbulentes erstes Aufeinandertreffen mit deinen Eltern. Die beiden sind in einem Hotel. Noch zwei Tage, dann reisen sie zurück nach New York.

Und ich bleibe hier.

Ich hoffe, dass wir keinen Fehler machen, Mason.

Ich will dich. Ich will dich immer. Und ich liebe dich mehr, als ich mich selbst liebe. Ehrlich. Doch es scheint, als würde sich immer wieder etwas zwischen uns drängen. Wir selbst. Eine andere Frau, ein anderer Mann ...

Ich schlucke trocken.

Als ich heute Nachmittag ans Telefon ging, hatte ich keine Ahnung, was mich erwarten würde. Hätte ich es gewusst, hätte ich das Klingeln ignoriert.

Aber jetzt ist es zu spät, und ich weiß mehr als ich wissen wollte.

Nun sitze ich hier, erneut das Handy in meiner Hand, und habe keine andere Wahl, als dich zu verraten, Mason.

Dr. William Daniels hat mich vorhin angerufen. Er hat gesagt, er müsse mit mir reden, und wenn ich nicht zurückrufe, würdest du es bereuen. Er hat mir Zeit bis neun Uhr gegeben. Jetzt ist es zehn vor und meine Hände sind schweißnass. Er hat damit gedroht, hier aufzutauchen, wenn ich mich nicht melde, oder mich irgendwo in einem total unerwarteten Moment abzufangen.

Ich muss ihn anrufen und ich muss es vor dir geheim halten, sonst tust du etwas, was dich alles kosten kann, Mason.

Meine Hand liegt auf Venus' Kopf und sie schaut mich die ganze Zeit von unten herauf an, als würde sie mir beistehen wollen und meinen inneren Konflikt spüren. Sie hebt ständig die Pfote und lässt sie auf mein Knie sinken.

Ich atme zittrig durch, werfe einen Blick auf den Aufzug und stehe dann auf, weil ich Angst habe, dass du genau in dem Moment nach Hause kommst, wenn ich mit Will telefoniere. Gott, Mason, jetzt haben wir endlich, was wir wollten. Du willst mich heiraten, wir leben zusammen, wir haben zwei Hunde – einer ist schwarz und einer weiß –, du hast einen guten Job und ich bin in einem Jahr mit dem Studium fertig. Alles könnte so perfekt sein, trotzdem will das Schicksal es nicht. Es ist, als würde die Dunkelheit uns immer wieder einholen.

Noch sieben Minuten.

Ich gehe ins Bad, es führt kein Weg daran vorbei. Diesmal schließe ich die Tür ab, auch wenn du das nicht ausstehen kannst. In diesem Fall wäre es das kleinere Übel.

Ich setze mich auf den Toilettendeckel und blinzle gegen die automatische, grelle Beleuchtung an. Meine Hand zittert so sehr, dass ich das Handy mit beiden Händen halten muss, weil es mir sonst auf den Boden fällt.

Ich presse es mir fest ans Ohr und lausche dem Freizeichen in der Leitung. Jedes Tuten kommt mir vor wie ein Stoß in meinen Magen.

»Wie schön, dass du zurückrufst, Emilia. Das war ganz schön knapp. Es ist 20:54 Uhr. Ich war schon dabei, meinen Koffer zu packen.«

Ich schlucke und versuche, meine Stimme fest klingen zu lassen. »Was willst du? Komm auf den Punkt.«

»Ich liebe das an dir, dass du gleich zur Sache kommst«, meint er emotionslos. »Du bist also in Chicago. Mit deinem neuen, alten Macker?«

»Er ist mein Verlobter«, knurre ich. »Und er sticht dich ab, wenn er erfährt, dass du mich belästigst. Also, was willst du?«

»Belästigen ist so ein hässliches Wort, Emilia. Aber was deinen kleinen Macker angeht, ich habe schon längst gemerkt, dass kriminelle Energie in ihm steckt. Und ich überlege, was sein Arbeitgeber dazu sagen würde, wenn er davon Wind bekommt.«

»Was zur Hölle meinst du?«, frage ich verärgert, aber, Mason, mein Herz rast, weil ich etwas ahne, und das gefällt mir gar nicht. Ich schwitze und zähle innerlich immer wieder bis fünf, um mich zu beruhigen.

»Er war bei mir im Büro, Emilia. Er hat mich bedroht und seine Staatsgewalt missbraucht. Er hat mir ein Tütchen Kokain hingeschmissen und mich damit erpresst. Kannst du dir das vorstellen?« Ja, das kann ich sehr gut. Scheiße!

»Jetzt spinn nicht rum!«, sage ich stattdessen.

»Ach, und er war auch bei meiner Ehefrau und hat ihr Aufnahmen von uns gezeigt, Emilia. Die sind übrigens in meinem Büro entstanden, was bedeutet, dass er unsere Sitzung belauscht hat. Und *das* ist

abgesehen von allem anderen sowieso strafbar.«
Mein Herz schlägt immer schneller und das Blut
rauscht so laut, dass ich kaum noch was hören kann.

»Was willst du jetzt von mir, Will?«

»Weißt du, was Helen gemacht hat, als sie das
Video sah, Emilia? Von dir, wie du auf mir sitzt und
mich verführst, mit deinen kleinen perfekten Titten?«

Geschlagen schließe ich die Augen und frage
mich, wie ich so dumm sein konnte.

»Sie hat mich verlassen und ich habe meine
Zulassung verloren. Ich habe meinen Job verloren,
Emilia, während du weg bist und dein happy Leben
lebst. Und ich habe gar nichts mehr. Weißt du denn
nicht, wie das mit Menschen ist, die gar nichts mehr
zu verlieren haben?«

Tief atme ich ein und langsam wieder aus.

»Gut, das war nicht nett. Aber was soll ich jetzt
machen?«

William bleibt so locker, dass es mich reizt. »Man
soll ja Gleiches mit Gleichem vergelten.«

»Und das sagt ein Psychologe?«, frage ich
genervt. »Ist das die richtige Art, damit umzugehen,
Will?«

Er lacht trocken. »Oh, Emilia, was ich meinen
Patienten alles erzähle. Die werden nie wieder auf
den richtigen Weg finden. Die Wahrheit ist, ihr seid
alle abgefuckt und interessiert mich einen

Scheißdreck. Ich bin kein verdammter Menschenfreund.«

Es ist sowas von heftig, Mason. Du hast recht, es ist immer der gleiche Typ Mann. Nur in einer etwas anderen Ausstattung. Und ich bin verloren, das weiß ich jetzt schon.

»Jedenfalls«, fährt er munter fort. »Werde ich das Einzige tun, was ein guter Bürger tun sollte! Zur Polizei gehen und ihn wegen Bedrohung, Missbrauch der Staatsgewalt, Verleumdung, Verstoß gegen das Rauschmittelgesetz und Datenschutzmissbrauch anzeigen. Wie findest du das?«

Ich senke meinen Kopf und stecke ihn zwischen meine Knie. Fuck, Mason, am Ende bin doch immer wieder ich daran schuld, wenn du untergehst.

»Emilia, sag doch was«, trällert er in den Hörer.

»Tu das nicht«, antworte ich erstickt. »Bitte!«

»Oh, das klingt, als wärst du bereit, einiges dafür zu tun, ihn zu schützen, oder?«

»Alles!«, schießt es sofort auf mir heraus. »Sag mir, was du willst. Geld? Einen neuen Job? Mein Schwiegervater kann dafür sorgen, dass du alles bekommst, was du willst.«

Wieder dieses trockene Auflachen. »Ich *hab* Geld, Emilia. Alles, was ich will, ist ein bisschen Spaß.«

Mit wird übel, Mason. Ich wünschte, ich könnte dir einfach alles erzählen, damit du es für mich regelst, aber dann landest du im Knast, weil du völlig durchdrehst. Ich könnte auch zu Keaton, aber bevor ich weiter darüber nachdenken kann, folgt der absolute Overkill.

»Und wenn du jemandem was sagst«, er klingt, als würde er mit einem Kind reden, »dann ist meine Aussage schneller bei der Polizei, als du seinen Schwanz lutschen kannst. Verstanden?«

Ich überlege, es deinem Vater zu erzählen, aber ich denke, gegen so viel Anklagepunkte kommt selbst er nicht an. Vor allem nicht mit deiner Vergangenheit. Er hat dich einmal zu oft aus der Scheiße geholt, Mason. Klar würde es dank mir Aussage gegen Aussage stehen, aber trotzdem wärst du im Arsch. Ich glaube, ich habe keine andere Chance, als erstmal nachzugeben und ihn dann zu überzeugen, dass es Irrsinn ist, was er hier tut. Will war immer recht vernünftig. Und ich konnte immer gut mit ihm reden. Er wird auf mich hören.

»Okay«, sage ich dumpf. »Was soll ich machen, Will?«

»Morgen um 14:00 Uhr ist dein Honeyboy in der Arbeit, oder?«

»Ja.«

»Dann treffen wir uns. Ich schicke dir den Treffpunkt.«

»Kannst du ihn mir nicht sagen, bevor Mason was mitkriegt?«

Er lacht. »Nein, das wäre nur halb so lustig. Ich mag es, wenn Geschichten spannend bleiben. Also bis morgen, Baby. Und zieh dir was Hübsches an. Du weißt ja, worauf ich stehe.« Damit legt er auf.

Ich hingegen lege mich auf den kühlen Badezimmerboden und versuche zu atmen.

Einfach nur atmen.

8. Fuck, Mason, ich liebe es, wenn du trinkst

Emilia

Es ist zwei Uhr am Morgen und ich liege hellwach in unserem riesengroßen, weichen Bett, in dem wir erst eine Nacht verbracht haben. Du bist noch nicht da, Mason, und langsam werde ich nervös. Ich habe dich dreimal angerufen, aber du drückst mich weg. Auch auf meine Nachrichten antwortest du nicht, obwohl die Häkchen blau sind. Jetzt weiß ich, wie du dich gefühlt haben musst. Ich mag das nicht, Mason. In meinem

Kopf herrscht ein einziges Chaos. Eine leichte Übelkeit begleitet mich schon die letzten Stunden. Mein Magen ist konstant verkrampft. Wenn du wegen mir deinen Job verlierst und dir deine ganze Zukunft verbaust wegen dem, was in deiner Akte stehen wird, kann ich mir das niemals verzeihen.

Als es unten laut scheppert und du fluchst, springe ich aus dem Bett, ziehe meinen Morgenmantel über und stürme die Treppen hinunter.

Du redest mit einer Vase, Mason.

»Shhhhht!«, machst du. »Leise sein! Sonst weckst du sie auf!« Und du streichelst sie. Dann drehst du dich um und erschreckst dich total, weil ich an der Treppe stehe.

»Fuck, Emilia!«, brüllst du. »Schleich dich nich so an misch ran, Scheiße noch eins!« Du bist total betrunken und hast Blut auf deinem weißen, eng anliegenden T-Shirt. Alkoholgeruch trifft mich, als du an mir vorbeitorkelst, der mich fast selbst betrunken macht. Du verschwindest in die Küche, fluchst, irgendwas knallt und du reißt Schubladen und Schränke auf.

Ich trete zu dir und lehne mich in den Türrahmen. »Was machst du da?«

»Isch«, verkündest du lautstark. »Suche dein Macka! Wo isser, Emilia?«

Ich hebe eine Braue. »Du suchst ihn im Kühlschrank, Mason?«

Mit einem Mal fährst du zu mir herum. Deine Augen sind blutunterlaufen und deine Fingerknöchel aufgeplatzt. Wen hast du wieder verprügelt, Mason?

»Laba keine Scheiße«, lallst du und blinzelst angestrengt. »Du betrügst mich doch schon wieder!«

Ich seufze angestrengt. »Mason, ich betrüge dich nicht. Und ich würde es sicher nicht hier tun. Und meinen Macker würde ich nicht in der Schublade verstecken, okay?« Ich versuche, ernst zu klingen, auch wenn ich irgendwie ein bisschen schmunzeln muss und gleichzeitig traurig bin. Ich will dir nicht wehtun, ich will das alles nicht durchziehen und ich will auch gar nicht daran denken.

Auf einmal stürmst du zu mir rüber und packst mich an den Schultern. »Also is da doch jemand, hä?«, fragst du mit erhobenen Brauen.

Ich lege den Kopf schief. »Nein.« Die Blutflecken auf deinem T-Shirt verursachen mir noch mehr Übelkeit. Schnell sehe ich hoch in deine Augen. »Da ist keiner, Mason, da bist nur du.« Ich umfange dein stoppliges Gesicht. »Immer nur du.«

Deine Lider gleiten kurz zu und du lehnst deine Stirn an meine. Deine Finger nesteln an dem Knoten meines Morgenmantels rum. »Weil, wenn da jemand is, Emilia«, murmelst du an meinen Lippen und klingst mit einem Mal fast nüchtern, während du mir den dünnen Stoff von den Schultern reißt. »Dann werde ich dich ficken. Und ihn. Und die ganze Stadt, und es wird brennen, Emilia. Weil du mir gehörst.« Mit einem Ruck setzt du mich auf die Küchenanrichte und ich höre, wie du deinen Gürtel öffnest. Meine Hände liegen immer noch an deinen Wangen. Ich bin völlig atemlos, schon jetzt.

»Wenn da jemand ist«, fährst du fort und ziehst meinen Slip grob aus. »Dann bringe ich dich um, Emilia.« Damit schiebst du dich in mich und mein Kopf fällt nach hinten. Wenn du betrunken bist, hast du eine Wahnsinnsausdauer, Mason. Ich weiß nicht, warum. Du packst mich grob an den Knien und ziehst mich noch enger an dich. Ich schlinge die Beine um deine Hüften und stütze mich mit einer Hand auf dem Tresen ab, die andere kralle ich in dein Shirt. Fuck, du fühlst dich so gut an. Ich könnte den ganzen Tag Sex mit dir haben, nur um das zu fühlen, was du in mir auslöst und was ich bei niemand anderem gefunden habe.

»Hast du mich verstanden?«, fragst du schwer atmend, schiebst dich wieder mit deiner ganzen Länge in mich, und ich keuche.

»Ja!«

Du greifst mit deinen blutigen Fingern nach meinem Kinn und hältst mich fest, den Daumen in die eine Seite gebohrt und Zeige-und Mittelfinger in die andere.

»Schau mich an!«, forderst du und ich schaue dich an. Fuck, ich liebe dich.

»Ja«, sage ich. »Ich habe dich verstanden.« Deine Stirn sinkt wieder an meine und wir halten uns fest. »Sag mir, dass du mich liebst«, forderst du.

Ich hauche: »Ich liebe dich.«

Deine Lippen pressen sich an meine und ich spüre dein Stöhnen in meinem Mund. Dein heißer Atem bricht sich an meiner Wange und ich kralle mich an dir fest, als würdest du jeden Moment verschwinden. Denn das Gefühl habe ich gerade. Und ich hasse es. Ich habe mich schon mal so gefühlt, damals, als ich wusste, dass ich dich verliere. Irgendwie ist es gerade das Gleiche. Und ich will es nicht.

Ich hoffe, dass ich eine Lösung für das alles finde.

Wir sind noch nicht fertig. Du bist noch nicht fertig, deshalb trägst mich, umschlungen, wie wir sind, ins Schlafzimmer, tief in die Laken, deine Arme neben meinem Kopf abgestützt und dein brennender Blick in meinen gebohrt. Deine Lippen sind einen Spalt geöffnet und du bewegst dich erstmal gar nicht, obwohl ich dich in mir spüre, und das ist die pure Folter, Mason.

Im nächsten Moment greifst du nach dem Saum deines Shirts und ziehst es in einer fließenden Bewegung über deinen Kopf. Dann reißt du mein Schlafhemdchen nach unten, sodass kühle Luft über meine nackten Brüste streift. Du beugst dich vor, ohne dich zu bewegen, Mason, und ich winde mein

Becken, als du mit deiner Zungenspitze über meinen Nippel gleitest.

»Was ist los, Emilia? Ungeduldig? Was tust du, damit ich dich weiterficke?«

Stöhnend werfe ich den Kopf zurück und deine Lippen senken sich an meine Kehle. Ich spüre deine Zunge an der dünnen, feinen Haut. »Alles«, wispere ich heiser und dein dunkles, tiefes Lachen dringt an mein Ohr, was mir eine Gänsehaut beschert. Gott, Mason, du bringst mich um.

»Braves Mädchen«, flüsterst du, bevor du dich langsam zurückziehst und dann mit einem harten Stoß tief in mir versinkst. Ich schreie auf, weil sich das so gut anfühlt, und bäume meinen Oberkörper auf. Meine Fingernägel krallen sich in deinen Bizeps, der sich immer wieder anspannt, wenn du dich bewegst. Oh Gott, du bist so heiß.

Du hältst dich tief in mich gedrückt und verharrst erneut. Deine Hand gleitet an mir nach unten und direkt zwischen meine Beine. Du legst den Kopf schief und streichst langsam mit zwei Fingern über meine Klitoris. Ich stöhne und ziehe mich um dich herum zusammen und mein Becken ruckt dir entgegen.

»Ah, ah, ah, Emilia. Nicht bewegen.« Du kreist fester um diesen einen Punkt. Langsam ziehst du dich aus mir zurück, so langsam, Mason, dass ich jeden Zentimeter von dir spüren kann. Dann stößt du wieder ruckartig in mich, sodass ich aufschreie und den Kopf ins Kissen presse. Du kneifst in meinen Lustpunkt und lässt mich kommen. Ich schreie, weil es so ein intensiver Orgasmus ist, ehe du dich mit einem Mal aus mir zurückziehst. Was echt ungut ist, weil ich es hasse, plötzlich so leer zu sein.

Aber du kniest schon über meiner Brust, hältst dich mit einer Hand selbst fest und schiebst deinen Schwanz in meinen Mund.

Ich habe keine Kontrolle darüber, was du tust. Du bestimmst, in welchem Tempo du deine Hüften bewegst und wie schnell und tief du in meinem Rachen bist. Ich kann nichts tun, als es hinzunehmen, und ich liebe es ein bisschen, Mason. Stöhnend krallst du beide Hände in das Bettgestell und die Muskeln deiner Arme spannen sich an. Dein tätowierter, harter Oberkörper ragt direkt über mir auf und er ist schweißnass. Deine Bauchmuskeln arbeiten, während du deine Hüften bewegst. Ich glaube, ich komme gleich nochmal allein wegen deines Anblicks.

Ich kralle meine Hände in die Laken und genieße die Geräusche, die du von dir gibst, Mason. Ich habe noch nie was Heißeres gehört als dein Stöhnen, wenn du meinen Mund benutzt.

»Emilia, ich komme gleich. Mund oder Titten?«, fragst du angespannt und in mir ziehen sich die Muskeln zusammen, allein vom Klang deiner Stimme.

Du ziehst dich kurz zurück, damit ich antworten kann, und streichst mit deiner Spitze über meine Unterlippe.

»Wo du willst«, erwidere ich heiser. Du stöhnst rau und schiebst dich wieder in meinen Mund, wo du fast sofort kommst.

Fuck, Mason, ich liebe es, wenn du trinkst.

9. Ich werde alles niederreißen,

Emilia

Emilia

Du hast wie immer deinen Arm fest um meinen Bauch geschlungen und drückst dich von hinten an mich. Ich liebe es, Mason, wenn du hinter mir liegst, und dein männlicher, großer Körper sich an mich schmiegt. Dann weiß ich, dass mir nichts passieren kann und ich fühle mich in absoluter Harmonie und Sicherheit.

Dein Wecker klingelt schon seit gefühlt zwanzig Minuten, aber du regst dich nicht. Ich ignoriere es auch, weil ich spüre, dass, wenn ich heute aufstehe und der Tag beginnt, sich alles ändern wird. Schon wieder.

Dein heißer Atem bricht sich an meinem Nacken und beide Hunde sitzen direkt vor mir und starren mich erwartungsvoll an, wann ich endlich den Platz freimache und sie aufs Bett lasse.

Du stöhnst gequält, dunkel und lang. Deine Hand schießt an mir vorbei und schlägt auf das Handydisplay, womit der Wecker für weitere gnädige drei Minuten auf *Snooze* gestellt wird. Du stöhnst nochmal, noch gequälter, und ich muss ein bisschen grinsen.

»Ich will sterben«, ertönt deine raue, verschlafene Stimme hinter mir. Du vergräbst dein Gesicht in meinem Nacken. »Töte mich einfach, Baby.«

Ich fasse nach hinten, streichle durch dein Haar. »Das werde ich ganz sicher nicht tun, Mason Rush. Aber dein Vater wird das sehr gern übernehmen, wenn du heute nicht pünktlich zur Arbeit kommst.«

»Fuck«, flüsterst du, richtest dich auf, drückst mich auf den Rücken und lehnst dich über mich. »Du hast deinen Arsch an mich gepresst, Emilia. Ich bin davon aufgewacht, doch ich habe keine Zeit, dich zu vögeln. Willst du mich reizen, Baby?«

Ich kichere aufgeregt. »Vielleicht ein bisschen.«

»Dann warte nur ab, wenn ich heute von der Arbeit komme!« Du bist immer noch ein bisschen betrunken, Mason. Das ist süß, aber das würde ich dir nie sagen.

Du schwingst dich von mir und stöhnst gleich wieder, als du aufstehst und über die Hunde stolperst, die total wild durcheinanderwuseln und sich freuen, dass endlich mal jemand seinen Arsch aus dem Bett bewegt hat.

»Wieso haben wir eigentlich zwei solcher Viecher?«, beschwerst du dich, gehst aber in die Hocke, um beide zu streicheln.Sie lecken dein Gesicht ab, was auch süß ist.

Ich schaue deinem schönen Rücken hinterher, als du fluchend ins Bad verschwindest. Du bist einfach kein Morgenmensch. Noch schlimmer ist es, wenn du verkatert bist.

Ich nehme mein Handy vom Nachttisch und strecke mich genüsslich. Wie jeden Morgen will ich erstmal Social Media checken, als mir die Nachricht von DILF-Daniels ins Auge sticht und mir schlagartig alles wieder einfällt. Ich spüre, wie mein Herzschlag sich sofort erhöht, und werfe einen panischen Blick zur Tür, aber die Dusche läuft noch. Langsam richte ich mich auf.

Fuck!

Es ist jetzt sieben Uhr und mir bleiben noch sieben Stunden, bis ich mich mit ihm treffen muss und ihn hoffentlich davon überzeugen kann, nichts Unüberlegtes zu tun.

Ich öffne die Nachricht. *E. Wecker Drive, Hyatt Hotel, Zimmer 27. 14 Uhr.*

Ich schlucke trocken, merke mir die Daten und lösche die Nachricht sofort, nachdem ich *ok!* geschrieben habe. Gerade, als ich das Handy weggelegt habe, kommst du wieder in den Raum. Du hast nur ein Handtuch um die Hüften geschlungen und ich frage mich, wie man verkatert und total fertig noch so gut aussehen kann.

Du musterst mich prüfend, während du zum Kleiderschrank gehst. Ich hasse es, dass ich einfach nichts vor dir verstecken kann.

»Alles klar, Emilia?«, fragst du und steigst in Shorts und eine Hose.

»Ja, wieso?«, frage ich zurück, während du dir ein weißes Hemd rausholst und es überziehst. Es ist immer noch so ungewohnt, dich in diesem Outfit zu sehen. Dich, meinen dunklen, fluchenden, abgefuckten Prinzen der Dunkelheit in einem strahlend weißen Hemd. Das passt irgendwie nicht. Obwohl du es schaffst, selbst in diesem Outfit wie ein ganz böser Junge zu wirken.

»Nur so.« Du machst ein betont gleichgültiges Gesicht und greifst nach deiner Waffe, die im Schrank ganz oben liegt, bevor es noch einen versehentlichen Unfall gibt. Du schiebst sie einfach in deinen

Hosenbund. Wenn ich nicht so angespannt wäre, würde ich jetzt deinen Vater nachmachen und dir sagen, dass du endlich dein Holster tragen sollst, was du natürlich rein aus Prinzip nicht tust.

»Wann musst du in die Uni?«, fragst du jetzt.

Ich zucke mit den Schultern. »Um neun. Ich hab heute viele Vorlesungen und komme wahrscheinlich erst gegen fünf.« Ich will dich nur darauf vorbereiten, Mason, damit du nicht Amok läufst, wenn ich nicht mittags zu Hause bin. Oder warum ich nicht an mein Handy gehe, wenn du mich anrufen solltest.

Während ich beobachte, wie du vor dem Spiegel am Schrank noch ein paarmal durch dein feuchtes Haar fährst und es richtest, muss ich daran denken, wie du gestern in meinem Mund gekommen bist. Die Muskeln in meinem Unterleib ziehen sich wieder zusammen. Fuck.

Du drehst dich zu mir um und kommst ans Bett. Deine Hüften sind genau auf der Höhe meines Gesichts. Ich werde knallrot und ein bisschen nervös.

Dann gehst du in die Hocke und dein Gesicht erscheint direkt vor mir.

Du hebst eine Braue. »Emilia, ich werde jetzt nicht deinen Mund vögeln. Hör auf, ihn so gierig anzustarren.« Du riechst nach frischer Dusche, Parfüm und Zahnpasta. Ich will dich schon wieder so sehr, dass ich mich kaum zusammenreißen oder klar denken kann.

Du nimmst mein Kinn zwischen die Finger und starrst mir in die Augen.

Und starrst noch ein bisschen mehr.

»Ich habe es ernst gemeint, was ich gestern gesagt habe, Emilia.« Dein Daumen streicht über meine Unterlippe. »Ich werde alles niederreißen, wenn du mich fickst. Auf die Art, wie ich es nicht mag. Verstanden?«

Ich hasse es, wenn du so ruhig klingst. Ich weiß auch nicht, wieso. Vielleicht weil deine Augen dann umso lauter schreien.

»Verstanden, Mason«, sage ich genauso ruhig, auch wenn sich mein Magen dabei fest zusammenballt. Du starrst noch ein bisschen und dann lässt du mich ruckartig los, drehst dich um und gehst.

Kein Abschiedskuss für mich. Kein *Bye*. Ich fühle mich, als hättest du mich mit einem Eimer kaltem Wasser übergossen.

* * *

Mason

Es gefällt mir nicht, wie du mich ansiehst, Emilia.

Es gefällt mir nicht, wie nervös du heute Morgen warst, obwohl du dachtest, ich merke das nicht.

Und es gefällt mir überhaupt nicht, was gestern bei meinen Eltern passiert ist. Ich weiß, dass du etwas vor mir verheimlichst, weil ich in dir lesen kann wie in der Tageszeitung. Deswegen werde ich dich heute für keine verdammte Sekunde aus den Augen lassen, selbst wenn es nur über meinen Rechner ist.

Ich hab schon zwei Aspirin genommen, aber mein Kopf dröhnt immer noch, und es ist echt nicht hilfreich, dass mein Dad mich heute zum Wiedereinstieg besonders hart rannimmt und mich mit tausend Akten zugemüllt hat, als wäre ich seine Scheißsekretärin.

Emilia, ich habe dir versprochen, deine Privatsphäre zu respektieren. Ich habe dir versprochen, dich nicht mehr zu stalken oder dein Handy zu überwachen, aber du lässt mir keine andere Wahl und so orte ich dich, sobald ich im Büro bin.

Zuerst spazierst du den üblichen Weg mit den Hunden durch den Park vor der Tür – ungefähr eine halbe Stunde. Halb neun bist du zu Hause. Ich weiß, was du machst. Du machst dich fertig. Und um neun bist du in der Uni, was mich erleichtert. Fürs Erste. Ich frage mich, ob ich nicht doch total paranoid bin und übertreibe. Vielleicht ist da ja gar nichts. Vielleicht steigere ich mich in nichts rein.

Aber vielleicht auch nicht.

Ich meine, wer hat dich angerufen, Emilia? Wieso hast du mich belogen? Wieso warst du vorhin so nervös? Ich beschließe, dich die Woche über bis Sonntag zu stalken. Wenn bis dahin nichts rauskommt, dann lasse ich es. Ich kann dir nicht hundertprozentig vertrauen, auch wenn ich es versuche, denn du machst es mir nicht leicht.

Als mein Handy klingelt, bin ich genervt, weil ich mich gerade in die Samirez-Akte eingearbeitet habe und die Beweismittel durchgegangen bin. Als ein ganz bestimmter Name auf meinem Display aufleuchtet, stöhne ich müde und gehe ran. Das muss jetzt aufhören.

»Ja, Cherry?« Ich seufze gelangweilt. »Was ist los?«

»Hey«, sagt sie und ich schließe meine Tür. Wenn mein Dad mitkriegt, dass ich auch nur ihren Namen sage, läuft er Amok und schmeißt mich aus dem Fenster.

»Was ist los?«, wiederhole ich, stelle mich ans Fenster und schaue raus. Von hier aus habe ich Ausblick auf die ganze Stadt und auch auf die hohen Dächer deiner Uni, Emilia. Irgendwo da läufst du gerade rum.

»Ich habe mir gedacht, ich rufe dich einfach nochmal an, weil das letztens alles so scheiße gelaufen ist. Und ich bin bald in Chicago und wollte fragen, ob wir uns treffen?«

»Nein!«, antworte ich schneller, als ich denken kann. »Cherry, ich bin jetzt mit Emilia verlobt.

Verstehst du das? Wir leben zusammen. Ich werde sie heiraten. Und du solltest besser nicht mehr anrufen.«

Sie schweigt ein paar Sekunden.

»*Du* wirst heiraten?« Ihre Stimme verrät, wie geschockt sie ist. Davon abgesehen klingt es, als würde sie fragen, ob ich gerne Ballett tanze.

»Ja, ich werde heiraten«, sage ich fest entschlossen, weil es an diesem Entschluss auch nichts zu rütteln gibt.

»Also so wirklich heiraten? Mit Pfarrer und weißem Kleid und Ringen?«, will sie ungläubig wissen.

»Ja, ich glaube, so macht man das heutzutage immer noch, Cherry.« Sie nervt mich, Emilia. Sie tut so, als wäre ich ein Monster, das niemals die richtige Frau findet. Außer ihr.

»Okay ... das finde ich gut.« Das ist eine glatte Lüge. »Aber wir können doch trotzdem ...«

»Nein, Cherry!«, unterbreche ich sie. »Hör mir zu. Ich liebe sie und ich werde ihr nicht noch einmal wehtun.«

»Aber wir müssen ja nichts miteinander ...«

»Darum geht es nicht. Ich würde dich nie wieder anfassen. Es geht darum, dass es schon reicht, wenn wir hier miteinander reden, um sie zu verletzen, und ich will sie nicht mehr verletzen.«

»Ohhh, mit einem Mal so vernünftig und erwachsen, oder was? Mason, das passt nicht zu dir.«

Ich schnaube. »Sonst noch was, Cherry? Ich muss dann weiterarbeiten.«

»Das wird nie klappen, Mason«, sagt sie. »Aber ich wünsche euch natürlich nur das Beste.« Wieder eine glatte Lüge, Emilia. Tz, tz,tz.

»Danke«, sage ich. »Bye.«

Bevor sie antworten kann, habe ich aufgelegt, und als ich das nächste Mal nach deinem Handy schaue, bist du in der Stadt, Emilia.

Und nicht mehr in der Uni.

Fuck.

10. Eine Sekunde, Emilia

Mason

Ich sitze in meinem Stuhl, Emilia, und bin wie festgefroren. Es ist 13:30 Uhr und du bist nicht wie angekündigt in der Uni. Nicht einmal in der Nähe davon. Der kleine blaue Punkt, der dein Handy darstellt, bewegt sich auf meinem Monitor quer durch die Stadt und ich wünschte, ich könnte hineingreifen und ihn einfach festhalten, weil ich weiß, dass du nicht mal eben mittagessen gehst. Wenn das der Fall wäre, hättest du mich entweder angerufen, ob du mir was vorbeibringen sollst, oder du wärst in der Nähe der Uni geblieben.

Wie ferngesteuert greife ich nach meinem Handy und drücke auf den vorletzten Anruf in meiner Liste. Du gehst erst nach dem achten Klingeln ran, Emilia. Hast du gehofft, dass ich auflege?

»Hi!«, rufst du viel zu überschwänglich und ich zwinge mich dazu, die Wut irgendwie in mir niederzupressen.

»Was machst du?«, frage ich tonlos.

»Alles okay bei dir?«, willst du wissen. »Du klingst nicht so gut.«

»Was machst du, Emilia?« Ich bin kein Schauspieler, so wie du; ich kann mich nicht verstellen.

»Ähm ... äh ...«, druckst du rum, während ich die Augen schließe und versuche, tief durchzuatmen. Meine Hand umklammert das Handy viel zu fest. »Ich bin kurz im *Starbucks* neben der Uni, Kaffeenachschub für die Lerngruppe holen. Da steht eine Klausur an und wir lernen, deswegen komme ich so spät. Die nächste Vorlesung geht in einer halben Stunde los, bis ungefähr vier, und dann wollen wir noch weiterlernen. Ich bin neu, das weißt du ja. Ich muss erst mal Leute kennenlernen und Stoff aufholen. Es ist der Wahnsinn, wie unterschiedlich man das gleiche Fach an jeder Uni unterrichtet. Entschuldigung, darf ich mal?«, fragst du mittendrin an irgendjemand anderen gewandt. »Auf jeden Fall warte nicht auf mich. Soll ich uns Essen mitnehmen? Chinesisch?«

Ich bin so geschockt, Emilia, dass ich erst gar nicht antworten kann, aber ich habe schon einen Arm in meine Lederjacke gesteckt und bin an der Bürotür.

»Was auch immer du willst, Emilia«, erwidere ich und lege auf. Ich kann das nicht ertragen. Dann aktiviere ich die Verbindung meines PCs mit dem Handy, damit ich weiterhin sehen kann, wo du bist, und stürme aus dem Büro.

Ich komme genau bis zu den Aufzügen, als *er* schon vor mir steht.

»Dad, nicht jetzt!«, sage ich hart.

»Was glaubst du, wo du hingehst? Du bist bis fünf eingetragen, Mason.«

»Ich scheiß drauf, geh mir aus dem Weg!«, donnere ich.

Ich weiß, dass mein Dad mich hier nicht einfach so packen ... Im nächsten Moment macht er genau das und drückt mich mit dem Gesicht gegen die kalte Aufzugtür.

»Wie bitte?«

»Fick dich, Dad«, zische ich unartikuliert, weil meine Wange nach vorn gepresst wird. »Jetzt nicht. Ich muss sofort los!«

»Mason, du musst arbeiten!«

»Sie betrügt mich, okay, Dad?«, sage ich mit aufgebrachter Stimme. »Ich muss da jetzt hin! Und ich werde nicht ausflippen, aber ich muss jetzt los, Dad.«

Dad dreht mich wieder um und mustert mich eine Weile ernst. »Woher weißt du das?«

»Sie sagt, sie wäre in der Uni, aber ich habe ihr Handy geortet. Schau es dir an.« Ich zeige meinem Dad mein Handy, wo dein Punkt endlich stehen geblieben ist. Daneben ist eine Markierung, auf der *Hyatt* steht. Das ist ein Hotel, Emilia, und kein günstiges. Sogar mein Vater wird blass und seine Augen werden groß.

»Scheiße«, sagt er leise. »Gib mir deine Waffe.«

Ich gebe sie ihm sofort, damit er mich gehen lässt. Aber vorher greift er noch nach meiner Schulter. »Ruf mich an, wenn was ist.«

Ich nicke und wende mich ab.

Er vertraut mir, Emilia. Ich weiß nicht, ob das eine gute Idee ist … aber ich stürme davon, bevor er es sich anders überlegen kann.

* * *

Ich stehe vor dem Hotel, Emilia, und ich weiß nicht, ob ich wieder ins Auto steigen oder reingehen soll.

Hast du dich so gefühlt, als du kurz davor warst, Cherry und mich zu erwischen?

Ich will es wissen und gleichzeitig auch nicht.

Wenn man die Augen schließt, sieht man die Monster nicht, die auf einen zukommen. Wird unser ganzes Leben so verlaufen, Emilia: Der eine erwischt den anderen bei irgendwas, was er nicht tun soll? Wir rasten aus, wir hassen uns und dann ficken wir wieder, bis wir uns irgendwann gegenseitig völlig vernichtet haben? Ist das unser Schicksal? Uns gegenseitig wehzutun und uns in den Abgrund zu reißen?

Aber ich brauche Gewissheit.

Also gehe ich los und fühle mich, als wäre ich in einem Scheißtraum gefangen. Meine Füße bewegen sich, ohne dass ich sie lenke, und mir ist schlecht. Ich will kotzen, noch bevor ich dich mit jemand anderem ficken gesehen habe. Schließlich betrete ich die sauberen, teuren Hallen des *Hyatt* und brauche gar nicht zu fragen, in welchem Zimmer du bist, denn diese Ortung ist sehr genau. Du bist in Zimmer 27. Also gehe ich einfach an der Rezeption vorbei zu den Treppen. Ich habe keine Geduld für den Aufzug. Es ist 14:20 Uhr, Emilia, und meine Schritte sind schneller, als ich laufen kann. Das Zimmer, in dem du dich befindest, ist am Ende des Ganges. Ehe ich mich versehe, stehe ich davor.

Fuck.

Wenn du jetzt nicht da drin bist, um mich zu überraschen oder was anderes Heißes mit *mir* zu tun, dann werde ich dich umbringen.

Ich brauche keine Scheißschlüsselkarte, um in das Zimmer zu kommen, Emilia. Dafür habe ich meine Methoden, die nichts mit dem FBI zu tun haben, wobei es mir egal ist, was es kosten wird. Ich breche leise die Tür auf. Es ist eine Suite, es läuft Musik und ich höre deine Stimme.

»Jetzt warte«, sagst du und ich betrete wie ferngesteuert den Flur, um weiter nach hinten auf den Wohnraum, aus dem der Sonnenschein dringt, zuzugehen. »Trink noch ein Glas Champagner bitte, du bist viel zu voreilig, Will.«

Scheiße!

Emilia!

Scheiße, Emilia!

Scheiße, Emilia!

Mehr kann ich gerade nicht denken.

»Oh, Baby, bitte, du warst noch nie zurückhaltend und du wirst nie zurückhaltend sein. Ich kann den Champagner auch aus deinem Bauchnabel schlürfen, das weißt du doch. Erinnere dich an die eine Nacht im *Hilton*, da hast du es genossen. Du hast alles genossen, was ich mit dir gemacht habe, und du wirst es auch jetzt genießen.« Ich höre dich aufkeuchen und gehe um die Ecke.

Da sitzt du.

Auf Dr. DILF *Daniels Schoß.*

Er hat die Hände auf deinem Arsch.

Auf meinem Arsch!

Der Träger deines Oberteils ist nach unten gerutscht und deine Haare sind wild durchwühlt. Als hättest du mich gespürt, siehst du erschrocken auf. Du kleine, dreckige Hure. Ich kann mich nicht mehr zurückhalten.

»Scheiße!«, flüsterst du und springst in dem Moment von ihm runter, als ich auf euch losgehe. Ich hoffe für dich, dass du jetzt schnell läufst, weil ich gerade für nichts garantieren kann. Mit aller Willenskraft, die ich aufbringen kann, reiße ich ihn am Kragen hoch und packe *nicht dich*. Du schreist auf und schlägst die Hände vor den Mund, als ich ihn mit dem Gesicht voran gegen die Wand donnere.

»*Mason, nein!* Ich kann das erklären!«

»Halt die Klappe, du dumme Schlampe!«, zische ich dir über meine Schulter hinweg zu und widme mich dann wieder dem verdammten, bald toten Pisser. Ich ramme noch mal sein Gesicht gegen die Wand und er keucht, während ich einen blutigen Abdruck hinterlasse. Ich spüre deine Hand auf meinem Arm, Emilia. Du wimmerst irgendwas und heulst und versuchst, mich von ihm wegzuzerren. Ich gebe dir eine mit der Rückhand, denn du weißt, dass du mich gerade nicht anfassen sollst, Emilia!

Du gehst zu Boden.

Dabei hättest du kleine Hure noch so viel mehr verdient als das! Du kriegst nicht genug von

Schwänzen, oder, Emilia? Du bist die Kranke von uns beiden, nicht ich!

Ich schleudere den Pisser neben dich auf den Boden und trete ihm in den Bauch. Dann lasse ich mich auf die Knie fallen und gebe ihm einen Kinnhaken. Als seine Nase bricht, ist es das schönste Geräusch der Welt.

»*Mason, hör auf, du bringst ihn um!*«, brüllst du, aber ich denke ja nicht mal daran, auf dich zu hören. *Nie wieder.* Dich wollte ich heiraten? *Dich?* Fuck! Ich bin wirklich ein Trottel!

Und während ich immer wieder vor mir sehe, wie du auf ihm sitzt und er dich angrabscht, lasse ich meine Fäuste auf ihn niedersausen, bis mich von hinten mit einem Mal vier Arme packen und von ihm wegzerren.

Er liegt blutüberströmt auf dem Boden und grinst mich an, dieser verdammte Hurensohn!

Du sitzt neben ihm und schluchzt. Ich spucke zwischen euch auf den Boden, bevor ich mich losreiße und nach draußen stürme.

»Sie können nicht einfach gehen, Sie müssen warten, bis die Polizei da ist!«

»Ich bin die verdammte Polizei, Motherfucker«, murmle ich für mich selbst und gehe einfach.

Fuck!

***

Ich sitze im Auto und beschließe, diese verdammte Schlampe im Hotel ist nicht länger ein Teil meines Lebens. Alles in mir will da wieder reinstürmen und sie umbringen. Diesmal wirklich! Bis jegliches Licht in diesen verdammten Augen erlischt und sie mir nie wieder so was antun kann.

Stattdessen starte ich den Motor, setze mit quietschenden Reifen zurück, wende und rase vom Parkplatz.

Meine Hände zittern immer noch von der Anspannung und ich mache mir eine Zigarette an. Überall ist Blut und in meinem Kopf spielt sich ab, was passiert wäre, wenn ich nicht gekommen wäre. Wie sie sich küssen, wie sie stöhnend unter ihm liegt, den Rücken durchdrückt, so wie sie es gestern noch unter mir getan hat; wie sie seinen Namen keucht und ihre Fingernägel in seine Arme krallt.

»*Fuck!*«, brülle ich und boxe gegen das Lenkrad. Ich bin unaufmerksam und gerate auf die Gegenfahrbahn, kann mich aber noch mal fangen. Viel zu fest ziehe ich an der Zigarette, während die Bilder immer heftiger auf mich einströmen und sich zu einem Karussell des Grauens vereinen, das sich in meinem Kopf unaufhörlich dreht.

Diese Schlampe ist für mich gestorben, und selbst wenn sie noch irgendwo weiteratmet, für mich ist sie tot.

Wie konnte ich nur so dumm sein? Alle Zeichen deuteten darauf hin, dass sie nie besser, nie genug für mich sein kann.

Ich drücke immer weiter aufs Gas, weil mein ganzer Körper so angespannt ist. In der Innenstadt überhole ich Autos, egal wie eng es ist. Ich höre das Gehupe, ohne es wirklich wahrzunehmen.

Irgendwann lenke ich den Wagen aus der Stadt und fahre über einen Waldweg. Mein Handy klingelt unaufhörlich und ich schleudere es mit einem Brüllen aus dem Fenster, genau wie meine Kippe. Es ist eine Sekunde, die oftmals über Leben und Tod entscheidet, über Treue und Untreue.

Eine Sekunde, in der ich mir eine neue Zigarette anzünden will und die Augen von dem Kiesweg nehme. Eine Sekunde, in der vor mir ein Baum auftaucht und ich mit voller Wucht dagegenbrettere.

11. Zwei Möglichkeiten, Mason

Emilia

Ich drehe den Verlobungsring konstant an meinem Finger vor und zurück. Du bist weg, Mason, und du hast mich geschlagen, Mason. Du hast Will geschlagen, Mason. Ich kann es dir nicht verübeln. Denn ich weiß, was du gedacht hast, als du hier reinkamst. Es war wie in den Filmen: der perfekte Moment, nicht wahr? Woher wusstest du nur, dass ich hier bin? Hast du mir wieder hinterherspioniert? Ich hätte mein Handy zu Hause lassen sollen; ich bin so dumm. So unsagbar dumm.

Jetzt sitze ich neben Will auf dem Boden. Er kann sich kaum bewegen, aber er ist hellwach. Um uns herum stehen lauter fremde Leute, die uns mit Fragen bombardieren und dämlich anschauen. Die Polizei ist auf dem Weg hierher und ich habe solche Angst. Das ist genau das, was er wollte. Und ich bin ihm voll in die Falle gegangen, wie ein dummes kleines Mädchen, dem man einen Lolli verspricht. Solche Erpressungsgeschichten finden nie ein friedliches Ende.

Wie verabredet, habe ich mich um zwei hier mit Will getroffen, denn ich wollte ganz sachlich mit ihm reden. Aber für ihn stand schon fest: sein Weg oder kein Weg. Ich wollte ihm ein bisschen Honig ums Maul schmieren, damit er besänftigt ist und dich in Ruhe lässt; ich hätte niemals mit ihm geschlafen. Doch natürlich hat er es versucht, und in dem Moment kamst du rein.

Scheiße, Mason.

Ich weiß, dass du mir nie wieder ins Gesicht sehen wirst.

Und wenn ich jetzt gerade heule, dann deswegen und nicht, weil ich einen Schock habe, seit du hier reinspaziert bist und uns alle umgenietet hast.

Ich werde nie vergessen, wie du mich angesehen hast. Und ich kann so gut nachempfinden, was du gefühlt haben musst, weil mir selbst ganz schlecht und mein Magen total verkrampft ist.

Die Polizei wird jede Minute hier sein und dann ... Ich schaue runter zu Will.

»Die Polizei ist gleich da!«, sage ich mit harter Stimme. Ich hasse ihn so sehr. Am liebsten würde ich ihm ein Kissen aufs Gesicht drücken, aber hier sind zu viele Zeugen.

»Ich weiß«, antwortet er locker und stöhnt, als er versucht, sich aufzurichten. Er gibt es auf und lässt sich wieder auf den Rücken fallen. »Du hast zwei Möglichkeiten!«, nuschelt er, weil er im ganzen Gesicht blutet. Und ich glaube, ihm fehlt ein Zahn.

»Möglichkeit Nummer eins: Wir wissen nicht, wer dieser Irre war, als er hier reingestürmt ist und uns fertiggemacht hat.« Er redet sehr leise, sodass nur ich ihn hören kann. »Möglichkeit zwei: Es war Mason Rush und er ist dein eifersüchtiger Verlobter, der es nicht verkraftet hat, dass du mit mir schlafen wolltest. Es liegt bei dir, wie wir uns entscheiden.«

Mir bleibt keine Wahl. Absolut nicht. Wenn er jetzt deinen Namen nennt, inklusive der anderen Anschuldigungen, kommst du wegen versuchten Totschlags in den Knast, Mason. Mir wird eiskalt, während ich mir das klarmache.

Meine Finger sind ganz ruhig, als ich deinen Ring abziehe und ihn in meine Hosentasche stecke. Dann nehme ich die Hand dieses widerlichen Bastards und weiß das erste Mal, wie du dich fühlen musst, kurz bevor du ausflippst. Aber ich lasse nichts davon nach außen dringen und sage: »Oh, Baby, wüssten wir doch nur, wie dieser Irre heißt und was für ein Motiv er hatte, hier reinzustürmen und uns so was anzutun.«

Er lacht trocken. »Du bist so dumm, Emilia.« Aber er drückt fest meine Hand, als würde er mir signalisieren wollen, dass er sie so bald nicht mehr loslassen wird.

***

William *Fick dich* Daniels ist im Krankenhaus. Damit werde ich erst mal für ein paar Tage Ruhe vor ihm haben. Natürlich habe ich ihn als *besorgte Freundin* begleitet, aber jetzt flüchte ich, weil die Ärzte ihn unter starke Schmerzmittel gesetzt haben und er ganz weggetreten ist. Wir haben beide eine Aussage bei der Polizei gemacht. Er: soweit er konnte. Ich: klar und deutlich. Natürlich habe ich meine Aussage an die der anderen Zeugen angepasst: *großer, gutaussehender Typ. Keine Ahnung, was er wollte. Wahrscheinlich hat er mich mit seiner Freundin verwechselt und in der Rage zu spät gemerkt, dass ich es gar nicht bin. Dann ist er abgedampft. Er hat mich voll beleidigt, und ich hatte keine Ahnung, was das sollte. Jetzt bin ich froh, dass der Irre weg ist, und hoffe, Sie finden ihn, Officer.*

Scheiße, Mason, wenn es um dich geht, kann ich perfekt lügen, aber wenn es darum geht, *dich* anzulügen, schaffe ich es nie.

Ich hetze die sterilen Gänge entlang und versuche, dich anzurufen – zwar nicht zum ersten Mal, aber dein Handy ist nach wie vor aus. Ich kneife die Augen zusammen, weil das grelle Licht sticht und mein Schädel jeden Moment platzt. Weil alles nach Desinfektionsmittel riecht, atme ich durch den Mund. Fast stolpere ich über meine eigenen Füße, als ich den Ausgang entdecke. Mit einem Mal drehst *du* dich zu mir um und ich kann zuerst gar nicht verstehen, was ich da sehe, und was du hier machst. Aber da bist du, mitten am Empfang, mit deinen Eltern. Du hast eine echt fiese Verletzung von der Stirn bis zu deiner Schläfe, die genäht wurde, außerdem lauter Kratzer, Blutergüsse und ein anschwellendes Auge. Hast du dich wieder geprügelt?

Du siehst mich, Mason, und mein Herz setzt aus.

Wir stehen uns, glaube ich, eine Ewigkeit gegenüber. Wie in einer Blase verlangsamt sich die Zeit, während sie außerhalb stark beschleunigt weiterläuft. Menschen wuseln geschäftig um uns rum, reden, trinken, während Telefone klingeln … Doch ich kann dich nur anstarren und würde am liebsten auf die Knie fallen.

»Mason!«, sage ich und mache einen Schritt auf dich zu, stocke aber, als ich den Ausdruck deines

Vaters sehe, während er den Kopf schüttelt. Mein Blick schweift zu deiner Mutter, die aus irgendeinem Grund auch da ist. Sie sieht mich wieder *so* an. Wie damals. Als ich Riley wegen dir das Herz gebrochen habe.

Scheiße.

Ich kann nicht atmen.

Ich kann mich nicht bewegen.

Ich kann gar nichts tun.

Du stürmst an mir vorbei und rempelst mich so hart an, dass ich zur Seite taumle. Deine Mutter folgt dir auf dem Fuß, ohne mich auch nur eines weiteren Blickes zu würdigen. Und Keaton, der bleibt kurz neben mir stehen. Seine Augen fragen nur eins: *warum?*

Ich will es gerade erklären, öffne den Mund, doch er sagt nur: »Nicht«, und geht weiter, lässt mich allein zurück.

In dem Moment fühle ich mich, als hätte man mir alles genommen, wofür ich gelebt habe.

12. Ein unmögliches Unterfangen, Bitch

Emilia

Ich bin bei Riley und Bridget im Hotelzimmer. Ich wusste nicht, wohin mit mir und habe ihnen *alles* erzählt. Bridget sitzt immer noch sprachlos mit aufgerissenen Augen da. Sie wusste vieles nicht von mir, zum Beispiel das mit Dr. Daniels.

Riley starrt nur auf meine Wange. »Schon wieder, Emilia?«

»Er war so in Rage, dass er mich einfach beiseitegeschleudert hat. Er hat nicht mal gemerkt, was er macht.«

»Was heißt denn hier schon wieder?«, fragt Bridget.

»Vergiss es!«

»Ich mache uns mal einen Kaffee«, meint sie und geht zu der kleinen Küchenzeile, um Instantkaffee zuzubereiten. Riley sieht mich an, doch ich kann diesen Blick gerade nicht ertragen.

»Scheiße, Emilia, du hättest es ihm von Anfang an einfach erzählen sollen. Du weißt doch, wie er ist.«

»Und was hätte er dann getan, Riley?«

»Das, was er jetzt auch getan hat. Es wäre aufs Gleiche hinausgelaufen, oder nicht?«

»Aber Will wäre dann zur Polizei gegangen und hätte ihn hinter Gitter gebracht. Nicht einmal euer Dad hätte noch was tun können.«

»Dann sag es ihm jetzt wenigstens.«

»Und dann? Dann geht Will zur Polizei, zeigt ihn wegen der vorher passierten Sachen an und wegen Körperverletzung, oder Mason bringt ihn um und landet auf dem Stuhl.«

»Du hast wirklich ein Talent dafür, dich in die Scheiße zu reiten. Ich wusste nicht, dass du was mit diesem Dr. Daniels hattest, du hattest doch einen Freund? Auch wenn er ein Wichser war, wieso tust du das immer wieder?«

Ich seufze angespannt. »Weil sie alle nicht Mason sind.« *Aua!* Ich sehe den Schmerz in seinen Augen und würde meine Worte gern zurücknehmen, denn ich hab nicht daran gedacht, dass Riley auch einer von *ihnen* ist. Scheiße.

»Wie auch immer …« Er atmet aus und Bridget kommt mit drei Tassen zurück, bevor sie sich zu ihm auf die Armlehne setzt. Ich sehe das Funkeln in ihren Augen, als sie in meine Richtung schaut. Es ist wie eine kleine Warnung. Sie liebt mich und ich liebe sie. Wir sind wie Schwestern, eigentlich, aber sie kennt jetzt die ganze Geschichte, und ich weiß, sie befürchtet, dass Riley wieder rückfällig wird, jetzt, da ich mich mit dir verkracht habe.

»Ich werde mit Dad reden und schauen, was sich machen lässt«, meint Riley.

»Er wird dir sowieso nicht glauben. Du hast keine Ahnung, wie er mich heute angesehen hat.«

Er verzieht das Gesicht. »Scheiße, ich kann es mir vorstellen.«

Ich bin hier bei meinen besten Freunden und fühle mich trotzdem so allein, als ich merke, dass nicht mal Riley eine Lösung für diese verzwickte Situation hat.

Ich weiß nur eins: Ich will zu dir und dir am liebsten alles erklären.

Aber das ist das Einzige, was ich auf keinen Fall tun darf.

Ich weiß schon, dass du nicht da bist, als ich den Flur betrete.

Erstens sind da keine Missy und Venus, die sich freuen, dass endlich wieder jemand nach Hause kommt, und zweitens spüre ich deine Abwesenheit tief in mir. Ich kann es eigentlich nicht wirklich glauben und ich will es auch gar nicht wahrhaben, aber du bist weg. Deine Schuhe stehen nicht mehr im Regal, deine Jacken hängen nicht an der Garderobe, und als ich weiter ins Wohnzimmer gehe, ist alles verschwunden. Deine Konsolen, deine Spielesammlung, deine CDs. Die klaffenden Löcher, die du in den Wänden hinterlassen hast, und wo die Tapete eingerissen ist, weil du reingeschlagen hast, fühlen sich an wie das Loch in meinem Herzen.

Das Bett ist ungemacht, denn vor ein paar Stunden lagen wir noch darin und alles war perfekt. Jetzt ist es dunkel. Dort, wo heute Morgen noch die Sonne reingeschienen hat, sind jetzt nur noch Schatten.

Du bist überall und doch nirgendwo.

Der Schrank ist leer, meine Sachen hatte ich noch nicht mal ganz ausgepackt.

Wir waren lediglich zwei Tage hier, bevor alles so schrecklich aus dem Ruder lief.

Wo bist du?

Was machst du jetzt?

Fühlst du dich auch so wie ich damals?

Ich setze mich aufs Bett, ziehe den Ring aus meiner Hosentasche, und als ich ihn über meinen Finger stülpe, fühlt es sich nicht mehr richtig an.

Ich kann nicht glauben, dass ich dich schon wieder verloren habe. So schnell. Es geht immer so schnell bei uns. Ich hole mein Handy raus und schreibe Keaton eine Nachricht.

Ich wollte nur sagen, dass ich so lange in der Wohnung bleibe, bis ich etwas auf dem Campus gefunden habe ... Die Antwort kommt sehr schnell und zerschmettert mich noch mehr.

Ok.

Zwei Buchstaben, mehr bin ich nicht mehr wert.

Ist er bei euch?, frage ich, weil ich nicht anders kann, doch seine nächste Nachricht ist noch schlimmer.

Das geht dich nichts mehr an.

Jetzt laufen die Tränen über und ich frage mich, ob Keaton und Olivia dir geholfen haben, deine Sachen rauszutragen. Die ganze Zeit habe ich mich irgendwie zusammengerissen, aber jetzt geht es beim besten Willen nicht mehr. Die Ruhe in dem Apartment erdrückt mich. Es ist so leise, dass es schon wieder laut ist. Ich will hier nicht raus, ich will für immer in diesem Bett liegen, in dem du mich so sehr geliebt hast. Und auf der Couch sitzen, auf der du mich so fest umarmt hast.

Ich rolle mich zusammen, weil ich mich schon wieder so fühle, als würde ich auseinanderreißen, aber diesmal ist kein anderer mehr da, der mich irgendwie zusammenhalten kann. Diesmal sind da weder Riley noch dein Vater oder Olivia.

Diesmal bin ich ganz allein.

***

Mason

Ich liege auf dem Boden in meinem Keller und fühle mich endlich wieder zu Hause. Dieses Scheißapartment ist nichts für mich. Scheißteure Designerscheißmöbel. Und Aussicht auf die Stadt. Ich brauch gar keine Aussicht, außer auf ein paar heiße Titten.

Es ist völlig dunkel im Zimmer. Ich habe immer noch Kopfschmerzen, obwohl ich schon drei Tabletten genommen habe. Mein Mustang ist Schrott, ich habe eine Gehirnerschütterung und eine Schnittwunde im Gesicht, die wahrscheinlich eine Narbe hinterlassen wird. Super. Damit ich immer daran denken kann, wie sie entstanden ist.

Meine Eltern hassen *sie.*

Und ich habe nichts dagegen getan und auch kein Interesse daran, etwas dagegen zu unternehmen. Ich bin nur froh, dass ich rausgefunden habe, was sie für eine hinterlistige Schlampe ist, bevor ich sie geheiratet habe.

Ich kann es einfach nicht fassen, dass sie diesen widerwärtigen Sugardaddy bis nach Chicago gerufen hat, weil ihr ein Schwanz niemals reichen wird, oder? Es müssen immer mindestens zwei sein. Riley und ich oder Seth-Wichser und Dr. Daniels oder wieder ich und Dr. Daniels.

Fuck.

Sie hat mich so gefickt, dass ich bis oben hin mit Weed zugedröhnt bin. Ich versuche, wieder in meine Blase der Gleichgültigkeit zu gleiten, in der ich schon mal war.

Ich liebe das, dann interessiert mich nichts mehr und mit jedem Atemzug wird es leichter, mit jedem Atemzug fühle ich weniger und sie wird mir immer egaler.

Alles ist egal.

Ich habe mich so zusammengerissen die letzten Jahre. Für was? Dafür, dass ich sowieso wieder hier ende, mit nichts außer einem fucking gebrochenen Herzen?

Der Keller sieht genauso aus wie früher, nur dass Mom ihre Vorräte hier neuerdings überall bunkert. Wasserkisten, Dosen, Klopapier und Wäsche. Ich fühl mich wie in einem verschissenen Supermarkt, aber das ist gut so. Dann muss ich hier nicht raus. Ich habe nicht vor, je wieder hier rauszugehen. Wohin auch?

Erst heute Nachmittag habe ich Cherry einen Korb gegeben, während die kleine Schlampe sich dazu entschlossen hat, mit einem anderen Schwanz zu ficken.

Das nenne ich mal Ironie des Schicksals.

Ich habe nicht mal ein Handy, mit dem ich Musik hören oder irgendeine Bitch anrufen und sie herholen kann. Aber ich habe meinem Dad sein Tablet weggenommen. Er hat nichts gesagt, weil ich nämlich alles darf, seit mein Scheißherz nämlich Scheiße noch mal gebrochen ist und ich deshalb Sonderrechte habe. Sie hingegen hat gar nichts mehr. Und das hat sie auch verdient. Das absolute Nichts.

Ich wollte diese Schlampe heiraten. Ich habe ihr einen verdammten Ring gekauft, für vierzehntausend Dollar. Ich hätte ihr die verdammte Welt zu Füßen gelegt. Aber das war ja nicht genug. Frauen wie ihr ist es nie genug. Sie ist ein verfickter Männermagnet, mit ihren riesigen Bambiaugen und diesem Oh-mein-Gott-ich-bin-so-klein-und-niedlich-und-zerbrechlich-und-ich-muss-beschützt-und-behütet-werden-Getue. Alle stehen auf sie, genau deswegen. Das wird immer so bleiben, aber ich teile meinen Scheiß nicht. Wahrscheinlich ist es besser so. Lieber jetzt als in zwanzig Jahren, wenn meine besten Tage vorbei sind und meine Eier bis zu den Knien hängen.

Ich entsperre das Tablet, gehe in mein *Instagram-Profil* und entfreunde *sie* erst mal, bevor ich all unsere

Bilder lösche, die wir in den letzten paar Wochen hochgeladen haben. So richtige Fluffifuckbilder. Gott, was ist nur aus mir geworden?

Ich scrolle meine Liste durch und nehme die erstbeste Bitch, die ich finde. Sie heißt in meinem Handy, das nicht mehr existiert, *Anal-Anna* und ich schreibe ihr eine Nachricht.

Hey ... kommst du vorbei? Und oh Wunder, sie antwortet gleich, denn ich habe mich seit zwei Monaten nicht mehr gemeldet. Wahrscheinlich hat sie nur drauf gelauert, was von mir zu hören.

Passt es in einer Stunde? Ich muss noch duschen.

Du kannst bei mir duschen, komm jetzt!

Okay! Ich muss mich ablenken und das ist nun mal die beste Art. Ich werde sie aus meinem System vögeln und kiffen und saufen und zocken und irgendwie rausdrogen.

Anna ist von der schnellen Sorte. *Jetzt* bedeutet bei ihr fünfzehn Minuten später. Sie trägt ein Kleid, was mir scheißegal ist, und hat Fickschminke aufgelegt, was mir genauso am Arsch vorbeigeht. Ich will nur eins. Sobald die Tür auf ist, ziehe ich sie schon herein, presse sie mit dem Gesicht gegen die Wand und ficke sie gleich da. Dabei versuche ich, zu vergessen, wie die dumme Schlampe sich angefühlt hat. Auch wenn ich weiß, dass es ein unmögliches Unterfangen ist.

13. Cherry is back in Town, Bitch

Mason

Venus und Missy jagen durch das Laub. Es ist endlich Herbst. Das heißt, die Tage sind kürzer, die Dunkelheit kommt früher und ich muss keinen verfickten Sonnenschein mehr ertragen. Ich sitze auf der Hollywoodschaukel und rauche eine Tüte. Das Gras bringt mir gar nichts mehr. Ich spüre es kaum noch, weil ich im letzten Monat so viel gekifft habe. Meine Eltern sind nicht da. Dad ist arbeiten und Mom ist mit Tante Amber unterwegs – wieder mal. Eigentlich müsste ich auch arbeiten, aber seit ich wieder zu Hause wohne, konnte ich mich nicht aufraffen. Wozu auch? Zwar sagt Dad es nicht laut, aber ich weiß schon, dass ich meinen Posten verloren habe, und es ist mir scheißegal. Zurzeit halte ich mich mit Drogengeld über Wasser. Ja, ich bin ein verschissener Weed-Dealer und bekomme für meine Kämpfe, bei denen ich besser bin als jemals zuvor, gute Kohle. Meine Eltern schauen mich immer wieder besorgt an, aber sie trauen sich nicht, mich wegen meiner Zukunftspläne und meiner Situation anzusprechen, weil sie wissen, dass ich ein brodelnder Vulkan bin. Einer, der so stark brodelt wie noch nie zuvor. Deshalb lassen sie mir meine Zeit.

Eine Woche war ich ganz weg. Ich habe das gebraucht, um den Kopf einigermaßen klar zu bekommen, aber es hat nicht wirklich was gebracht. Jeden beschissenen Tag denke ich an sie und was sie wohl gerade macht. Es fängt an, wenn ich die Augen öffne und ihr Hund neben mir steht und mich anhechelt. Zwar hat sie mir geschrieben auf meinem neuen Handy, ich solle ihr ihren Scheißhund zurückgeben, aber Venus gehört jetzt mir. Weil das alles ist, was mir bleibt. Außerdem habe ich mitgekriegt, dass sie in einer versifften, kleinen Studentenbude untergekommen ist und das ist kein Platz für Venus.

Riley geht mir tierisch auf den Sack, seit er wieder hier in Chicago wohnt. Bridget ist diesen Sommer mit ihrem Studium fertig geworden und er hatte wohl Heimweh. Ich hoffe, es liegt nicht daran, dass *die Schlampe* wieder Single ist, sonst muss ich ihn leider umbringen. Wer weiß, ob sie überhaupt Single ist oder ihren Daddy-Ersatz fickt. Riley hat versucht, mit mir zu reden und kryptische Scheiße von sich gegeben von wegen*: Es ist nicht alles so, wie du denkst. Bro.* Was soll ich mir sonst dabei denken, wenn ich sie auf dem Schoß eines anderen Mannes erwische, hä?

Bridget ist *rausgerutscht*, dass die Schlampe tatsächlich wieder mit Daddy-Wichser zusammen ist, der immer noch hier in Chicago im *Hyatt* wohnt. Ich habe nicht nur einmal überlegt, hinzufahren, aber dann ist mir klargeworden, dass sie es nicht wert ist, wegen ihr in den Knast zu gehen. Stattdessen habe ich irgendeine Bitch ins Koma gevögelt.

Wenn es mir nicht so egal wäre, würde ich mein Leben hassen. Aber es ist mir egal. Alles ist egal.

Als Mom mit ihrem Jeep angefahren kommt, schnippe ich schnell den Rest der Tüte weg, denn sie mag es nicht, wenn ich vor ihr kiffe. Sie steigt in ihrem weißen, tollen Businesskostüm aus und geht auf mich zu.

»Oh, Mason, ich habe ein Déjà-vu. Ich glaube, vor zehn Jahren hast du hier genauso gesessen. Alles okay, Baby?«

Sie streicht mir durchs Haar. Ich frage mich, ob sie das jemals lassen wird und murmle: »Keine Ahnung«, bevor ich ihr ausweiche.

Sie atmet tief durch und setzt sich neben mich. Ich bin verwirrt und versuche, sie zu ignorieren, aber das kann man bei meiner Mutter leider nicht. Sie ist genauso schlimm wie Dad, nur auf eine andere Art. Während er immer eins auf gelangweilt macht, ist sie nett und liebevoll, aber total penetrant.

»Mason, wie lange willst du hier noch sitzen und schmollen? Sie ist weg, aber dein Leben geht weiter.«

»Sie ist mir scheißegal.«

Sie lacht und ich verenge die Augen. Ihr Glück, dass sie meine Mutter ist.

»Natürlich, das habe ich bei deinem Vater damals auch gedacht, aber ich war außer Kontrolle ohne ihn, und du bist es ohne sie, auch wenn ich die kleine Schlampe hasse.«

»Mom, red nicht so über sie!«

»Oh, Mason ...« Ihr Blick verrät, wie süß sie mich findet, bevor sie ihren Kopf an meine Schulter lehnt. »Sie hat dich nicht verdient, keine hat das.«

»Ich bin ein Wichser, Mom, hast du das denn immer noch nicht gemerkt? Ich betrüge, ich verliere die Kontrolle und ich bin dabei ein totaler Kontrollfreak. Wie geht das eigentlich?«

»Du bist eine explosive Mischung aus zwei explosiven Menschen, aber deswegen bist du noch lange kein Wichser. Du hast dein Herz am rechten Fleck, auch wenn es auf den ersten Blick nicht so scheinen mag.« Missy und Venus kommen auf die Veranda gerannt, um Mom zu begrüßen. Sie waren so in ihr Spiel vertieft, dass sie nicht mal darauf aufmerksam wurden, dass sie heimkam. So was passiert sonst nie. Mom streichelt sie und überschüttet sie förmlich mit ihrer Liebe. Die Hunde nehmen sie dankend an, nicht so wie ich.

Oh, ich bin so genervt, als ich sehe, dass Dads schwarzer Maserati hinter Moms weißem Jeep parkt. Was wird das hier? Ein verkacktes Familientreffen? Dad wirkt wie immer total gelangweilt und gleichgültig, als er aussteigt und seine Krawatte lockert. aber als er uns wie ein Empfangskomitee dasitzen sieht und die Fellmonster – wie er sie nennt – auf ihn zurennen, verhärtet sich sein Kiefer und sein Blick wird düster. Dad mag es nicht, mich zu sehen.

Mom grinst ihn breit und strahlend an und er runzelt die Stirn. Ich weiß, warum, das ist Moms Ich-muss-dir-was-sagen-Blick. Oh nein, ich will mich verpissen, aber Mom trällert: »Bleib doch hier«, weil sie sich dem Löwen nicht allein stellen will. Also bleibe ich als emotionale Unterstützung – für was auch immer. Dad kommt auf die Veranda, was einer Mondfinsternis gleicht.

»Was ist los, Olivia?«

»Was? Gar nichts, ich wollte gerade kochen. Hallo, Schatz, gib mir einen Kuss!« Sie reckt ihm die gespitzten Lippen entgegen und Dad küsst gelangweilt seine Fingerspitzen und presst sie dann aufs Moms Mund. Sie schmollt wie ein kleines Mädchen, während ich mir die nächste Tüte herbeiwünsche, aber die ist da unten und ich bin hier oben. Und noch schlimmer: Ich kann nicht gehen.

»Also, was ist?«, fragt Dad müde. Mom verzieht das Gesicht und sieht aus, als hätte sie ganz schlimme Verstopfung. Oh Mann, wieso habe ich eigentlich solche Freaks als Eltern?

»Also …«, fängt sie an und bei ihrem Tonfall verdüstert sich das Gesicht meines Vaters noch ein bisschen mehr. »Ich weiß, Baby, wir haben ausgemacht, dass Cherry nichts davon erfahren darf, dass Mason wieder Single ist.« Ich versteife mich bei dem Namen.

»Mom, was ist los?« Gleichzeitig fragt Dad: »Olivia, was hast du gemacht?«

»Also, Cherry weiß es jetzt, weil sie heute zufällig bei uns in der Arbeit war und wir haben Kuchen gegessen, weil sie für Amber und mich Kuchen gebracht hat, und es war Erdbeertorte und die war toll …«

»Olivia!«, donnert mein Vater.

»Ja, und dann ist es halt einfach rausgerutscht.«

»*Wem*?«

»Mir? Und dass Mason immer noch leidet unter seiner Trennung?« Sie formuliert es kleinlaut als Frage, aber mal ernsthaft, wen will sie eigentlich verarschen?

»Mom, ich leide nicht! Wieso erzählst du so was?«

»Olivia, wir hatten eine Abmachung!«

Sie macht sich ganz klein. »Ich weiß. Ich will diese Schlange nicht in meinem Haus, sie ist giftig.«

»Tja, das wirst du jetzt nicht mehr verhindern können, Olivia.«

»Cherry? Sie kann vorbeikommen, ich kann sie bumsen, das ist überhaupt kein Problem!«

»*Mason!*« Mom gibt mir eine auf den Hinterkopf.

»Aber das will sie doch, Sex mit mir. Sie hat es schon versucht, bevor wir getrennt waren, die Bitch und ich.«

»Mason!«, sagt jetzt Dad und gibt mir auch eine auf den Hinterkopf. Er mag es nicht, wenn ich *sie* irgendwie beleidige. Genauso wie ich – bei anderen Menschen außer mir.

»Niemand wird hier irgendwen bumsen, ist das klar?«, betont Dad hart und ich antworte nur: »Was auch immer«, stehe auf und gehe runter. Ich muss Cherry anrufen. Die Genugtuung, ein Foto von uns beiden zu posten, ist einfach viel zu verlockend.

Sie kommt – natürlich kommt sie – und gleich wird sie noch mal kommen, wenn ich in ihr bin. Außerdem sieht sie heiß aus. Ihr kirschrotes Haar ist länger geworden. Es ist fast so lang, wie das Haar der Bitch früher war, bevor sie es geschnitten hat und zu einer Bitch wurde. Sie trägt ein schwarzes Strickkleid mit dünnen Strumpfhosen darunter und Stiefel. Ihre Lippen sind wie immer dunkelrot nachgezogen.

»Du veränderst dich nie, oder?«, frage ich von meinem Bett aus, als sie in meinen Keller kommt. Der Rauch, den ich aus meinen Lungen gestoßen habe, steht im Raum und umwabert sie.

Sie grinst. »Du auch nicht.« Und ich muss auch lächeln. Wortlos halte ich ihr die Tüte entgegen und sie kommt zu mir, streift die Stiefel ab und klettert einfach neben mich auf das Riesenbett. Dann zieht sie, bevor sie hustet und mich genauer mustert.

»Oh, anscheinend hast du dich doch verändert.« Sie will mit dem Zeigefinger über die Narbe fahren, die über meine Schläfe bis zu meinem Wangenknochen reicht und mittlerweile komplett verheilt ist. Trotzdem wird sie für immer bleiben.

Ich halte ihre Hand auf, denn ich mag es nicht, dort berührt zu werden, und sie lässt sie sinken.

»Tja, Mason, da wären wir, und vor einem Monat hast du mir noch gesagt, du willst heiraten.«

»Scheiß aufs Heiraten«, antworte ich lakonisch.

»Ich wusste, dass sie nichts für dich ist.« Sie schaut mich aus ihren dunklen Augen eindringlich an und stützt ihren Kopf auf einer Hand. Mit den Fingern ihrer anderen Hand streicht sie meine Lippen nach und ich tue nichts dagegen. Wieso auch? »Eure Beziehung basierte auf Lügen. Ich habe mittlerweile alles mitbekommen von Mom. Sie hat mit Riley geschlafen und so hast du sie kennengelernt.«

»Scheiß auf Riley.«

»Wie soll etwas halten, was auf Lügen basiert, Mason? Wir beide waren immer pur und echt. Bei uns gab es keinen Betrug, keine Lügen, keine Spielchen.«

»Scheiß auf Spielchen.« Sie lacht und ihr Duft strömt in meine Nase. Er ist falsch und doch richtig – irgendwie. »Ich werde niemals mit dir zusammen sein, Cherry. Das wird nie passieren.« Ich sehe sie offen an und sie wirkt nicht verwundert. Sie kennt mich eben.

»Ich will was von dir wissen, Mason ….« Mit einer Fingerspitze gleitet sie über meinen Kiefer. »Was hat dich so sehr an sie gebunden?« *Alles!*, will ich eigentlich antworten. Die Art, wie sie lächelt, wie sie spricht, wie sie denkt, wie sie ist, dass sie mir gehört hat. Doch ich sage schulterzuckend: »Sie fickt gut.«

»Du wolltest jemanden heiraten, weil er gut ficken kann, Mason?«

»Tja, so bin ich eben, oder?«

Sie seufzt tief und zieht ihre Finger zurück. »Wenn es darum geht, weißt du, dass ich genauso gut bin.«

Alles in mir schreit *Nein*, aber sie spricht weiter. »Mit mir kannst du auch alles machen, was du willst.« In mir sage ich: *Das kann ich nicht.* Doch ich schweige weiter. »Nur weil sie gut im Bett war und hübsch aussieht, heißt es nicht, dass sie nicht ersetzbar ist.« *Doch, genau das heißt es*, denke ich, aber ich beuge mich einfach zu ihr rüber und küsse sie.

Sie soll die Klappe halten und nicht so über *sie* sprechen.

14. Ohne dich, Mason

Emilia

Einen Monat habe ich dich nicht mehr gesehen, Mason, und ich hämmere gerade gegen die Wand, damit die Scheißfuckstudenten neben mir ihre Scheißfuckmusik leiser machen. Ich versuche zu lernen, aber das ist in meinem fünfzehn Quadratmeter großen Abfuck-Wohnheim-Zimmer ein Ding der Unmöglichkeit. Man hört praktisch alles, was um einen herum passiert. Und hier passiert viel, sehr viel. All die Dinge, die ich nicht hören will.

Genervt klappe ich meine Bücher zu und schmeiße sie auf den Schreibtisch unter dem Fenster. Ich habe sowieso nur eine halbe Stunde, bis ich zu meiner Schicht in ein Café muss. Aktuell kellnere ich, damit ich mir dieses abgefuckte Zimmer leisten kann. Keaton hat natürlich jegliche Zahlung – bis auf mein Studium – eingestellt. Genauso wie jeglichen Kontakt, und das tut wirklich weh. Es ist, als hätte ich die einzige Familie, die ich je hatte, verloren. Der Einzige, der sich noch sporadisch meldet, ist Riley, und der ist immer angespannt in meiner Nähe und hat total Stress mit Bridget wegen mir. Ich glaube, er darf mir nicht zu nahe kommen. Sie meldet sich immer bei mir und ist mir eine gute Freundin, aber sie will ihren Mann nicht verlieren, was ich verstehe und ebenfalls Abstand halte. Von Männern will ich momentan wirklich nichts mehr wissen – eigentlich. Aber da wäre ja noch Will, der leider wieder komplett gesund ist und immer noch in seiner Scheißsuite wohnt. Er hat mich nach wie vor in der Hand, also muss ich antanzen, wann auch immer es ihm passt, und muss tun, was auch immer er von mir verlangt. Denn er ist weiterhin darauf aus, dein Leben zu vernichten, Mason. Er sagt, wenn ich anfange, ihn zu langweilen, werde er mit dir weiterspielen, also sollte ich mir besser Mühe geben. Das tue ich und ich hasse jede Minute davon.

Jeder süße Typ, der mich auf dem Campus anredet, bekommt von mir eine Abfuhr, auch wenn er noch so lieb ist. Ich will nie wieder einen Mann. Es sei denn, es handelt sich um dich. Ich will keine Bestätigung mehr, ich will keinen Schmerz mehr, ich will eigentlich gar nichts außer meine Ruhe und dich und deine Eltern und meinen Hund, den ich so schmerzlich vermisse. Aber ich weiß, dass es ihr bei euch besser geht. Vor allem, da hier Hunde nicht einmal erlaubt sind und ich sie sonst weggeben müsste. So ist mein Baby wenigstens in der Familie. Ich bin mir sicher, du kümmerst dich gut um sie, weil du sie liebst und sie dich auch. Aber mein Herz blutet bei dem Gedanken an sie.

Ich beschließe, mich noch etwas auszuruhen, weil das Kellnern echt stressig ist und ich genau weiß, dass Will mit dem Auto vor der Bar warten wird, um mich mitten in der Nacht mitzunehmen und bis fünf Uhr morgens wachzuhalten. Ich liege auf dem winzig kleinen Bett, auf dem deine Füße auf jeden Fall drüberhängen würden, und scrolle gelangweilt durch mein Instagram-Profil. Ich folge dir immer noch, obwohl du mich entfernt hast, Mason, und ich schaue jeden Tag, was du machst. Du postest Bilder von den Hunden, die wie Messerstiche sind, aber noch schlimmer sind die Bilder von dir, rauchend in deinem Keller. Du bist wieder abgefuckt, Mason. Die Dunkelheit hat dich voll umfangen und ich bin daran schuld. Aber in mir drin sieht es genauso aus, auch wenn es nach außen hin vielleicht nicht so wirken mag. Ich bin besser geworden, das zu verstecken. Jeden Tag will ich dich anrufen oder einfach zu dir in den Keller und auf deinem Bett sitzen und sagen: »Ich hab dich nie betrogen, ich liebe dich.« Doch jeden Tag halte ich mich aufs Neue davon ab. Ich gehe auf deine Seite, aktualisiere sie und kriege fast einen Herzinfarkt. Mein Atem stockt, als ich dein letztes Bild sehe, hochgeladen vor fünfundvierzig Minuten.

Sie ist da drauf, Mason.

Wieso? Ausgerechnet *sie?*

Sie ist mit dir auf dem Bild, trägt ein T-Shirt von dir mit dem *Chicago Bulls*-Logo drauf. Ihre Haare sind zerwühlt und ihre Lippen sind geschwollen, weshalb ich kotzen muss. Also renne ich zum Klo und übergebe mich, bis ich heule.

Wieso tust du das?

Nachdem ich nichts mehr im Magen habe und er sich nicht mehr verkrampft, gehe ich zurück, nehme mein Handy und schaue es mir noch mal an. Ich bin masochistisch veranlagt, ich weiß. Deine tätowierte große Hand liegt auf ihrem Knie, Mason. Mehr sieht man von dir nicht, aber es reicht schon. Sie ist so schön. Ich wünschte, sie wäre es nicht. Ungeschminkt, lachend, strahlend, ihre langen Haare sind gewellt und sie ist bei dir – jetzt gerade. Ich glaube, ich muss schon wieder kotzen, aber ich würge es runter.

Dann schaue ich, was dabei steht: *Autumn in Chicago.*

Ehe ich mich versehe, tippe ich und schreibe darunter: *Darkness in Columbia.*

Ja, ich bin dumm. Ich weiß, dieses Bild soll mich verletzen und ich bin drauf angesprungen, aber ich kann nicht anders. Das nächste Mal kommt mir fast alles hoch, als du mir antwortest und ein einziger Mittelfinger-Smiley von dir unter meinem Kommentar erscheint.

Fuck, Mason, ich sterbe bald.

***

Die Arbeit in der Bar an der Ecke lenkt mich ab, Mason. Es ist kein Job, der besonders viel Spaß macht. Weil man eigentlich nur rumrennt, Kotze aufwischt und in verschüttete Getränke tritt. Aber es ist besser als nichts. Ich bin abgelenkt und muss nicht so viel an dich denken. Außerdem verdiene ich etwas und bekomme viel Trinkgeld, weil Männer nun mal alle gleich sind. Wenn ich ein tief ausgeschnittenes Oberteil anziehe, drehen alle gleich durch. Jeden Abend kriege ich mindestens drei Nummern zugesteckt, die ich aber alle wegschmeiße.

Ich hasse mein Leben gerade ein bisschen.

Damals, als das mit ihr im Strandhaus war, war es leichter, weil du den Fehler begangen hast und ich die volle Unterstützung deiner Eltern hatte. Sie haben mir geholfen, ein neues Leben aufzubauen und an mich zu glauben, aber jetzt bin ich so allein, dass ich mich leer fühle und mich frage, wozu ich eigentlich jeden Tag aufstehe. Eigentlich müsste ich eine Therapie machen, aber mein Therapeut hat sich als soziopathischer Wichser herausgestellt, weshalb ich nie wieder einem fremden Menschen trauen werde. Die einzigen Männer, denen ich traue, sind dein Vater, Riley und du.

Ich stehe hinter dem Tresen und bereite einen Mojito für die einsame Blondine am anderen Ende der Bar zu, die so verzweifelt darauf wartet, angesprochen zu werden, als ich plötzlich Bridgets laute Stimme höre.

»Hi, Miss Trübsalblaserin!«, ruft sie und macht auch schon ein Foto.

»Oh, Bridget, bitte!« Ich seufze schwer.

»Nur für meine Story«, sagt sie und tippt wild auf ihrem Handy herum. Dann schiebt sie sich auf einen der Barhocker.

»Halloweenparty hier steht immer noch?«

»Ja, ich werde arbeiten.«

»Wir werden dich besuchen, damit du nicht so alleine bist. Willst du nach deiner Schicht noch was unternehmen? Ich könnte mit zu dir kommen, damit du nicht die ganze Zeit darüber nachdenkst, wie scheiße dein Leben ist. Wir könnten uns einen Film reinziehen, Lust?«

»Ich kann nicht, Bridget.« Ich gebe der Blondine ihren Mojito und kassiere das Geld ab, bevor ich Bridget ihren Lieblingscocktail mixe. Einen Lilet Berry.

»Wie lange soll das mit dem Wichser noch laufen, dass er dich erpresst? Wir sollten Mason vielleicht wirklich mal was davon erzählen, findest du nicht?«

»Sag nicht seinen Namen. Niemals. Laut. Willst du, dass er seinen Job verliert?«

»Er hat ihn schon verloren, Emilia. Hab ich dir das nicht erzählt? Riley und ich haben erst vor ein paar Tagen darüber gesprochen.«

Mir fällt fast das Glas aus der Hand. »Was?«

»Er fuckt gerade ein bisschen ab und war sehr lange nicht bei der Arbeit. Er wurde entlassen. Ich glaube, er dealt mit Drogen oder so.«

»Was?«, brülle ich.

»Außerdem sieht er immer total scheiße aus, wenn wir zu seinen Eltern gehen, zugeboxt bis oben hin.« Oh mein Gott, Mason. Hast du etwa wieder mit den Kämpfen angefangen? Ich muss mich an der Spüle abstützen und durchatmen, weil alles in mir bebt. Dein Leben war so geordnet und jetzt hab ich alles kaputt gemacht, indem ich es nicht kaputt machen wollte? Scheiße. Vielleicht wärst du besser dran, wenn ich gar nicht existieren würde. Immer wieder komme ich in dein Leben und zerstöre alles. Das ist jetzt schon so oft passiert. Egal mit wem ich zu tun habe, ich ruiniere immer alles. Ich ertrage diesen Schmerz nicht mehr und ich ertrage es nicht, immer wieder an solch komische Menschen zu geraten, die mir das Leben noch schwerer machen. Ich ertrage es nicht mehr, der Spielball für all jene zu sein, die mich nicht respektieren; immer so viel Leid zu empfinden, so viel Reue, so viel Zweifel. Ich ertrage es nicht, ohne dich im Bett aufzuwachen und von Albträumen verschwitzt aufzuschrecken. Ich ertrage es nicht, dass ich ständig an meinen Vater denke, wenn du nicht da bist, weil ich immer noch nicht mit ihm abgeschlossen habe. Ich ertrage die Angst nicht, irgendwann wieder meiner Mutter zu begegnen. Ich ertrage diese Leere in mir nicht mehr. Diese vielen Gefühle, sodass ich nichts mehr fühle. Zu leben wie ein Zombie.

»Hallo!« Bridget schnippt mit den Fingern vor meinem Gesicht herum. Ich schrecke zurück.

»Was?«

»Ich habe dich gefragt, wann du morgen Vorlesung hast.« Ich blinzle, um wieder im Hier und Jetzt anzukommen.

»Äh, um eins.«

»Gut, dann hole ich dich um neun zum Brunchen ab. Keine Widerworte! Ich fahr dich danach auch wieder zur Uni. Neun Uhr, Emmy. Sei fertig.«

»Okay«, antworte ich tonlos, während sie ihren Cocktail runterstürzt wie eine Schnapsdrossel, mir zwanzig Dollar auf den Tresen knallt und sich verabschiedet. Das war ein kurzer Besuch. Aber es ist okay, ich bin sowieso nicht in der Stimmung zu reden. Als jemand nach mir schnippt, als wäre ich ein Hund, und mich mit den Worten »Hey, Hübsche, noch ein Biaaar« zu sich ruft, hab ich sie schon wieder vergessen, aber nicht, was sie gesagt hat.

***

Will holt mich um Punkt zwei Uhr ab, und ich hasse es so sehr. Das ist unsere Zeit. Die Nacht gehört uns, Mason, und jetzt teile ich sie mit ihm. Er fragt mich nichts oder redet auch nicht viel mit mir. Ich interessiere ihn nicht. Er will mich nur zum Spielen und auf seine kranke Art auch bestrafen. Der Sex mit ihm ist scheiße. Ich stelle mir immer vor, dass du es bist, Mason, und ich muss immer nachhelfen, weil ich nicht mal feucht für ihn werden kann. Weil ich ihn tief in mir hasse und am liebsten umbringen würde. Jetzt hast du deinen Job verloren, Mason, und trotzdem bin ich nicht in der Lage, es zu beenden, weil er dein Leben so leicht zerstören kann, deine ganze Zukunft. Es ekelt mich alles dermaßen an, dass ich mich in deine Arme verkriechen will. Ich will dir alles erzählen und dich eine Lösung finden lassen. Ich will wieder so glücklich sein wie vor vier Wochen. Es kommt mir vor wie ein anderes Leben.

Mittlerweile wäre es sogar okay, wenn du ihn umbringen würdest. Ich würde mit dir durchbrennen, ohne diese ganzen furchtbaren Menschen um uns herum ertragen zu müssen. Jetzt sitze ich in seinen weichen Ledersitzen, kralle mich am Polster fest und starre aus dem Seitenfenster. Er legt eine Hand auf mein Bein. Keine zärtliche Geste, sondern nur besitzergreifend. Wir fahren ins Hotel, in dem er zurzeit lebt, und ich hoffe jedes Mal, dass er mich endlich satthaben und verschwinden wird, aber das tut er nicht. Er will immer mehr, und selbst wenn ich mir keine Mühe gebe, weil ich es einfach nicht mehr kann, ist ihm das egal. Irgendwie wirkt er besessen von dir und denkt, er könne dich auf diese Art bestrafen. Vielleicht ist all das dafür verantwortlich, was ich ihm in all unseren Sitzungen über dich erzählt habe, während er sich nach mir verzehrt hat. Vielleicht ist es, weil er denkt, du seist dafür verantwortlich, dass sein Leben den Bach runterging. Höchstwahrscheinlich ist er einfach nur krank und rachsüchtig und lässt jedes Quäntchen Hass, was er empfindet, an mir aus. So wie immer. Es ist ein sich ständig weiterdrehender Kreis, Mason. Dabei dachte ich, ich wäre ausgebrochen und wir hätten es geschafft, aber das haben wir nicht. Es wird jedes Mal kurz gut und dann nur schlimmer.

Wortlos steigen wir aus dem Auto, gehen nach oben in sein Zimmer, und ich ziehe mich schon mal aus, weil ich weiß, worauf er hinauswill. Er legt sich aufs Bett, öffnet sein Hemd und überschlägt die Beine.

Ich lasse meinen BH von den Armen gleiten, will aber das Höschen anbehalten, doch er schüttelt den Kopf. »Das auch.« Natürlich das auch, Mason. Ich habe nicht nur einmal versucht, das zu verhindern, also streife ich es von meinen Hüften und steige zu ihm aufs Bett. Er zieht mich rittlings auf seinen Schoß und fährt mit seinen Händen über meine Brüste und meine Taille. Ich schließe die Augen, denn ich will ihn nicht sehen. Außerdem kann ich mir so besser vorstellen, dass du es bist. Obwohl seine Hände so anders sind und sein Duft erst recht.

»Schau mich an«, sagt er ruhig und ich öffne die Lider. »Ich will, dass du mit mir nächste Woche nach New York gehst. Ich habe schon alles vorbereitet, du kannst weiterstudieren und ich zahle dir dein Scheißwohnheim.« Alles in mir schreit *Nein* und ich versteife mich.

»Oh ... Will«, beginne ich vorsichtig, doch er unterbricht mich hart.

»Ich hab dich nicht gefragt. Blas mir einen.«

Und während ich an ihm runterrutsche und seine Hose öffne, klammert mir Panik die Kehle zu – so stark wie noch niemals zuvor.

Weißt du, Mason, das Ding ist, er zwingt mich nicht. Ich mache es einfach und deshalb habe ich auch nichts gegen ihn in der Hand, denn er hat mir noch nie wehgetan. Er hat immer dafür gesorgt, dass ich bereit für ihn war. Dafür hasse ich ihn noch mehr – und meinen Körper auch.

15. Ich vertraue der Dunkelheit,

Mason

Emilia

Vier Wochen habe ich es ausgehalten, Mason. Es ist mir egal, ob du mich hasst, aber ich muss dich jetzt sehen. Er will mich nach New York mitnehmen, Mason, und ich fühle mich wie in einem schlechten Film. Ich kann dort nicht hin, nicht schon wieder. Diesmal würde ich die Meilen zwischen uns nicht ertragen. Auch wenn wir getrennt sind, muss ich wenigstens die Gewissheit haben, dass du in meiner Nähe bist.

Ich brauche dich jetzt, ich will dir einfach alles erzählen und es drauf ankommen lassen. Ich kann das nicht mehr allein. Er langweilt sich nicht; er lässt mich nicht. Ich kann nicht und sehe mich schon mit ihm vor dem Altar. Unglaublich, wie lange ich das schon mitgemacht habe.

Ich hätte es dir gleich sagen sollen! Oder wenigstens deinem Vater. Aber nein, ich dachte, ich könnte das allein regeln, indem ich mit ihm »rede«. Doch damit habe ich alles kaputt gemacht.

Mir bleibt keine Wahl, ich muss jetzt zu dir, deswegen lasse ich mich mit dem Taxi zu eurem Haus fahren, in dem fast alles dunkel ist. Es ist sieben Uhr. Will hat mich nicht früher gehen lassen und ich bin todmüde. Nur deine Kellerlichter brennen. Natürlich tun sie das, weil die Dunkelheit nicht nur mich verschlungen hat. Dein Dad müsste auch jeden Moment wach werden.

Mein Magen dreht sich und mein Herz rast mit einem Mal, als ich vor diesem Haus stehe, in dem so viel passiert ist – und ich dir so nahe bin. Fünfzig Schritte, wenn überhaupt, dann kann ich wieder in deinen Armen sein. Ich straffe mich und atme noch mal tief durch, bevor ich einfach drauf losgehe.

Ich werde versuchen, es dir zu erklären, und will daran glauben, dass alles gut wird. Das ist meine letzte Chance, damit sich alles irgendwie wieder einrenkt. Deine Kellertür ist wie immer offen, Mason. Du hältst nicht viel vom Absperren. Die Hunde sind nicht da, wahrscheinlich sind sie oben bei deinen Eltern.

Oh mein Gott, ich bin wieder hier. Ich zittere am ganzen Körper und habe einen Kloß im Hals. Wie oft bin ich diese Treppe schon runtergegangen? Ich kann es gar nicht mehr zählen. Es sieht schrecklich hier aus. Überall liegt Müll und du bist nicht nur einmal ausgeflippt, wie man deutlich sehen kann. Mit einem Mal frage ich mich, ob das hier so eine gute Idee ist, aber jetzt kann ich nicht mehr zurück. Dafür bist du schon so nahe, dass ich dich riechen kann. Diese Mischung aus Weed, Parfum und deinem ganz eigenen, süchtig machenden Duft. Wie hypnotisiert steige ich über ein paar leere Bierflaschen hinweg und gehe in Richtung Schlafzimmer. Als ich die Hand an die Tür lege, um sie aufzustoßen, krampft sich mein Magen wieder zusammen. Ein Signal, dass irgendwas absolut nicht stimmt, aber ich ignoriere es, wie so oft, wenn es um dich geht, und schiebe die Tür auf.

Am liebsten würde ich mich gerade schon wieder übergeben, auch wenn ich heute Abend gar nichts gegessen habe. *Sie ist immer noch da.* Führst du jetzt eine Beziehung mit ihr, oder was? Sie liegt in deinem Bett, Mason, und schläft. Die einzige Frau, die hier jemals geschlafen hat, bin ich. Das ist fast noch schlimmer als damals am Strand. Du bist wach, lehnst neben ihr am Kopfteil, scrollst in deinem Handy und siehst nicht mal auf, als ich eintrete. Als wüsstest du bereits, dass ich da bin. Wahrscheinlich hast du mich schon längst gehört oder durch dein Fenster kommen sehen.

»Was willst du?«, fragst du hart. Deine Stimme nach all den Wochen zu hören, zwingt mich fast in die Knie. Und dich anzusehen, ist wie ein Schuss in mein Herz.

Du trägst nur Boxershorts. Diese Schlampe liegt nackt auf dem Bauch neben dir. Ihre Haare haben sich bis auf deinen gesamten Oberkörper verteilt, doch es stört dich nicht. Hast du darin vielleicht noch rumgespielt, bevor ich kam? Ihr durch die Haare gestrichen, ihr den Nacken gekrault?

Schlagartig schießen mir Tränen in die Augen. Als ich nicht antworte, drehst du endlich den Kopf zu mir und schaust mir in die Augen. Ich halte mich an der Türklinke fest, weil ich glaube, sonst auseinanderzufallen.

Du siehst mich an, als wäre ich eine widerliche Ratte in der Gosse. »Was willst du hier?«, fragst du total abweisend. Ich kann nur den Kopf schütteln und stolpere rückwärts aus dem Raum. Gerade so schaffe ich es, aus deinem Keller zu entkommen. Im Garten kann ich mich nicht mehr zurückhalten, ich falle im kühlen, nassen Gras auf die Knie und schlage die Hände vors Gesicht, als ein Schluchzen mich zerreißt.

Scheiße, Mason.

Was mache ich hier?

Was mache ich überhaupt in meinem Leben?

Ich will nicht mehr die ganze Zeit Schmerz empfinden oder Trauer.

Ich will nicht mehr der Grund dafür sein, dass es anderen schlecht geht.

Und ich will nicht, dass andere mich weiterhin schlecht fühlen lassen.

Ich will nicht mehr bestraft werden; ich will nicht mehr an meinen Vater denken; ich will keine Bilder mehr von ihr oder dir sehen.

Ich will einfach nicht mehr existieren.

***

Ich bin völlig leer, als ich daheim ankomme. Keine einzige Träne fließt. Die Sonne geht auf, aber ich habe keinen Blick dafür. Ich kann es auch nicht ertragen. Dieses Licht. Als ich in mein Zimmer trete, lasse ich meine Tasche fallen, gehe total mechanisch zu den Fenstern rüber und schließe die Jalousien. Ich brauche meine Dunkelheit. Sie hat mich sowieso völlig eingesogen. Ich will mich ihr hingeben, ich will ihr nachgeben und ich will frei sein.

Es ist unglaublich, Mason, wie befreiend es sein kann, den Entschluss zu fassen, nicht mehr zu leiden. Und es ist unglaublich, wie viel passieren muss, bis ein Mensch so eine einfache Entscheidung, die alles besser machen könnte, trifft.

Wir sind feige Menschen, wir reden von Dunkelheit, aber wir vertrauen ihr nicht. Ich werde ihr jetzt vertrauen.

Ich ziehe mein Oberteil aus und gehe ins Bad. Dort packe ich eine Rasierklinge aus und setze ich mich in die Dusche. Das dünne Metall funkelt silbern zwischen meinen Fingerspitzen, aber in mir ist keine Frage mehr oder keine Unsicherheit. Ich *will* einfach nicht mehr, und das ist nicht deine Schuld.

Ich wünschte, ich könnte dir das noch sagen. Briefe bedeuten nichts, Mason. Ich will dir in die Augen schauen und dir sagen, wie sehr ich dich liebe, und dass du, die Dunkelheit, mein einziger Lichtblick warst – immer. Aber dafür werde ich jetzt keine Zeit mehr verschwenden, weil du mir sowieso nicht glauben wirst. Es ist wirklich so, Mason, wenn man weiß, dass man sterben wird, zieht das ganze Leben an einem vorbei, und ich merke, dass *du* mein ganzes Leben warst. Weil alles vor dir und nach dir unwichtig erscheint. Weil ich vor meinem geistigen Auge nur uns sehe. Stattdessen will ich daran denken, wenn es vorbeigeht. Ich will mir vorstellen, dass ich irgendwo anders wieder aufwache und du mich anlächelst, dass alles wieder gut ist. Einfach nur gut …

Als ich die kühle Klinge an meiner dünnen Haut am Handgelenk spüre, schießt Adrenalin durch meinen Körper und lässt meine Finger zittern. Mein Herzschlag erhöht sich radikal, als würde mein Körper mich abhalten wollen. Mein Atem geht hektisch und Tränen brennen in meinen Augen.

Das war es jetzt?

Ich presse die Lippen aufeinander und starre die Klinge an, die bei ein wenig mehr Druck meine Haut zerschneidet. Ein kleiner Teil von mir wünscht sich, dass du ins Zimmer stürmst und mich rettest, aber der weitaus größere weiß, dass das nicht passieren wird, weil du weitergemacht hast, so wie du es immer tust.

Heiße Tränen rollen über meine Wangen, als ich die Klinge in meine Haut presse.

Eine kleine Entscheidung, eine Sekunde, Mason, kann über Leben und Tod entscheiden. So schnell kann es gehen. Ich drücke sie so tief in meine Haut, bis das Blut überquillt. Ich empfinde komischerweise nach dem ersten Stechen keinen Schmerzen mehr, während es rot über meinen Arm fließt, in die Dusche tropft und teilweise vom Stoff meiner Jeans aufgesaugt wird. Es ist irgendwie befriedigend. Niemand hat hier die Macht über mich. *Ich* entscheide das ganz allein. Niemand kann mich kontrollieren oder erpressen. Ich nehme die Klinge in die andere

Hand und schließe nicht die Augen, sondern schaue genau hin, als sie meine dünne Haut erneut zerteilt und das Blut aus der Wunde dringt.

Zittrig atme ich aus, lasse die Klinge fallen und lehne meinen Hinterkopf an die Fliesen, während ich spüre, wie mir langsam schwindelig wird.

Es ist getan.

Jetzt, Mason, jetzt hat die Dunkelheit mich völlig eingenommen und ich will nicht mehr auftauchen.

Das letzte, was mein Kopf mir zeigt, bevor ich das Bewusstsein verliere, bist du.

Immer nur du.

16. Scheiße, Emilia, was hast du getan?

Mason

Es ist zwei Stunden her, seit *sie* hier war. Und eine Stunde, seit Cherry gegangen ist, weil sie zur Arbeit musste. Sie hat mir das Versprechen abgenommen, sie anzurufen, was ich nur abwesend abgewunken habe. Sie denkt, sie hätte mich jetzt endlich. Sie denkt, ich könnte ihr nach all den Jahren immer noch nicht widerstehen, weil sie die Eine für mich ist. Cherry denkt, dass die andere Bitch, deren Namen ich nicht mal mehr denken will, nur ein Zeitvertreib für mich war und ich mit *ihr* enden werde.

Ich hingegen weiß, dass das nie passieren wird. Cherry hin oder her, ich will keine Frau mehr in meinem Leben. Sie sind alle Gift.

Cherry hat nichts davon bemerkt, wer morgens um sieben im Zimmer stand, aber ich schon. Ich habe die Scheinwerfer des Taxis gesehen, ich habe das Zuschlagen der Autotür gehört und aus dem Fenster hinaus *sie* gesehen.

Es hat mich für einen Moment umgehauen, keine Frage. Ich hätte nicht damit gerechnet, dass sie noch mal auftauchen würde. Mit welchem Gesicht denn? Es gehört eine Menge Skrupellosigkeit und Charakterschwäche dazu, nach so einer Scheißgeschichte noch vor mir aufzutauchen. Dass sie sich das überhaupt getraut hat.

Ich war wütend.

Eigentlich wollte ich ihr den Arschtritt ihres Lebens verpassen und sie aus meinem Keller werfen, aber dann dachte ich mir, dass es keine schlimmere Strafe für sie geben kann, als mich mit Cherry zu sehen. Cherry bedeutet mir einen Scheiß. Ja, ich habe ein Bild von ihr gepostet, aber das habe ich nicht aus irgendwelchen Weicheigründen getan, sondern einfach nur, um die Bitch zu verletzen. Ich weiß, dass sie mich stalkt. Natürlich tut sie das.

Und dann war sie wieder da.

Sie hat abgenommen. Ihre Haare glänzen nicht mehr und ihre Augen haben so müde gewirkt, aber das ist mir scheißegal. Sie hat sich selbst in diese Situation gebracht. Was wollte sie? Da weitermachen, wo wir aufgehört haben? Ich dachte, sie würde jetzt ihren DILF-Daniels daten. Ich dachte, sie wäre jetzt ach so glücklich. Aber wahrscheinlich wurde er ihr wieder langweilig, und sie hat nach dem Betrüger-Kick gesucht, der ihr Leben ausmacht. Wahrscheinlich wollte sie, dass ich sie ficke, um erneut den Nervenkitzel in ihre jämmerliche Existenz zu bringen. Aber den Gefallen werde ich ihr nicht tun. Nie wieder! Nicht einmal für einen einfachen Fick ist sie wertvoll genug.

Jetzt liege ich hier. Draußen ist es hell, Autos fahren vorbei, meine Bettwäsche riecht nach Cherry, und mir ist schlecht. Ich bin so scheißmüde, aber an Schlaf ist nicht mehr zu denken. Meine Gedanken drehen sich nur noch um die Bitch und ich würde sie am liebsten anrufen, um ihr zu sagen, wie sehr ich sie hasse.

Aber das tue ich nicht.

Nicht einmal diese Form von Aufmerksamkeit ist sie mir wert.

Ich habe keine Sekunde geschlafen und weiß, dass ich wieder an dem Punkt angekommen bin, an dem alles vor Jahren begonnen hat. Außer, dass ich jetzt eine Ausbildung habe, aber was will ich damit?

Ich hab nicht einmal mehr die Motivation, das Haus zu verlassen, außer um in irgendwelchen Undergroundfights noch mehr abzufucken oder Drogen zu besorgen.

Meine Eltern sind machtlos.

Aber ich weiß, dass sie mich hier nicht rauswerfen werden, denn mein Dad ist ein Kontrollfreak. Er denkt, wenn ich vor seinen Augen abfucke und er es bei Bedarf bremsen kann, wäre es besser, als wenn ich in irgendeiner Gosse abfucke, wo er keinen Einfluss mehr darauf hat.

Ich schmeiße den Unterarm über meine Augen und schließe sie, versuche, runterzukommen und einzuschlafen, weil ich so fuckmüde bin, aber mein Gehirn will einfach nicht die Klappe halten.

Als ich schon aufgeben und nach oben gehen will – Mom ist zu Hause, denn ich höre sie rumlaufen –, klingelt mein Handy. Ich greife danach, während ich mich aufsetze.

Es ist Dad. Und auch, wenn ich keine Lust habe zu reden, weiß ich, was er mit mir anstellt, wenn ich nicht abnehme.

»Ja?«, frage ich und stehe auf. Mir ist schwindelig. Ich brauch, verdammte Scheiße noch eins, ein bisschen Schlaf.

»Mason!«, donnert er und ich hebe eine Braue. Was hab ich jetzt wieder gemacht?

»Ja?«

»Zieh dich an und beweg deinen Arsch ins Krankenhaus.«

»Was?«, frage ich verwirrt und bekomme kurz Panik, dass ihm was passiert ist.

»Ins Krankenhaus. Ich bin auf dem Weg dorthin. City Hospital. Beeil dich.«

»Dad, was ist los?«, frage ich und hab so ein Scheißgefühl in meinem Magen, als würden tausend Klötze darin liegen. »Geht es dir gut?«

»Ja, mir geht es gut. Sag deiner Mom nichts, sie macht sich nur unnötige Sorgen. Nimm ihr Auto und komm her!« Damit legt er auf.

Ich bin verwirrt.

Aber ich folge seiner Anweisung, weil das Scheißgefühl in mir nur noch schlimmer wird. Ich spüre jetzt, dass etwas nicht stimmt. Und ich hab das Gefühl, dass es was mit *ihr* zu tun hat.

* * *

Ich parke Moms Wagen quer über zwei Parkplätze. Mein Mustang ist Schrott und ich hab mir noch kein neues Auto gekauft. Ich hab kein Interesse daran. Zurzeit habe ich an gar nichts Interesse.

Ich steige aus, schlage die Tür zu und laufe ins Krankenhaus. Es ist dasselbe, in dem ich nach meinem Unfall behandelt worden war. Dasselbe, in dem ich *sie* gesehen hatte, nachdem ich sie mit diesem Hurensohn erwischt hatte.

Ich jogge den Gang entlang, während ich meinen Vater anrufe. Aber er nimmt nicht mehr ab. Als ich am Empfang ankomme, sehe ich ihn. Er spricht mit einem Arzt, der eine Brille trägt und ein Klemmbrett in der Hand hält.

Fuck.

Wieso rast mein Herz so sehr?

Wieso ist mir so schlecht?

Wieso muss ich gleich kotzen?

Ich sehe wahrscheinlich wie ein Penner aus, als ich bei Dad ankomme. Ich trage nur Jogginghosen und einen Pullover, bin blass, weil ich nicht geschlafen habe, und habe sicherlich tiefe Ringe unter den Augen, weil ich die ganze Nacht gekifft und gefickt habe.

Während … ja, während was?

Wieso bin ich hier?

»Dad?«, frage ich und er dreht sich zu mir um. Ich entdecke eine Unruhe in seinen Augen, die ich dort sonst nie sehe. Nur in Ausnahmesituationen.

Er wendet sich noch mal an den Arzt. »Danke, Dr. Brook.« Der Typ nickt beinahe bedauernd, bevor er geht.

Und ich stehe da und ich schwöre, meine Hände zittern.

Wieso?

Was ist los?

»Dad?« Meine Stimme klingt nicht wie meine eigene, sondern fast panisch.

Er fährt sich durch das Haar und zieht dann den offen stehenden Mantel aus.

»Was ist los?«, frage ich ungeduldig und schaue mich um. Überall rennen irgendwelche Krankenschwestern rum, Ärzte, die sich Latexhandschuhe überziehen; Patienten, die mit dem Rollstuhl herumgefahren werden, und kleine Grüppchen aus Familien, die weinen oder sich leise unterhalten.

Dad legt mir eine Hand auf die Schulter und führt mich ein wenig weiter weg vom Empfang. »Du darfst jetzt nicht ausflippen.«

Das klingt scheiße und sein Blick ist eindringlich.

»Das hilft niemandem.«

»Was. Ist. Los?«

»Emilia.« *Fuck!* Es fühlt sich ein bisschen an, als würde meine Welt zusammenbrechen, nur weil er diesen einen Namen gesagt hat. Dieses eine Wort, was mein Fluch und mein Segen ist. Mein Gift und mein Gegenmittel.

»Was ist mit ihr?«, frage ich und atme hecktisch. Mein Puls rast, meine Eingeweide ziehen sich zusammen.

»Sie hat versucht, sich das Leben zu nehmen.«

Und auf einmal ist es, als hätte man mir eine Tüte über den Kopf gezogen. Ich kriege kurzfristig keine Luft mehr. Ich höre nichts mehr. Ich sehe nichts mehr und ich muss mich an der Wand abstützen, weil meine Beine nachgeben. Mein Dad streckt die Hand aus und packt mich am Ellbogen.

Scheiße, Emilia, was hast *du* getan?

Es ist, als wäre ich unter einer Blase gefangen. Mein Dad sagt irgendwas, eine Schwester eilt herbei und fragt, ob alles okay ist, und ich spüre, wie jegliches Blut aus meinem Gesicht weicht. Wie jeder Atemzug ein bisschen schwerer wird und ich die Augen kaum offenhalten kann.

Dann donnert etwas gegen meine Wange. Ich schüttle perplex den Kopf und blinzle. Mein Vater starrt mich eindringlich an und hebt eine Braue.

»Fuck jetzt nicht ab«, sagt er streng. »Geh zu ihr!«

»Was?«, frage ich verwirrt und lasse mich an der Wand hinabgleiten, sodass ich auf dem Boden sitze. Ich lege den Kopf zurück und atme tief. Ich will das nicht. Ich will dich nicht sehen. Nicht so.

Fuck.

»Sie lebt noch!«, sagt Dad. Er setzt sich zu mir und wir scheißen darauf, dass Ärzte und Patienten an uns vorbeimüssen und über unsere Beine steigen, während sie uns komisch ansehen.

»Wie?«, kriege ich nur heraus. »Wann?«

Scheiße. Bin ich schuld daran? War es, weil du mich mit Cherry gesehen hast? Was wolltest du eigentlich bei mir? War ich die letzte Anlaufstelle, bevor du dich entschieden hast? Hätte ich es verhindern können?

Ich hasse dich, Emilia. Aber ich kann nicht leben, wenn du es nicht auch irgendwo tust.

»Heute Morgen kam Bridget zu ihr, sie waren verabredet. Sie hat sie in der Dusche gefunden. Blutüberströmt. Sie hat sich die Pulsadern aufgeritzt und eine Menge Blut verloren. Ein paar Minuten später und es wäre *zu* spät gewesen.«

Fuck!

Wieder verschwimmt alles vor meinen Augen und in meinen Schläfen fängt es an zu pochen. Ich bin überfordert mit diesen Informationen. Mein Blut rauscht laut durch meine Adern und ich sehe dich förmlich vor mir, wie du daliegst – blass, blutüberströmt. Ich glaube, ich muss kotzen.

»Wieso bist du hier?«, frage ich und drehe den Kopf träge in seine Richtung.

»Nun …« Er zuckt mit den Schultern, was er sehr selten tut. »Anscheinend bin ich ihr Notfallkontakt.« Er wirkt dabei so ungewohnt, ich kann es nicht zuordnen. Dann wird mir klar, dass es Schuld ist, was ich in seinen Augen sehe.

Ich weiß nicht, ob ich es schaffe, dich anzusehen. Aber andererseits muss ich mich versichern, dass du atmest. Dass dein Herz schlägt. Dass du lebst. Zumindest körperlich.

»Welches Zimmer?«, frage ich knapp. Dad nickt hinter uns. Ich bin direkt neben dir, Emilia, ich muss nur die Tür öffnen.

Es fordert mir alles ab, aufzustehen und die Hand um die Klinke zu legen. Hast du dich heute Morgen auch so gefühlt, als du zu mir kamst?

Langsam öffne ich die Tür und trete ein. Du bist allein im Zimmer und siehst nicht aus wie du.

Dein Gesicht wirkt wächsern, deine Unterarme sind fest verbunden und deine Augen sind geschlossen. Gott, ich wünschte, du würdest mich anschauen. Ich würde alles dafür tun. Dich so zu sehen zwingt mich fast in die Knie, und ich spüre, wie meine Augen feucht werden.

»Fuck, Emilia«, flüstere ich und gehe auf dein Bett zu, stehe vor dir und weiß nicht, was ich tun soll. Dennoch kann ich mich nicht mehr zurückhalten, ich muss dir nahe sein.

Langsam beuge ich mich über dich und lehne meine Stirn an deine, spüre deinen mühevollen Atem an meiner Wange. Deine Haut ist kühl. Ich hasse das.

Deine Haare sind überall verteilt und deine Lippen sind trocken. Dein Gesicht wird nass, weil ich die Tränen nicht mehr zurückhalten kann.

»Verdammt, Baby, wieso tust du so was? Fuck!«
Aber du lebst.

Du lebst.

An diesen Gedanken klammere ich mich. Dann setze ich mich neben dich, nehme deine Hand und lasse sie stundenlang nicht mehr los.

17. Worte sind sinnlos, Mason

Emilia

Ich muss im Himmel sein, Mason. Denn als ich die Augen blinzelnd öffne und meinen Kopf nach rechts drehe, bist du da. Du schläfst und schnarchst leise, aber du bist da und du hältst meine Hand. Ich bin in einem Krankenhaus. Das ist ein bisschen komisch. Ich würde mir den Himmel nicht als Krankenhaus vorstellen.

Mit meinen Augen fahre ich langsam nach unten und sehe die Druckverbände an meinen Unterarmen, dann erst spüre ich das Pochen darunter, weil mein

Körper dabei ist, meine Wunden zu heilen. Ich sehe deine tätowierte Hand, die meine hält. Fest, obwohl du schläfst.

Oh mein Gott, Mason, du bist hier und du hältst meine Hand. Im nächsten Moment öffnet sich die Tür und Keaton kommt rein.

Vielleicht ist das *doch* der Himmel.

Sein Blick wirkt total erleichtert, als er sieht, dass ich ihn ansehe. Er seufzt und kommt auf die andere Seite meines Bettes.

»Bin ich tot?«, frage ich heiser und leise. Ich muss mich räuspern, weil mein Hals sich anfühlt, als bestünde er aus Schmirgelpapier.

»Fast«, sagt Keaton und setzt sich neben mich aufs Bett. Es ist immer komisch, wenn Keaton Rush einem so nahe kommt.

Als er die Hand ausstreckt, und mir die Haare aus dem Gesicht streicht, gleiten meine Augen zu. »Was machst du nur, Emilia?«, fragt er mit sanfter und leiser Stimme. Seine Berührung reißt eine Barriere herunter, die ich die letzten Wochen errichtet habe, um irgendwie zu funktionieren.

»Ich weiß nicht mehr, was ich mache«, murmle ich rau und schaue ihn wieder an. Er sieht so schuldbewusst aus, so traurig. Ich kenne ihn gar nicht so gefühlvoll. Nicht mal auf der Beerdigung damals sah er so aus. »Es ist nicht deine Schuld«, sage ich noch und schlucke trocken. Er scheint zu merken, dass ich durstig bin, und reicht mir den Becher mit Wasser, der auf meinem Nachttisch steht.

Dadurch, dass ich mich aufsetze, bewegt sich meine Hand, und deine Finger um meine zucken. Ich erstarre, als du dich rührst. »Fuck ...«, höre ich dich murmeln. Dann spüre ich, dass du die Augen geöffnet hast, weil die Seite meines Gesichts kribbelt. Ich sehe dich an und du siehst mich an. Prüfend und lange. Als du sicher bist, dass ich wach bin und lebe, reißt du deine Hand zurück, und es fühlt sich an, als hätte man mir das Herz entrissen.

Wäre ich doch bloß gestorben.

Du springst auf und ich weiche etwas zurück, weil ich sehe, dass die Wut in deinen Augen ansteigt. Wut, die so stark ist, wie ich sie selten gesehen habe.

»Mason!«, knurrt Keaton warnend. Dein Blick schießt kurz zu ihm, dann wieder zu mir. Kurz darauf stürmst du wortlos aus dem Raum.

Du gehst, Mason, und lässt mich hier zurück. Ich habe das Gefühl, du hättest meine Seele mitgenommen. Ich lebe nur noch in dieser vernarbten, missbrauchten Hülle, die aus Schmerz besteht. Alles Schöne ist in deinen Händen und mir fällt wieder ein, warum ich nicht mehr atmen wollte. Und wie schwer das Leben eigentlich ist, solange du nicht meine Hand hältst. Wie schwierig es ist, jeden Tag allein zu kämpfen. Am Ende ist man ja doch immer einsam, wie ich festgestellt habe. Da ist es besser, sich abzuschotten und gar nichts mehr zu empfinden.

Da ist es besser, es ganz zu lassen Es fühlt sich wieder ein bisschen an wie ein kleiner Tod – tief in mir drin –, als ich einfach loslasse.

* * *

Am nächsten Tag sitze ich in Keatons Auto, starre aus dem Beifahrerfenster und ignoriere ihn genauso wie die letzten vierundzwanzig Stunden auch. Ich schweige, Worte bringen doch sowieso nichts. Die Ärzte haben mich unter der Bedingung entlassen, dass Keaton persönlich auf mich aufpasst. Er musste was unterschreiben und hat dafür gebürgt, dass mir nichts passiert. Keine Ahnung, warum er das tut, aber ich frage auch nicht. Ich frage nicht mal, als wir vor seinem Haus halten und er den Motor abstellt.

»Olivia hat ein paar Klamotten aus deiner Wohnung gebracht«, sagt er. »Und dir das Gästezimmer hergerichtet. Du bleibst erst mal bei uns, und wenn du dich erholt hast, schauen wir weiter. Okay?«

Ich schaue auf meinen Schoß. Selbst wenn ich wollte, die Vorstellung, auch nur ein Wort zu formulieren, ist unglaublich anstrengend, als hätte ich nicht mal zum Atmen Kraft. Keaton versucht auch gar nicht, mir etwas zu entlocken, was ich ihm nicht geben will oder kann. Er steigt aus, hilft mir aus dem Wagen und geht dann voran, um die Tür zu entriegeln. Dein schwarzer Mustang steht in der Einfahrt. Ich weiß, wie sehr du ihn geliebt hast. Jetzt ist er total demoliert und sieht aus, als würde er auf den Schrott gehören. Mason, was ist nur passiert? Warst du deshalb im Krankenhaus, damals vor einer gefühlten Ewigkeit? Hast du deswegen so schlimm ausgesehen und dir die Narbe an deiner Schläfe zugezogen?

Ich gehe an Olivias Jeep vorbei und folge Keaton direkt ins warme Haus. Die Blätter draußen fallen, die Bäume sind nackt und es regnet ständig. Ich mag den Oktober, Mason, wenn es kühler wird und die Dunkelheit schneller kommt.

Sofort kommen mir Missy und Venus entgegen und überrennen mich fast, weshalb ich gegen die geschlossene, weiße Haustür taumele. Ich hab gar keine Kraft mehr, aber die beiden schaffen es, mir ein kleines Lächeln abzuringen, als Venus sich an meine Brust stemmt und mein Gesicht abschlabbert und dabei ihre Nebelhornlaute von sich gibt. Währenddessen schnüffelt Missy interessiert an einer Wunde und leckt über das bisschen Verband, was aus dem Pullover schaut.

Am liebsten würde ich mich auf den Fliesenboden setzen und mein Kopf für immer in ihrem weichen Fell vergraben.

Keaton pfeift die zwei zurück und ich bin ein bisschen überrascht, wie gut sie hören. Besonders Venus. Anscheinend hat sie ihren neuen Rudelführer gefunden.

Trotzdem weichen sie mir beide nicht von der Seite, als ich meine Sneaker abstreife und auf Socken über den beheizten Boden laufe. Dabei ignoriere ich mein Spiegelbild, das sich in dem Spiegel über der Kommode rechts reflektiert, und ich ignoriere den Duft, der vom Kragen deiner Lederjacke ausgeht, die am Haken neben der Tür hängt.

Und ich ignoriere deine Schuhe, die kreuz und quer im Eingangsbereich liegen. Du bist achtundzwanzig, Mason, aber du trägst immer noch Chucks. Ich würde lächeln, wenn in mir nicht alles so taub wäre.

Es riecht im Haus wie immer nach Duftstäbchen und ich gehe hinter Keaton her in den Wohnbereich. Alles sieht wie immer aus, es liegen sogar die gleichen Kissen und flauschigen Decken auf dem Sofa. Der Fernseher läuft leise, eine alte Folge Oprah, und ich weiß, dass diese Sendung sicherlich nicht Keaton eingeschaltet hat. Die Hunde trotten in die offene, große Küche zu meiner Linken, wo Olivia am Herd steht und kocht. Verdammt, ich wünschte, ich könnte noch was empfinden, weil ich dieses Bild so abgöttisch vermisst habe.

Keaton tritt von hinten an sie ran, legt eine Hand an ihr Steißbein und küsst sie kurz auf die Schläfe, weshalb ich wegschaue. Es stört mich zwar nicht, aber ich möchte es nicht sehen.

»Setz dich«, fordert Keaton und ich lasse mich einfach auf den erstbesten Sessel fallen, der in meiner Nähe steht. Ich höre Olivias Schritte, die sich mir nähern, und sehe ihre Füße, die in rosa Hausschuhen stecken, als sie bei mir ankommt und mir einen Tee auf den weißen, niedrigen Couchtisch donnert. So hart, dass ein Schluck überschwappt.

Langsam blicke ich auf. Ich habe kein Herzrasen, ich bin nicht nervös. Mason, ich glaube, dass ich innerlich wirklich ein bisschen gestorben bin, als du meine Hand losgelassen hast und gegangen bist. Für immer. Zumindest hat es sich so angefühlt.

Ich bemerke, dass Keaton Olivia einen warnenden Blick zuwirft, aber sie ignoriert ihn und marschiert zurück in die Küche. Es ist okay, Mason. Sie ist immer noch deine Mom, nicht meine. Ich habe nicht erwartet, dass sie mir zuhört oder nachfragt, dass sie versucht, mich zu verstehen, oder neutral bleibt. Natürlich ergreift sie Partei für dich, sie hat dich auf die Welt gebracht.

Keaton ist da ein wenig anders. Offener? Ich weiß es nicht. Aber ich weiß, dass er Riley zu hundert Prozent als seinen Sohn akzeptiert hat, obwohl er das biologisch gesehen nicht ist. Und ich habe mir eingebildet, er hätte das auch mit mir getan. Aber als er mich damals im Krankenhaus mit dieser Verachtung angesehen hat, war mir klar, dass ich mich täuschte.

Nun ja … jetzt ist er da. Und ich bin zu leer, um Dankbarkeit zu empfinden.

Ich will keinen Tee. Ich will nichts essen. Ich will nur existieren – und eigentlich nicht einmal das.

Und als hätte Keaton meine Gedanken gehört, sagt er: »Du kannst dich hinlegen, wenn du willst. Das Gästezimmer ist für dich hergerichtet.«

Ich stehe wortlos auf und beide Hunde folgen mir, als ich den Gang entlanggehe, am Bad vorbei und die Treppe nach oben in das Zimmer, in dem ich schon so oft gelegen habe.

Ich hasse es, dass ich noch atmen muss, Mason.

18. Bis ich verschwinde, Mason

Emilia

Wir sitzen am Esstisch, Keaton hat mich nach unten gerufen. Ich esse nichts, denn ich habe keinen Appetit, aber ich bin dabei und schaue den anderen zu. Alle sind leise, man hört nur das Klappern von Geschirr und die laufende Spülmaschine im Hintergrund. Keaton starrt seine Frau mit verengten Augen an und nickt mehrmals in ihre Richtung, aber sie schweigt eisern und hat den Blick genau wie ich auf ihren Teller gerichtet, während sie aggressiv ihr Steak zerschneidet. Ich spüre ihren Hass auf mich in jeder ihrer Bewegungen und jedem Blick, aber es ist mir egal. Was zur Hölle mache ich hier eigentlich? Ich gehöre hier nicht hin. Ich gehöre nirgendwo hin, deshalb wäre es besser, wenn ich nicht mehr existieren würde. Es wäre wirklich besser für alle. Ich bin wie ein Fluch und ich wünschte, Bridget hätte mich nicht gefunden. Seit gestern gehe ich nicht mehr an mein Handy. Ehrlich gesagt weiß ich nicht mal, wo es ist, und es ist mir auch egal. Ich will keinen Kontakt zu irgendwem, momentan nicht mal zu dir, Mason, obwohl dein Gesicht das Einzige ist, was mir noch irgendeine Emotion entlockt. Nicht so stark und alles einnehmend wie sonst, aber ein leichtes, kaum wahrnehmbares Kribbeln, was immer schwächer wird, je länger ich atme.

Ich höre einen Wagen vorfahren und eine Tür zuschlagen und ich weiß, dass du es bist. Wahrscheinlich hat dich irgendein Kumpel nach Hause gebracht, weil dein Auto kaputt ist, oder du hast ein Taxi genommen. Oder hat dich dein letzter Fick gefahren? Nicht mal das berührt mich – mir dich mit einer anderen vorzustellen. Es lässt mich völlig kalt.

Deine dominanten Schritte ertönen, nachdem die Haustür ins Schloss gefallen ist und du kommst mit Schuhen, wie immer, ins Esszimmer marschiert. Du starrst mich an, ich spüre es, auch wenn ich es nicht sehe. Es dauert eine kleine Ewigkeit an, in der sich keiner rührt oder atmet. Man hört nicht mal mehr das Hecheln der Hunde.

Dann setzt du dich wieder in Bewegung und ziehst lautstark den Stuhl zurück. Deine Aura trifft mich wie ein Blitz, als du dich hinsetzt, aber sie prallt an meiner Blase der Gleichgültigkeit ab. Dein Vater und deine Mutter reden nicht und ich werde das sicher auch nicht tun.

»Na? Hast du dich wieder erfolgreich in die Familie geschlichen?«, fragst du mich hart und ich höre genau, dass du betrunken bist. Ich rieche es gleichermaßen.

Ich antworte nicht, hebe den Blick und richte ihn direkt in deine undefinierbaren, momentan etwas dunkleren Augen. Du zuckst ein wenig zurück. Keine Ahnung, was du in meinem Gesicht siehst, aber wenn du darin lesen kannst, was ich gerade empfinde – nämlich nichts als Leere –, dann wundert dein Zucken mich nicht.

Du verengst die Lider und dein Blick wird stechend, analytisch und angestrengt. Gleichgültig schaue ich wieder auf meinen vollen Teller. Ich habe eine gefühlte Ewigkeit nichts gegessen, aber meinem Magen ist das egal. Es ist wie bei einem Hund, der weiß, dass seine Zeit gekommen ist, und sich zum Sterben in eine Ecke legt und einfach wartet. Ohne zu essen, ohne zu trinken oder auch nur auf sein Lieblingsspielzeug zu reagieren.

»Hey!«, blaffst du mich an. »Bist du dir zu schade, um zu antworten, oder was?«

»Mason, lass es«, sagt dein Vater ruhig. »Nicht jetzt.«

Du schnaubst, Mason. Als du dich bewegst, trifft mich eine Welle deines Dufts und des Alkohols, den du anscheinend in Massen in dich hineingeschüttet hast.

»Sie ist in meinem Haus. An meinem Tisch, isst das Essen meiner Mutter und hält es nicht mal für nötig zu antworten. Das nennt man unhöflich.«

Gerade will Keaton was erwidern – ich habe nichts zu sagen –, da klingelt Olivias Handy.

Sie nimmt es vom Tisch und ich sehe aus der kurzen Entfernung, dass es Riley ist. Sie wirft Keaton einen Blick zu und sagt: »Ich muss da kurz rangehen.« Sie will aufstehen, aber Keaton schüttelt den Kopf. »Bleib sitzen, Olivia.«

Sie funkelt ihn kurz störrisch an, aber anscheinend sieht sie, dass er es verdammt ernst meint, und setzt sich wieder hin.

»Ja, Riley?«, fragt sie in den Hörer und man versteht ihn dumpf durch das Telefon.

»Ja, Mom, was ist jetzt? Ich erreiche Emilia nicht! Ich versuche es schon, seit Bridget mir erzählt hat, was passiert ist. Und im Krankenhaus hat man mich nicht zu ihr gelassen, weil ich kein Familienangehöriger mehr bin.«

»Riley«, seufzt Olivia und schaut schuldbewusst zu Keaton. »Du weißt, warum wir das so angeordnet haben. Wir meinen es nur gut, okay?«

»Ich bin kein Trottel, Mom. Nur weil Emilia jetzt Single ist oder es ihr gerade nicht gut geht, heißt es nicht, dass ich mich gleich wieder auf sie stürze wie ein Neandertaler. Aber ich will wissen, wie es ihr geht.« Ich merke, wie du dich anspannst, Mason, auch wenn ich dich nicht sehe, aber ich reagiere nicht. Stattdessen starre ich Olivia an, ohne sie zu sehen, eigentlich eher blicklos durch sie hindurch.

»Sie redet nicht!«, keift sie Riley nun an. »Ich kann sie dir nicht geben.« Sie schaut mich fragend an und ich reagiere nicht. Immer noch nicht. Sie seufzt schwer. »Sie lebt. Dass es ihr gut geht, würde ich nicht sagen.«

»Ich komme später vorbei!«

»Das tust du nicht!«, knurrst du neben mir.

Keaton seufzt schwer und verdreht die Augen.

»Ich komme später«, wiederholt Riley, dann legt er auf.

»*Schön, Emilia*!«, rufst du jetzt. »Endlich hast du wieder jemanden, der dich ficken kann. Dann kannst du die nächste Beziehung kaputt machen. Das liebst du doch so sehr – Dinge kaputt machen!«

»*Mason!*«, geht Olivia dazwischen, aber ich schiebe einfach nur meinen Stuhl zurück, stehe auf und verlasse das Haus.

»Emilia, warte!«, ruft Keaton, aber da spüre ich schon den kühlen Wind in meinem Gesicht. Nur auf Socken schließe ich die Tür hinter mir.

Ich gehöre hier einfach nicht hin, Mason.

Es war einmal so, aber es wird nie wieder so sein.

* * *

Ich weiß nicht, was mich antreibt, aber ich laufe die Stufen der Veranda hinunter, vorbei an der im Wind wippenden Hollywoodschaukel. Er bläst mir eiskalt ins Gesicht und meine Haare wehen mir in die Augen. Ich verschränke die Arme vor der Brust und laufe über den weichen, kalten Rasen. Meine Füße sind sofort durchnässt. Der Feierabendverkehr rauscht am Haus vorbei, alle wollen in ihre heiligen Hallen, zu ihren Familien, zu ihren Liebsten, zu ihren Kindern und ihren perfekten Vorgärten. Ich habe nichts, Mason, wo ich hinwill. Ich habe keinen Zufluchtsort mehr. Nicht einmal dein Keller zieht mich an. Ich bin so leer und es gibt wohl nichts anderes mehr als Leere in mir, in meinem Leben, in meinem Herzen.

Mechanisch steuere ich die Straße an, obwohl ich mich nicht mal bewusst dazu entschieden habe. Es ist, als würden meine Füße genau wissen, was sie tun. Das Licht des Tages weicht der Dunkelheit und die Straßenlaternen schalten sich an. Eine neue Windböe peitscht über mein Gesicht und lässt meine

Augen tränen, Nieselregen schimmert funkelnd in den Scheinwerfern der Autos und der Laternen.

Und ich gehe immer weiter auf die Straße zu, bis ich den Gehweg unter meinen nassen, kalten Füßen spüre. Keine Ahnung, was ich hier tue.

Zwei Schritte, dann bin ich auf der Straße, und man sieht mich nicht besonders gut in meiner dunklen Kleidung. Ich stehe auf dem Bordstein, schaue träge nach rechts und nach links. Die Autos rasen immer weiter. Noch ein Schritt. Ich hebe meinen Fuß, doch hinter mir donnert es: »*Emilia!*« Ich setze den Fuß wieder zurück auf den kalten Asphalt. Im nächsten Moment spüre ich deine Hand an meinem Oberarm. Du reißt mich zurück.

»*Was zum Teufel tust du da?*«

Ich starre nur zu Boden.

»Fuck, hast du jetzt total den Verstand verloren?« Du schüttelst mich heftig. »Hey, sag was!« Selbst wenn du mir eine schmieren würdest, würde ich nicht reagieren. »Fuck«, fluchst du leise und fährst mit einer Hand durch dein Haar. Dann schiebst du mich grob in Richtung des Hauses und die Treppe nach oben.

»Scheiße«, fluchst du wieder, knallst die Tür hinter mir zu und verriegelst sie. Den Hausschlüssel steckst du ein und schiebst mich dann weiter ins Hausinnere. Ich hinterlasse nasse Fußabdrücke auf dem Boden.

Aber es ist mir egal. Nicht einmal die Tatsache, dass du mich berührst, kümmert mich.

Du schubst mich an deinen Eltern vorbei, die noch am Tisch sitzen, und wirfst deinem Dad einen langen Blick zu. Ich sehe es genau, aber es ist mir egal.

Dann bringst du mich nach oben, direkt auf mein Bett.

»Du bewegst dich hier nicht weg. Verdammt, Emilia! Was sollte das?«

Ich schaue dich an, wie du vor mir stehst in all deiner verheerenden Pracht. Die dunklen Haare feucht; das schwarze, langärmlige Oberteil eng deinem Körper klebend; die Ringe unter deinen Augen, die Rötung in ihnen und die Stoppeln an deiner Wange. Ich sehe in dein Gesicht, das ich so sehr geliebt habe. Das ich so vermisst habe. Das mir einmal alles bedeutet hat. Und ich empfinde nichts.

Du starrst mich genauso lange an, aber unsere Blicke sind völlig gegensätzlich. Es ist, als hätten wir die Rollen getauscht. Während meiner leer und ausdruckslos ist, toben in deinen die Emotionen wild durcheinander.

»Bleib hier!«, knurrst du und gehst, bevor du die Tür hinter dir zuschlägst. Ich zucke nicht einmal zusammen, lege mich auf das Bett, ziehe die Decke über meinen Körper und schließe die Augen. Vielleicht kann ich ja so lange hier liegen, bis ich nicht mehr da bin.

19. Dunkelheit und Licht,

Mason

Emilia

Es können Tage vergangen sein, vielleicht auch nur Stunden oder Minuten, als es an meiner Tür klopft. Ich antworte nicht, dennoch wird sie einfach geöffnet und Keaton steht vor mir. Irgendwie habe ich auch niemand anderes erwartet. Mason, du würdest nicht klopfen und deine Mom will nichts von mir wissen.

Ich liege auf der Seite mit dem Gesicht zu ihm und schaue ihn an. Er erwidert meinen Blick. Seine Haare sind ein bisschen zerzaust, Mason. So sieht er sonst nie aus. Es ist mir egal.

»Riley ist da, Emilia.« Ich rege mich nicht. »Er will dich sehen.« Ich rege mich immer noch nicht. »Komm runter.« Ich stehe auf.

Langsam, weil meine Beine sich taub anfühlen und ich mich kaum auf ihnen halten kann. Ich habe so lange nichts gegessen, dass mein Körper schon wegen der kleinsten Anstrengung zittert und mein Magen mich mit schmerzhaften Krämpfen foltert.

Doch ich heiße es willkommen, gehe an ihm vorbei nach unten, wo alle im Wohnzimmer sitzen. Sogar du, Mason. Mit verschränkten Armen, die Beine breit. Du starrst Riley tödlich an. Dieser springt aber sofort auf, als er mich sieht, und kommt besorgt auf mich zugelaufen. Seine Haut ist blass, sein Blick gehetzt und seine sonst so perfekt anliegenden Haare sehen aus wie die seines Vaters.

Noch während er sich mir nähert und ich auf der untersten Stufe stehen bleibe, breitet er die Arme aus und zieht mich einfach so in eine feste Umarmung, sodass mein Gesicht an seiner Brust verborgen ist und seine Arme sich um meinen Rücken legen. Mason, auf einmal fühlt es sich so an, als würde er mich zusammenhalten, wie er es immer getan hat. Meine Lider gleiten zu, weil meine Augen brennen. Die erste Emotion seit zwei Tagen übermannt mich, doch ich schaffe es nicht, ihn ebenfalls zu umarmen.

Aber das macht ihm nichts. Es ist, als würde er spüren, dass ich das brauche, und er drückt mich weiter an sich.

»Scheiße, was machst du denn, Baby?«, murmelt er in mein Haar und meine Kehle zieht sich zusammen. Irgendwie schaffe ich es, eine Hand zu heben und sie um seinen Rücken zu legen.

»Okay, das reicht jetzt!«, knurrst du düster, aber ich beachte dich nicht, weil es mir egal ist. Riley hält mich und das ist gerade alles, was zählt. Seine Unschuld, seine Reinheit, sein Vertrauen in mich, was nie erloschen ist, egal was ich gemacht habe. Egal wie widerlich ich mich benommen habe. Ich hab das nicht verdient. Aber es fühlt sich so gut an.

»*Es reicht. Jetzt!*«, knurrst du wieder. Riley hält mich eine Armeslänge von sich entfernt und sieht mir prüfend ins Gesicht. Ich sehe den Schmerz in seinen Augen, weil er sich dafür die Schuld gibt, was passiert ist. Er denkt, er wäre nicht für mich da gewesen. Dabei ist er der Einzige in meinem Leben, der immer für mich da war. Selbst Keaton hat sich irgendwann abgewandt, aber nicht Riley.

Ich hasse es, dass ich ihn nicht lieben kann. Nicht so.

Er greift nach meinem Kinn und hebt es an, damit ich ihm in die Augen sehe. Sein Blick fragt mich stumm: *Soll ich dich hier wegbringen?* Doch ich schüttle den Kopf, weil es egal ist, wo ich bin.

Er legt einen Arm um meine Schultern und führt mich ins Wohnzimmer, wo uns alle anstarren. Dein Dad sieht angespannt zwischen dir und uns hin und her, Bridget ist nicht da, und Olivia hat die Arme vor der Brust verschränkt und sitzt neben dir. Ihr seht so gleich aus.

Riley setzt mich auf den Sessel und platziert sich neben mir auf der Lehne.

»Was ist passiert?«, fragt Riley Keaton.

Der hebt die Schultern. *Wow, etwas, was er nicht weiß*, denke ich trocken.

»Okay«, sagt Riley. »Aber ich kann euch ja erzählen, was ich weiß. Oder willst du, Emilia?«

Ich sehe ihn flehend mit großen Augen an und schüttle den Kopf. Als ich wieder in deine Richtung schaue, hast du eine Braue gehoben und ein Muskel an deiner Wange spielt. Keaton rutscht vorsichtshalber etwas näher in deine Richtung, um dich aufhalten zu können, solltest du ausflippen. Warum auch immer.

Riley nimmt meine Hand und sucht meinen Blick. »Es muss jemand erzählen, Emilia. Verstehst du mich? Du kannst das nicht einfach verschweigen.«

Ich schlucke trocken und senke den Blick wieder auf meinen Schoß.

Riley fängt einfach an, ohne mich loszulassen. Ich traue mich nicht, dich anzusehen, aber ich weiß und spüre, dass du bebst. Warum, Mason? Du liebst mich doch gar nicht. Ich liebe mich ja selbst nicht, wieso solltest du es da tun?

»Also, Emilia hatte versucht, mit euch zu reden, aber anscheinend hat keiner zugehört. Übrigens, Mom, Gratulation. So verhält man sich als unparteiische Mutter.«

»Wie bitte?«, fragt sie mit einer erhobenen Braue und sieht dir dabei so ähnlich, Mason.

»Ihr habt so groß geredet, dass Emilia Teil der Familie ist und ihr sie so gut wie adoptiert habt. Dass ihr sie so sehr liebt. Du auch«, sagt er und nickt abwertend in deine Richtung.

Du bläfst die Nasenflügel auf und knurrst vor dich hin. »Du kleiner ...« Ich verstehe den Rest nicht und will es auch nicht.

»Verhält man sich *so*, wenn jemand leidet, den man liebt? Es war so leicht für euch alle, auf diese Scheiße reinzufallen, die dieser Pisser-Psychologe abgezogen hat. Nur ich habe ihr zugehört. Nur ich habe sie in mein Zimmer gelassen und nur ich habe ihr geglaubt.«

Du schnaubst. »Oh, okay, sind wir hier, um eure Wiedervereinigung zu feiern, oder habe ich was verpasst?«

»Mason, wenn du jetzt nicht deine Fresse hältst, schlage ich dir deine Zähne aus«, knurrt Riley und hält meine Hand noch ein bisschen fester. Ich lege die andere auf seine, um ihn zu beruhigen, und dein Blick schießt auf unsere Finger. Mir wird heiß, weil ich deine Emotionen wahrnehme, aber ich brauche das gerade und ich habe zu lange darauf geachtet, was *du* brauchst. Es ist mir egal, wie du damit umgehst. Es ist dein Problem. Für diesen Scheiß bin ich taub.

»Weißt du, sie hat das alles für dich getan, du undankbarer Pisser«, sagt Riley.

»Ach so, wegen mir hat sie die Beine für einen anderen ...«

»Mason«, donnert Keaton und du schweigst, obwohl ich sehe, wie schwer dir das fällt und du tief durchatmen musst. Deine Augen schießen immer wieder zu meinem Gesicht und dann zu unseren Händen.

»Wärst du nicht so dumm, Mason, und hättest diesem Mann das Leben nicht versaut, hätte Emilia das gar nicht alles durchmachen müssen.«

»Was?«, fragt nun Olivia. »Wovon redest du, Riley?«

»Okay, von vorn. Emilia hatte in New York einen Therapeuten, der ihre Schwächen eiskalt ausgenutzt und eine Affäre mit ihr angefangen hat. Das weißt du ja, Dad, oder?«, fragt Riley und schaut Keaton herausfordernd an. Der schweigt stoisch. »Auf jeden Fall kam dann Mason zurück in ihr Leben getrampelt und hat alles platt gewalzt, was ihm im Weg stand. Wie das so seine nette, charmante Art ist. Nicht wahr, Mason?« Jetzt schaut er dich an. Du siehst aus wie dein Vater, nur ein bisschen wütender. »Gut, also hat Mason beschlossen, den Therapeuten zu bedrohen, ihm Drogen unterzuschmuggeln und seine Sitzung mit Emilia per Video zu überwachen. Wie hat er das nur hingekriegt, Dad? Zugriff auf eine Therapiesitzung über die Webcam, *Dad?*« Er schaut wieder Keaton an, der die Augen verengt und Mason anschaut, als wolle er von ihm wissen, wieso er sich so dumm angestellt hat.

»Nun, wollt ihr noch mehr wissen?«

»Nicht wirklich«, brummt Olivia, die sich etwas klein gemacht hat und blass wirkt.

»Ich erzähle es trotzdem! Ich bin gerade *so* in Redelaune!« Fast muss ich ein bisschen lächeln. Am liebsten würde ich Riley um den Hals fallen und ihn nicht mehr loslassen. »Nachdem Mason ihn bedroht hatte, hat es ihm noch nicht gereicht. Er ging mit der Aufnahme, auf der Emilia und Dr. Daniels fast Sex hatten, geradewegs zu seiner Ehefrau! Ach, jetzt ist es die Ex-Frau! Wie dem auch sei, sie hat sich dann von ihm getrennt und er hat auch noch seine Zulassung verloren. Also praktisch *alles.* Und was macht ein Mann, der nichts mehr zu verlieren hat?« Riley schaut gespielt interessiert in die Runde, aber niemand reagiert. »Der sucht sich ein neues Spielzeug. Also kam er nach Chicago. Ist das nicht wunderbar, Mason?«

Du hast den Kopf in eine Hand gestützt und presst die Lider zusammen, als könntest du so verhindern, was passiert ist.

»Nun ja, jedenfalls hat er dann Emilia kontaktiert. Hier am Esstisch, ist das nicht interessant? Als ich das erste Mal mit Bridget da war. Und er hat sie gezwungen, ihn zurückzurufen, wenn sie allein ist, was sie dann auch getan hat. Und die liebe, gute Emilia, die ein bisschen naiv ist und an das Gute im Menschen glaubt … Mason, sag mir, was sie getan hat«, fordert er dich wie ein Talkshowmaster auf.

Du schaust mich nicht an, deine Augen sind immer noch geschlossen. »Sie hat versucht, es selbst zu regeln, bevor ich es tue«, sagst du und deine Stimme klingt geschlagen.

»Bingo! Zehn Punkte! Und rate mal, womit er sie erpresst hat! Damit, deine ganze Zukunft zu versauen, indem er dich anzeigt, wegen – und jetzt halt dich fest, Bro – Verleumdung, Verstoß gegen das Datenschutzgesetz, das Rauschmittelschutzgesetz und – das Beste – Missbrauch von Staatsgewalt und Erpressung, natürlich. Weil du ja auch nicht besser bist, als so ein Dr. Daniels, nicht wahr, Mason?« Du regst dich nicht, Mason, keinen Millimeter. Ich weiß, dass du sonst ausrastest, und zwar so sehr, dass danach nichts mehr steht.

»Jetzt ratet mal, wie die Geschichte weiterging! Also, dieser kleine Pisser hat Emilia in seinem

Hotelzimmer antanzen lassen. Ratet mal, wer dann vorbeikam und sie in genau dem Moment erwischt hat, in dem er sie erwischen sollte. Und ratet mal, wer sich nicht mal angehört hat, was sie dazu zu sagen hatte? Und sie einfach fallen lassen hat, weil er von sich aus gegangen ist? Aber, Mason, damit bist du ja nicht allein. Jeder von euch, der hier so scheinheilig sitzt, hat sich einen Dreck darum geschert, während sie ganz allein war. Während sie, um dich zu schützen, jede Nacht in dieses Scheißhotelzimmer gefahren ist und alles getan hat, was dieser Wichser wollte. Was hätte ich tun sollen? Bridget rückt mir auf die Pelle, wenn es um Emilia geht. Und ich habe nicht die Macht, die du hast, Dad, um so einen Wahnsinn zu beenden. Ich wollte dreimal mit euch darüber reden. Dreimal habt ihr mir gesagt, ich soll ihren Scheißnamen nicht erwähnen und habt den Raum verlassen, seid geflüchtet, weil ihr alle feige seid. Und Heuchler. Und keine fucking Superhelden, *John!*« Er starrt seinen Vater an. Ich verstehe nicht, wieso, ich weiß nur, dass John Keatons Zweitname ist. Aber ich sehe genau, wie getroffen er und Olivia sind.

Deine Mom steht wortlos auf und verlässt mit steifen Schritten das Wohnzimmer, um nach oben zu gehen.

Währenddessen sitze ich da, höre dem Ticken der Uhr zu, halte Rileys Hand, weil ich sonst auseinanderfalle, und hasse es, dass so ein Wirbel um mich veranstaltet wird. Ich wollte das nicht, eigentlich wollte ich mich doch nur in Luft auflösen und jetzt bin ich präsenter denn je.

Mein Blick wandert zu dir rüber und du siehst mich an. Deine Augen fragen mich: *Stimmt das?* Ich rühre mich nicht, nicke nicht, schüttle nicht den Kopf, sehe dich nur an. Bevor deine Wut kommt, entdecke ich Reue. Und ich hasse Reue, Mason.

Danach bist du nicht mehr zu halten, springst auf und willst direkt an mir vorbeirauschen, aber ich strecke kraftlos die Hand aus und berühre nur leicht deinen Handrücken, was dich stoppen lässt. Wenn du das jetzt tust, war alles umsonst.

Ich sehe zu dir auf und du zu mir runter. Dann drehst du deine Hand leicht und verschränkst deine Finger mit meinen, und weißt du was? Ich fühle mich immer noch nicht ganz. Ich fühle mich immer noch nicht wie ich, sondern wie eine zerbrochene Hülle. In mir regt sich nichts.

»Ich muss«, sagst du leise, dann lässt du mich los und gehst.

Mein Blick schießt sofort zu Keaton, der bereits aufgestanden ist und dir folgt.

Riley atmet tief durch, als wir allein sind, und schaut zu mir runter. »Wie fühlst du dich?« Wie oft fragst du mich das eigentlich, Mason? Nie?

Ich zucke mit den Schultern und er lächelt mich leicht an, bevor er mir eine Strähne aus der Stirn streicht. Meine Lider gleiten zu. Er ist dabei so sanft und ich neige den Kopf seiner Berührung entgegen.

»Komm, ich bringe dich hoch. Du bist sicherlich erschöpft.« Wenn er wüsste, wie sehr … Er hilft mir, aufzustehen, legt einen Arm um meinen Rücken und lotst mich langsam nach oben. Ich rieche seinen Duft. Es ist immer noch derselbe wie früher und seine Wärme ist auch gleich geblieben. Ebenso wie seine starken Finger um mich herum auch. Und ich habe Stärke und Wärme gerade so dringend nötig.

Er bringt mich in mein Zimmer und ich setze mich auf die Bettkante. Riley geht vor mir in die Hocke und greift nach meinen Fesseln. Langsam rollt er mir die immer noch feuchten Socken von meinen kalten Füßen, die ich schon ganz vergessen hatte. Wie er hier so vor mir hockt und das Licht der Nachttischlampe auf sein blondes Haar scheint, wirkt er wie der Retter in der Not. Wie ein Engel in dunkelster Nacht mit seinem weißen Pullover und der hellen Jeans. Er ist der Engel. Du bist der Teufel. Er ist der Tag. Du bist die Nacht.

Ich kann meine Hand genauso wenig aufhalten wie meine Füße vorhin, als ich sie langsam hebe und durch seine weichen Haarsträhnen gleiten lasse. Überrascht schaut er zu mir auf, seine dunklen Augen so warm in meine gerichtet. Er liebt mich, Mason. Er liebt mich so sehr und ich weiß nicht mal, warum.

Ich greife nach dem Kragen seines Pullovers und ziehe Riley zittrig an meine Lippen. Kurz erstarren wir beide, als unsere Münder sich berühren. Mein Leben, wie es mit ihm sein würde, zieht an meinen Augen vorbei. Ein Leben voller Zufriedenheit, Lachen, Leichtigkeit, Sonntagsspaziergänge, Harmonie, Glück, Sonnenschein, Urlaube am Strand, Fotos, auf denen wir Grimassen ziehen, Ausflüge in den Park, eine rot-weiß-karierte Picknickdecke, Rileys strahlendes Lächeln, immer wenn ich von der Arbeit nach Hause komme. Seine Hände, die mich voller Ehrfurcht berühren; seine Blicke, die mich immer die starke Liebe fühlen lassen, die er empfindet. Sein niemals gebrochenes Vertrauen in mich, egal was ich getan habe. Seine unendliche Freundlichkeit und Güte. Kinderlachen, das durch unser Haus schallt. Dinnerabende und Brunchs mit Freunden, Kinobesuche und Hundespaziergänge ... Wir beide auf einer Veranda mit achtzig Jahren Hand in Hand, bis wir sterben.

Und während sich unsere Lippen aufeinander zubewegen, laufen Tränen über meine Wangen, weil ich all das nie haben werde. Weil das nicht für mich bestimmt ist. Weil meine Zukunft voll ist mit Begierde, mit überkochenden Emotionen, mit Herzrasen und Schweißausbrüchen, wenn du mich ansiehst. Mit deinen Händen, die mich packen, die in mein Haar greifen; deinen Zähnen, die in meine Unterlippe beißen; deinem Becken, das sich an mich presst; deinen düsteren Blicken, die so besitzergreifend und verschlingend auf mir liegen. Deiner rauen, dominanten Stimme, deinen Worten, die mein Herz schneller schlagen lassen. Deinem Hass, deiner Bösartigkeit und der alles verzehrenden Leidenschaft. Mit Nächten in der Dunkelheit und Tagen ohne Sonnenschein, der alles verzehrenden Sucht, Abhängigkeit, gegen die wir uns nie wehren können. Die uns nicht guttut. Die uns vernichtet. Und gegen die wir so hilflos sind.

Riley küsst mich inniger und drückt mich aufs Bett. Ich schlinge meine Arme um seinen Hals. Ich wünschte, dieser Kuss würde niemals enden. Er stöhnt in meinen Mund und ich spüre, wie die Tränen heiß über meine Schläfen laufen. Er ist die Perfektion und du bist das Chaos. Ich verdiene keine Perfektion. Und du auch nicht.

Ich spüre seine Hände überall und seine Zunge in meinem Mund. Als ich die Hände auf seine Brust lege und ihn leicht nach hinten drücke, stoppt er sofort. Atemlos und aufgewühlt starrt er mich an, genau wie ich ihn, bevor er sich mit einem »Scheiße!« von mir rollt, sich neben mich fallen lässt und einen Unterarm über seine Augen schmeißt. So liegen wir kurz da. Ich starre an die Decke und habe die Hände in das Bett unter mir gekrallt. Unsere Körper beruhigen sich nur langsam, vor allem meiner, der total ausgezehrt ist.

Das Kribbeln lässt nur zaghaft nach, als würde es nicht aufgeben wollen, und ich drehe den Kopf zu ihm hinüber und zwinge es herab.

Riley sieht mich an und streicht mir wieder die Haare nach hinten. »Ist dir eigentlich aufgefallen, wie leicht es mit mir war, Emilia? Ist dir aufgefallen, dass dein Leben immer schöner und besser wurde, als du mit mir zusammen warst, und dass es bergab geht, seit du Mason reingelassen hast? Bis zu diesem Punkt.« Er greift vorsichtig nach meinem Unterarm und deutet auf die Verbände, die der Arzt mir heute Morgen gewechselt hat.

Ich kann nicht antworten und er streicht sanft mit dem Daumen über die verschlossene Wunde. »Emilia«, sagt er ernst. »Für mich warst es immer du und du wirst es immer sein. Ob ich jetzt mit einer Bridget oder einer Anna oder einer Virginia zusammen bin, wenn du dich für mich entscheidest, scheiße ich auf alle. Und ich behandle dich gut, so lange, bis du merkst, dass du das verdient hast. Ich lege dir die Welt zu Füßen. Und auch, wenn ich mich gerade erst einigermaßen mit Mason vertragen habe – für dich würde ich auf ihn scheißen, sogar auf meine Eltern, auf alles. Kannst du das von ihm auch behaupten?«

Ich bin ein bisschen baff und lasse seine Worte auf mich wirken.

»Ich weiß«, sagt er leise und erwidert meinen Blick klar, ohne irgendwelche Drogen oder Alkohol im Blut. Er sieht mich direkt an und in mich hinein. »Du liebst ihn, aber du liebst mich auch. Ich sehe es in deinen Augen, und jetzt gerade weiß ich, dass es sich lohnt zu warten. Ich habe nie mit dir abgeschlossen, auch in New York nicht. Ich bin nur wieder hier, weil du es bist, Emilia. Ich muss immer in deiner Nähe sein und wissen, wie es dir mit diesem Psychopathen wirklich geht. Ich bin bei dir geblieben, damals, als ich schon wusste, dass du mich betrügst. Und er? Er ist gegangen, obwohl du ihn nicht mal betrogen hast. Er hat dir diese Lüge so leicht geglaubt, weil er dich nicht kennt, Emilia.« Er nimmt meine Hand und küsst sie. »Ich warte. Auch, wenn du ihn liebst. Ich weiß, dass du mich auch liebst. Und ich liebe dich. Immer.«

Jetzt laufen die Tränen wieder über und ich drehe mich auf die Seite, robbe an seine Seite und presse die Stirn an seinen Oberarm.

Langsam dreht er sich auch zu mir herum und mein Gesicht lehnt an seiner trainierten Brust, wo ich ihn besonders intensiv riechen kann. Ich liebe es, wie er seinen Arm fest um mich legt – nicht besitzergreifend, nur beschützend – und seine Finger zart durch meine Haare streichen, sodass wohlige Gänsehaut sich über meinen Rücken nach unten zieht.

So liegen wir da, ohne zu reden.

Er streichelt mich, bis ich eingeschlafen bin – mit einer Ruhe, die ich schon so lange nicht mehr empfunden habe.

20. Verliere ich dich, Emilia?

Mason

Ich weiß jetzt, zu was mein Vater fähig ist, Emilia, und ich werde mir in Zukunft zweimal überlegen, ob ich ihm ans Bein pinkle oder nicht. Dr. Daniels ist Geschichte, mehr möchte ich dazu nicht sagen.

Ein paar der gestrigen Dinge waren ziemlich befriedigend, besonders nachdem ich erfahren hatte, was er dir angetan hat. Fuck, Emilia. Ich hab es verschissen und keine Ahnung, wie ich mich jetzt verhalten soll. Was ich tun soll. Ob ich dich nicht einfach in Ruhe lassen sollte, weil ich der Bastard bin, der dir nicht zugehört hat, als du mich gebraucht hast.

Mein Kopf tut weh, als ich am Frühstückstisch sitze – ein starker, schwarzer Kaffee steht vor mir. Wir waren gestern echt lange unterwegs und ich habe auch die Nächte zuvor nicht viel geschlafen, weil ich lieber mit irgendwelchen Schlampen gefickt habe, statt mich um mein Mädchen zu kümmern. Man könnte meinen, es wäre die gerechte Strafe des Schicksals, als ich höre, dass jemand nach unten kommt, und zwar gleich zwei Fußpaare und nicht nur eines. Ich ahne es schon, bevor ihr in der Küche erscheint und ich mich um einige Jahre zurückversetzt fühle.

Du gehst vor und siehst besser aus. Deine Haare sind gewaschen und noch feucht. Wart ihr etwa zusammen in der Dusche, Emilia? Hat er etwa wirklich bei dir geschlafen, Emilia? Hat er … ich will gar nicht daran denken. Er grinst mich an, Emilia, und zieht dir den Stuhl zurück. Dann schenkt er dir Kaffee ein, wobei er genau weiß, wie du ihn magst. Ihr seid ja so eine tolle Einheit, oder? Machst du das mit Absicht?

Meine Eltern schauen genauso erstaunt und verständnislos wie ich und ich balle meine Hände unter dem Tisch zu Fäusten, damit ich nicht ausflippe.

Riley gibt dir ein Omelett auf den Teller, und das erste Mal, seit du hier bist, sehe ich dich essen,

Emilia. So weit habe ich dich nicht bringen können, aber ich habe es auch nicht drauf angelegt.

»Weiß Bridget, dass du hier bist?«, frage ich laut und du zuckst zusammen, siehst mich aber immer noch nicht an.

Riley seufzt und setzt sich zwischen dich und mich. Das gefällt mir nicht, Emilia. Dass er zwischen uns sitzt. Er ist ein wenig lebensmüde, oder?

»Ja, das weiß sie.«

»Und? Wie findet sie, dass du mit deiner Ex in einem Bett geschlafen und sonst was gemacht hast?«

Riley lächelt mich an. »Ich bin nicht du, Mason. Ich schlafe nicht mit anderen, wenn ich in einer Beziehung bin, und ich respektiere die Grenzen von anderen. Also gibt es nichts, was Bridget wissen muss, außer dass ich die Nacht bei meiner Familie war.«

Der Blick, den du Riley gerade zuwirfst, gefällt mir gar nicht, Emilia. Ich will ausrasten, als ich ihn sehe. Deine Wangen werden rot, als du merkst, wie ich dich anstarre, und du blickst schnell und ertappt auf deinen Teller zurück. Gott, ich will was zerstören. Emilia! Was ist hier los? Ist es, weil er für dich da war und ich nicht? Was passiert hier gerade? Ich fühle mich wie in einem Scheißtraum und werde ums Verrecken nicht wach. Ich kann nichts steuern, weil etwas in deinem Blick sich verändert hat, wenn du mich ansiehst. Ist der Teil in dir gestorben, der mich geliebt hat?

Zusammen mit meinem Glauben an dich? Hast du endlich gemerkt, was für ein Wichser ich bin?

Läufst du jetzt endlich vor mir weg?

Scheiße, Baby, vor fünf Wochen wollten wir noch heiraten und jetzt sitzen wir hier. Du bist verwundet und ich rieche immer noch nach anderen Frauen, weil ich nicht duschen war, während du mit deinem Ex hier bist, der zwischen uns wie ein Felsen sitzt und sich einfach nicht wegstoßen lässt. Ich dachte, er hätte endlich mit dir abgeschlossen, nachdem wir in New York geredet hatten, aber ich sehe, dass dem nicht so ist.

Was mich aber am meisten aus der Bahn wirft, ist die Zweisamkeit, die ihr ausstrahlt. Es ist fast so wie am Anfang. Ihr beide: happy together, und ich: der Schandfleck am Rande.

»Emilia, magst du noch einen Orangensaft?«, fragt Mom dich kleinlaut.

Du runzelst die Stirn, schüttelst den Kopf und siehst wieder auf deinen Teller. Ich vermisse deine Stimme, Emilia. Am liebsten würde ich dich anbrüllen, damit du was sagst. Damit du mir sagst, dass du mich noch liebst und mir vergeben kannst. Und dass es immer nur ich bin und dass sich keiner jemals zwischen uns drängen kann.

Riley sieht so fucking ausgeruht und zufrieden aus in seinem strahlend weißen Pullover und seinen vom

Schlafen zerwühlten Haaren – oder waren das etwa deine Finger, Emilia?

»Weißt du was«, fragt Riley munter an dich gewandt. »Wie wäre es, wenn wir heute einen Ausflug machen? Du siehst aus, als würdest du ein bisschen frische Luft vertragen.« Wie gebannt schauen dich alle an und du zuckst unsicher mit den Schultern. »Wir gehen heute raus«, entscheidet Riley einfach. Ich würde ihm gern in die Fresse hauen, weil er gar nichts zu entscheiden hat, wenn es um dich geht. »Du brauchst dringend ein bisschen Sonnenschein, Emilia«, sagt er und nickt, als würde er sich selbst bestätigen. Emilia, du brauchst keine Sonne. Du brauchst die Dunkelheit, meinen Keller und meinen Körper.

»Das ist eine gute Idee«, meint Dad. Ich schaue ihn an, als wäre er vom Mars gekommen, und hätte zwei grüne Antennen auf dem Kopf. Seit wann ist Dad eigentlich im Team Riley? Das geht gar nicht.

Du zuckst wieder mit den Schultern. Mittlerweile hast du deinen Teller geleert und sogar zwei Scheiben Brot gegessen, Emilia.

»Starten wir in einer halben Stunde?«, fragt Riley und du verdrehst die Augen, grinst ein bisschen und schiebst deinen Stuhl zurück. Ich beobachte fassungslos, wie du deinen Teller wegräumst und dann hochgehst. Deine Schultern hängen nicht mehr, du läufst nicht mehr so kraftlos, es ist, als hättest du über Nacht Energie getankt.

Emilia, ich fühle mich so machtlos.

Verliere ich dich?

* * *

Emilia, es war nicht leicht, zuzusehen, wie du mit Riley gegangen bist. Dieses Bild ist so vertraut und gleichzeitig so fremd für mich geworden. Ich bin der Mann, an dessen Seite du gehörst, aber diesmal kann ich mir nicht anmaßen, auszuflippen, weil ich Scheiße gebaut habe, genau wie mit Cherry damals. Wie kann man sich in einem Moment so sehr im Recht fühlen und im nächsten wie der größte Penner, der je auf Erden gewandelt ist, weil man alles falsch gemacht hat?

Ich hab dir schon so oft wehgetan, Baby, dass ich gar nicht mehr weiß, ob das zwischen uns je wieder so wird, wie es einmal war. War es überhaupt mal gut? Hatten wir glückliche Momente? In völliger Harmonie, ohne dass ich dich herumkommandiert, unterdrückt, kontrolliert und verformt habe? Ohne, dass du von mir Schmerzen und Leid gefordert hast? Verdammt, wir sind so abgefuckt, Emilia. Was bin ich eigentlich für dich? War ich jemals das, was Riley für dich war? Oder war ich nur derjenige, der dich durch deine dunkle Phase begleitet hat, bevor du wieder bereit warst, ins Licht zu treten – Hand in Hand mit deinem Helden?

Ich liege auf meinem Bett, mein Laptop vor mir, und ich sehe mir die ganzen Aufnahmen an, die ich damals aus dem Büro meines Vaters geklaut habe. Jede Minute, die du in unser Haus gekommen und gegangen bist. Jeden Blick, den du mir heimlich zugeworfen hast. Ich sehe, wie wir beide im Winter auf der Terrasse sitzen und unsere erste gemeinsame Tüte rauchen. Ich sehe, wie du panisch die Augen aufreißt, während ich einfach, arrogant, wie ich bin, auf dich zulaufe und dich hinter Rileys Rücken ins Bad ziehe. Ich sehe uns im Gästezimmer. Ich sehe uns im Keller. So viele Aufnahmen von uns in meinem Keller. Nichts Sexuelles, sondern die stillen Momente, in denen wir in meinem Bett lagen, beide auf der Seite, während wir uns einfach nur beobachtet haben, während uns blauer Rauch umwaberte. Ich sehe all die Dinge, die ich mit dir getan habe. All die Male, in denen ich dich allein irgendwo angekettet sitzen ließ und du stundenlang auf mich gewartet hast. Ich trinke einen Schluck Whisky.

Ich sehe, wie ich dich geschlagen habe, Emilia, und ich würde mir am liebsten jetzt noch dafür die Hand abhacken, weil man etwas Kostbares wie dich nicht verletzt. Ich sehe, wie du auf meinem Bett sitzt und auf mich wartest. So lange, so viele Stunden. Ich wusste nicht, dass du so oft bei mir warst, wenn ich gar nicht da war. Immer wieder hat dich ein kranker Teil deines Selbst zu mir getrieben. Und ich habe das schamlos ausgenutzt. Ich war wie der Heroindealer, der einem unschuldigen Jungen seinen ersten Schuss schenkt, ihn fliegen lässt und dann völlig abhängig von dem Stoff macht, der sein Leben zerstört. Wissentlich und nur aus eigenem Nutzen handelnd.

Ich bin der Dealer und die Droge ist der Sex.

Ich trinke noch einen Schluck.

Damals hast du mich anders angesehen, als du es jetzt tust, Emilia. Jetzt ist da nichts in deinen Augen, früher war da alles.

Am liebsten würde ich es aus dir herausschütteln, am liebsten würde ich dich anschreien, damit du mich wieder fühlst. Uns fühlst. Stattdessen sitze ich hier, trinke Whisky und der Joint raucht vor sich im Aschenbecher dahin, während ich uns auf meinem Display dabei zuschaue, wie wir tanzen und danach streiten. Wie immer.

Was machst du gerade? Lächelst du für ihn? Strahlen deine Augen? Küsst er dich? Hält er deine Hand und fühlst du dich dabei sicher? Wird dir klar, wie gut er dir tut und wie giftig ich für dich bin?

Fuck, Emilia.

21. Wir sind wirklich Geschwister, Emilia

Riley

Du lachst, Emilia, und ich liebe es.

Wir waren in der Stadt und du hast ein Eis gegessen, obwohl es so kalt ist. Es ist, als hättest du kein Gefühl mehr für jegliche Temperaturen. Du trägst eine Jeansjacke, dabei sind es gerade mal fünf Grad. Ich friere sogar in meinem Mantel, aber du bist total entspannt. Ich lauere schon die ganze Zeit auf Anzeichen, dass dir kalt wird, damit ich dir meine

Jacke geben kann, aber du bist zufrieden. Wir spazieren am See entlang und ich bin gerade in Entenscheiße getreten. Wenn ich dich damit so sehr zum Lachen bringe, springe ich sogar in einen Elefantenhaufen.

Wir unterhalten uns über unsere alte Nachbarin. Du redest wieder und ich liebe es, dass ich das bewirkt habe. Ich wollte dich in Ruhe lassen, Emilia, denn ich habe gesehen, wie sehr du ihn liebst, wirklich. Auch wenn er pures Gift für dich ist. Auch wenn ich ihn liebe, weil er mein Bruder ist. Ich wollte dich einfach mit ihm zusammen sein, ihn heiraten lassen, und mich auf Bridget konzentrieren. Sie ist süß, sie ist intelligent und witzig. Sie passt zu mir, doch sie ist nicht du. Ich weiß nicht, was es ist, aber ich fühle mich, als wäre ich an dich gebunden. Du musst nur einmal rufen und ich lasse alles stehen. So sollte es sein, wenn man jemanden liebt, Emilia. Deshalb trifft es mich wirklich, dass er dich so sehr im Stich gelassen hat. Das hätte ich nie getan, und das hätte ich ihm auch nicht zugetraut. In seiner Rage kann Mason so blind sein. Das wird dir noch zum Verhängnis werden. Bei mir gibt es keinen Schmerz, kein Leid, keine Rage. Bei mir bekommst du am Sonntag Frühstück im Bett, Sex, egal wo und wie du ihn willst, sanfte Küsse und leidenschaftliche Überfälle in der Küche. Gemeinsames Pancakeszubereiten und dabei den Teig verbrennen, weil ich ihn gerade von deinen Lippen küsse. Bei mir gibt es Sonnenschein, Urlaube und Sommernächte auf Dachterrassen. Keinen Keller, keine Dunkelheit, keine Kälte und keine Verstellung. Bei mir kannst du sein, wie du bist. Weil ich dich genau so liebe, wie du bist, und nicht das kleinste Stück an dir ändern möchte.

Nachdem du mich gestern geküsst hast, kam all das wieder hoch – mit so einer Wucht, wie ich es nicht erwartet hätte. Jetzt bist du alles, was ich sehe, und ich habe Bauchkribbeln wie ein kleiner vierzehnjähriger Scheißer, der gerade seinen ersten Kuss hatte. Fuck, Emilia, diesmal kann ich dich nicht so leicht aufgeben. Ich habe drei Jahre auf dich gewartet. Nach dieser einen Nacht, die wir in New York verbracht hatten, wusste ich, dass ich mich schützen muss, weil ich dachte, du würdest mich nicht lieben und dich nur über Mason hinwegtrösten. Dass es immer er sein wird. Aber ich bin jetzt mit dir hier, obwohl er zu Hause in greifbarer Nähe ist. Trotzdem hältst du meine Hand und lächelst mich an, als wäre ich dein strahlender Ritter.

Ich liebe es, wie deine Augen funkeln, obwohl sie gestern noch so dunkel und leer waren. Jetzt glitzern sie türkis. Das tun sie nur, wenn du glücklich bist, sonst sind sie ganz gewöhnlich hellblau. Weiß er das eigentlich?

Ich glaube, er weiß so vieles nicht von dir, Emilia. Dinge, die mir sofort aufgefallen waren, damals in der

U-Bahn, weil sie dich so besonders machen. Das Mädchen, das so furchtbar mit ihrem Freund gestritten und diese freche Falte zwischen ihren Augenbrauen bekommen hatte, während sie schimpfte. Dann hatte er dich einfach da stehen lassen und ich habe mich gefragt, wie man einer Frau wie dir so was antun kann. Ich musste dich sofort ansprechen. Als du dich zu mir umgedreht hattest, war es wie ein Feuerwerk. Du hast mich sofort umgehauen.

Das tust du seitdem jeden Tag, egal mit wem du zusammen bist. Egal was du auch anstellst und in welche Scheiße du dich wieder reitest. Du haust mich immer noch um. Und das wird immer so sein, das weiß ich jetzt.

Ich halte deine Hand fester, weil ich Angst habe, dich wieder zu verlieren. Mein Handy klingelt in einer Tour und ich weiß, wer es ist.

»Emilia«, sage ich und du schaust verwirrt zu mir auf, weil ich plötzlich so ernst geworden bin. Ist dir eigentlich mal aufgefallen, dass Menschen, die uns zusammen sehen, uns immer anlächeln? Doch wenn du mit Mason durch die Straße läufst, und das habe ich schon einige Male beobachtet, wechseln sie die Straßenseite? Er greift immer so besitzergreifend um deine Schultern, damit jeder sieht, dass du ihm gehörst. Du gehörst mir nicht, Emilia. Ich gehöre dir.

»Was ist?«, fragst du.

»Ich muss dich bald heimbringen und zu Bridget gehen. Ich war jetzt über vierundzwanzig Stunden nicht zu Hause und langsam kann ich ihr nicht mehr erzählen, dass wir Familienrat halten.«

»Scheiße!«, rufst du, als hättest du das vergessen. Sofort lässt du meine Hand los. »Bridget!« Mir gefällt es, dass du das vergessen hast, Emilia, weil meine Küsse und meine Anwesenheit dich zu sehr abgelenkt haben.

Ich nehme deine Hand wieder und halte sie. »Ich rede heute mit ihr.«

»Was soll das heißen?«, fragst du ein bisschen panisch.

»Soll heißen, ich muss mich von ihr trennen.«

»Aber Riley ...«, beginnst du und ich unterbreche dich, indem ich dir einen Finger auf die Lippen lege.

»Fühl dich nicht unter Druck gesetzt, das hat nichts mit uns zu tun. Aber mit ihr zusammenzubleiben, nachdem ich weiß, was ich für dich empfinde, wäre ihr gegenüber nicht fair. Und so was mache ich nicht.«

Jetzt fühlst du dich mies, was ich dir ansehen kann, denn du schaust zu Boden. Ich will dein Kinn heben und dich küssen, also mache ich es einfach. Und du lässt es zu. Deine Lippen sind so weich und geschmeidig und du stehst auf den Zehenspitzen, damit du mir die Arme um den Hals schlingen kannst.

Verdammt, lässt du dich gerade wirklich wieder auf mich ein?

In dem Moment bin ich wieder der kleine Junge, der seinen zweiten Kuss von seiner absoluten Traumfrau bekommt, und könnte fliegen. Wie *Superman*. Das machst du mit mir, Emilia. Das ist wahre Liebe.

»Riley, ich will nicht, dass du dir Hoffnungen machst«, murmelst du an meinen Lippen.

Ich verdrehe meine Augen. »Dann solltest du aufhören, mich zu küssen.« Du sinkst auf deine Fersen zurück und presst deine Stirn an meine Brust. Ich sehe deine Schultern vibrieren, als du lachst. Ich liebe es, wenn du lachst, Emilia, das tust du so oft mit mir.

Ich senke meine Lippen in dein Haar und sage: »Wenn es passiert mit uns, dann passiert es, und wenn nicht, dann nicht, Emilia. Aber momentan ist es einfach, wie es ist, und jetzt schau mich wieder an.«

Du lächelst immer noch ein bisschen, als du den Blick in meine Augen hebst. »Ich weiß, dass du ihn liebst, und zwar sehr, und ich weiß, dass ich dagegen schwer ankomme, aber im Moment tue ich dir gut, und du solltest das einfach zulassen.«

Du bist es nicht gewohnt, nicht mehr, Emilia, dass dir jemand die Wahl lässt und dir keine Befehle gibt. Aber so wirst du nach und nach den Unterschied zwischen ihm und mir sehen.

»Und jetzt komm her.« Ich nehme dein Gesicht in meine Hände und küsse dich wieder. Und du machst mit. Ich habe keine Ahnung, was hier passiert, aber ich lasse es zu.

* * *

Ich habe dich nach Hause gebracht, Emilia. Als ich dich abliefere, schauen mich meine Eltern ein bisschen vorwurfsvoll an. Jetzt weiß ich, wie Mason sich damals gefühlt hat. Er ist da. Aus dem Keller dröhnt Musik und der süßliche Rauch zieht bis hierher. Und das gefällt dir? Ich hasse es.

Ich ignoriere meine Eltern, schenke dir noch ein Lächeln und fahre nach Hause. Bridget und ich wohnen in einem der Apartments, die meinem Dad gehören, und als ich nach oben gehe und die Tür öffne, steht sie schon vor mir und wartet auf mich.

Ich fühle mich mies und gleichzeitig bin ich ein bisschen genervt, was wirklich unfair von mir ist, aber ich sehe sie an, sie und ihre blonden Locken und die blauen Augen. Doch da ist nichts, im Gegensatz zu dem, was ich soeben noch empfand, als ich dich angesehen habe. Was den Entschluss in mir nur festigt.

»Auch mal da?«, fragt sie spitz und verschränkt die Arme vor der Brust.

Ich sage nichts und ziehe die Schuhe aus. Hast du dich so gefühlt, wenn du zu mir nach Hause kamst und noch Mason auf deiner Haut hattest? So schuldbewusst und gleichzeitig so genervt? Dann wieder so glücklich, wenn du an ihn gedacht hast? Ich bin jetzt eigentlich an seiner Stelle und er an meiner. Und du bist wieder die, die du immer warst, oder?

»Tut mir leid«, sage ich knapp und gehe an ihr vorbei ins Wohnzimmer. Sie folgt mir und ich weiß, dass ein Gespräch unausweichlich ist. Deswegen lasse ich meinen angespannten Nacken knacken und drehe mich zu ihr um.

»Und? Wie geht es Emilia?«

Ich zucke mit den Schultern. »Sag du es mir, du bist ihre beste Freundin.«

Sie lacht trocken und schüttelt den Kopf. »Das war ich mal, Riley, aber das meiste von ihr scheine ich nicht mehr zu kennen. Jetzt bist da du und ich weiß, dass da was ist, denn du warst die ganze Nacht dort. Deine Eltern nehmen sie einfach bei sich auf und umsorgen sie wie ein kleines Lämmchen, das von einem Wolf gerissen wurde. Ich meine, sie ist so eingegliedert bei euch, als wäre sie ein Teil von euch allen. Wie soll ich damit umgehen, wenn wir zusammen sind? Sie ist immer noch deine Ex, auch wenn sie jetzt was mit Mason hat. Ihr wolltet heiraten! Und das ganz sicher nicht ohne Grund.«

Ich werde sie nicht anlügen, so bin ich nicht. Aber ich kann ihr auch nicht die Wahrheit vor die Füße schmettern, oder?

»Das wird sich nie ändern«, sage ich und wappne mich für das, was meine Worte anrichten werden. »Sie ist ein Teil meiner Familie und auch von mir. Und sie wird bei jedem Silvester und bei jedem Familienessen, bei jedem Weihnachtsfest und bei jedem großen Geburtstag, ob sie nun mit Mason zusammen ist oder nicht, dabei sein. Und wenn du damit nicht leben kannst, dann ist das so.« Bedauernd schüttle ich den Kopf und sie sieht mich mit großen Augen an. Damit hatte sie jetzt nicht gerechnet.

»Das heißt … du stellst sie über mich?«

»Das heißt, sie war vor dir da und ich kann nichts daran ändern, dass es so ist.«

Sie lacht wieder auf. »Nein, so läuft das nicht. Was hast du gestern gemacht? Wieso hast du dort geschlafen?«

Ich lüge nicht, Emilia. Ich kann das nicht so gut. »Ich war bei ihr. Und nein, wir hatten keinen Sex. Ich wollte für sie da sein. Und wir haben uns geküsst.«

Jetzt heult sie.

Mich berührt das nicht, nicht wirklich. Weil ich nur an deine Küsse denken kann. Scheiße, ich bin nicht so ein Bastard wie Mason.

»Du Arschloch!« Sie knallt mir eine und ich lasse es geschehen. »Du liebst sie noch!«

Ich sehe sie nur an und sie schnaubt ungläubig.

»Das war ja klar. Es war nie anders. Ich weiß nicht, was sie hat, aber alle lieben sie.« Sie schaut zu Boden und schüttelt ihren Kopf. Ich bin so ein Arsch, Emilia, aber ich denke nur daran, wann das hier vorbei ist, damit ich wieder zu meinen Eltern fahren und dich sehen kann. Ich will dich keine Sekunde mit Mason allein lassen, weil eine Sekunde bei euch so viel verändern kann.

»Diesen Kampf werde ich nicht kämpfen, Riley.«

Ich starre sie nur an. »Ich weiß.«

»Ich werde jetzt gehen!«

»Okay.«

Sie bricht völlig in Tränen aus. »Du willst mich nicht aufhalten? Du willst nichts dagegen tun? Kämpfen? Dich entschuldigen? Oder mir beteuern, dass es eine einmalige Sache war und du irgendwann über sie hinwegkommst?« Am liebsten würde ich ihr sagen, dass ich dich heute im Laufe des Tages schon öfter geküsst habe, aber ich schweige nur.

Das Einzige, was mir einfällt zu sagen, ist: »Es tut mir leid, dass du leidest.«

»Und das war's?«, fragt sie ungläubig.

Ich zucke vorsichtig mit den Schultern. Sie schüttelt den Kopf und sieht mich an, wie du Mason angesehen hast, als er dich mit Cherry betrogen hat.

Und ich weiß es jetzt offiziell, wir sind wirklich Geschwister.

22. Du gehörst mir nicht mehr, Emilia

Mason

Mir fehlt Gras, Emilia, als ich von meiner Runde mit Missy und Venus nach Hause komme. Außerdem ein fertig gedrehter Joint, direkt aus meinem Aschenbecher, Baby. Du hättest mich auch einfach fragen können, nachdem du von deinem Happyausflug zurückgekommen bist. Ich habe gehört, wie er dich gebracht hat. Ich habe gehört, dass du mit ihm geredet und mit ihm gelacht hast. Also habe ich einfach die Hunde genommen und bin losgelaufen. Jetzt ist es dunkel, der Mond steht weit am Himmel und leuchtet hell.

Ich kann das nicht mehr aushalten und gehe die Treppe nach oben. Ich hab nur eine Jeans an, aber mir ist nicht kalt, als ich auf dem Weg zu dir bin, denn ich weiß, dass ich dich gleich sehen werde. Meine Eltern haben eben das Haus verlassen. Sie sind zu einem Geschäftsessen mit Amber eingeladen und das Haus ist stockdunkel, als ich es betrete. Kein Lichtschein, Emilia. Du hast heute den Tag mit Riley verbracht und ich hab ihn damit verbracht, nachzudenken. Ich bin nicht mehr allzu betrunken, nur noch ein bisschen, aber ich sehe sehr klar. Und ich hab beschlossen, dass du mir gehörst und ich dich nicht einfach davonziehen lassen kann, mit dem scheißfucking weißen Ritter in den beschissenen Sonnenuntergang.

Ich gehe die Stufen hinauf. Noch immer ist kein Licht zu sehen. Baby, ich dachte, du bräuchtest das Licht. Aber du benutzt es nicht, wenn es da ist, und wählst immer die Dunkelheit, wenn du kannst.

Ich höre Wasser im Bad plätschern und öffne einfach die Tür, weil ich weiß, dass du sie nicht verschlossen hast, Emilia. Willst du mich reizen? Hast du mich in dein Netz gelockt, um mich dann bei lebendigem Leib zu verschlingen? Baby, ich bin bereit dafür, von dir verschlungen zu werden.

Ich betrete das Badezimmer und der Mond scheint so hell herein, dass ich dich genau sehen kann. Du liegst in der großen Badewanne. Schaum umwabert dich gleichermaßen wie der dichte Rauch, der von dem Joint zwischen deinen Fingern aufsteigt. Du bist so heiß, Emilia. Wie du da liegst, den Kopf nach hinten gelehnt, die Haare nass – das zu Fleisch gewordene Bild der Sinnlichkeit.

Du gehörst mir.

Deine schlanken Arme liegen auf dem Wannenrand, deine Schultern und dein Schlüsselbein schauen hervor und glänzen feucht. Das Haar ist eine nach hinten liegende schwarze Masse und aus deinem Handy, das auf dem Waschbecken liegt, dringt unser Lied, Emilia.

Du hast mich noch nicht bemerkt, oder weißt du bereits, dass ich da bin? Du hältst die Augen geschlossen, öffnest deine Lippen einen Spalt, hebst die Hand und ziehst tief an der Tüte, deren Glut in der Dunkelheit aufflammt. Dann öffnest du die Augen, siehst zu mir auf und pustest mir den Rauch direkt ins Gesicht. *Emilia.*

Meine Hose wird eng, aber ich ignoriere es, obwohl es nicht leicht ist.

Ich folge deinem stummen Lockruf und trete näher, gehe auf dich zu, setze mich an den Wannenrand und schaue zu dir hinab, während du zu mir aufschaust. Deine Augen glühen wie zwei Smaragde. Wir sagen kein Wort, du ziehst noch mal und stößt den Rauch wieder in meine Richtung. Dann hältst du mir die Tüte hin und ich nehme sie.

Unsere Fingerspitzen berühren sich und meine Haut kribbelt da, wo deine sie gestriffen hat. Ich ziehe, während ich die andere Hand ins Wasser strecke und die Umrisse deiner Beine nachfahre, ohne sie zu berühren. Ich sehe, wie deine Augen dunkler werden, weil du denkst, ich werde dich anfassen, aber das werde ich nicht tun, Emilia. Du bist jetzt die mit der Macht. Ich will sie nicht mehr. Nimm alles von mir.

Ich sehe in deine Augen und endlich ist da wieder was. Es ist, als würden wir reden, ohne was zu sagen.

Du machst mir Vorwürfe, Emilia, weil ich nicht für dich da war. Ich weiß, dass ich Scheiße gebaut habe, und sage dir mit meinem Blick, dass ich ein Bastard bin, der dich nicht verdient hat.

Du streckst die Hand aus und ich wünschte, du würdest etwas anderes von mir verlangen als den Joint, aber momentan ist er alles, was ich dir geben darf. Ich frage mich, ob Riley diese Seite von dir kennt. Die, die nicht rot wird. Jenen Teil, der mich so abgefuckt ansieht und mein Gras stiehlt. Und ob er damit so umgehen kann wie ich.

Du ziehst wieder daran und deine Augen verlassen kein einziges Mal die meinen. Du bist total high, Emilia. Ich sehe es an deinem glasigen Blick und an der entspannten Haltung deines Körpers. Du hältst die Tüte in die Höhe, schließt die Augen und sinkst unter Wasser. Ich sehe nur, wie der Rauch immer weiter nach oben steigt, bevor du es tust, mit einem tiefen Atemzug. Du lässt die Arme draußen, weil sie immer noch verbunden sind. Ich hasse es. Es tut mir selbst weh, diese Verbände zu sehen. Ich kann deinen Schmerz spüren, Emilia, das konnte ich schon immer – so wie du meinen. Du warst schon immer der Schwamm, der meine ganze Wut aufgesaugt hat, und ich war der Schwamm, der deinen Schmerz aufnahm. So haben wir uns gegenseitig runtergezogen und sind immer weiter gesunken, vollgesogen mit der Wut und dem Schmerz des anderen.

Emilia, in mir ist nicht mehr viel Wut übrig. Was bleibt dann noch? Du streckst ein Bein aus dem Wasser und stützt deinen Fuß an meinem Oberschenkel ab. Ich betrachte deine schlanke Wade und sehe dann in deine Augen. Mein Blick fragt dich: *wirklich?*

Träge bewegst du deine Zehen und gibst ein leises, behagliches Stöhnen von dir. Verdammt, du Nymphe.

Ich lege meine Hand um deinen Fußknöchel und streiche langsam von dort über deine glatte Haut. Meine Augen ruhen auf deinem Gesicht. Du beißt auf deine Unterlippe – immer fester, je weiter ich streiche.

»Hast du mit ihm geschlafen?«, frage ich emotionslos und du schauderst unter meiner Berührung, als ich an deinem Knie ankomme.

Du ziehst wieder an dem Joint und legst den Kopf schief, während du mich musterst. »Was, wenn ja?« Oh mein Gott, du redest wieder mit mir. Ich hatte keine Ahnung, wie viel mir deine Stimme bedeutet.

Sie ist alles für mich.

Du bist alles für mich.

Du streckst dein Bein weiter aus und dein Blick ist so abwartend und geduldig, beinahe herausfordernd.

»Ich weiß es nicht, Emilia. Hast du ihn geküsst?« Ich rücke näher zu dir und streiche über deinen nassen, mit Schaum benetzten Oberschenkel. Du legst den Kopf nach hinten, und als du den Oberkörper ein wenig aufbäumst, erhasche ich einen kurzen Blick auf deine Brüste. Ich glaube, ich hab noch nie so was Heißes gesehen, Emilia.

»Ja«, sagst du nüchtern. »Mehrmals.«

Scheiße, Emilia. Fängt das wieder an? Werden wir jetzt wieder in dieser kranken Dreierkonstellation enden? Wenn ich daran denke, dass er diese Lippen geküsst hat, *meine* Lippen, würde ich ihn am liebsten gegen die Wand klatschen.

Aber ich bin jetzt stoned und high von dir und ich berühre deine seidige Haut. Das ist alles für mich.

Du siehst mich aufmerksam an, als meine Hand im Wasser versinkt und ich an deiner Leiste entlangstreiche. Du hebst mir dein Becken entgegen, aber dein Gesicht ist immer noch ganz nüchtern in meine Richtung geneigt.

»Und du, Mason?«, fragst du. »Hast *du* sie geküsst, als du sie gefickt hast? Wieder?«

Scheiße.

Ich weiß sofort, wen du meinst, Emilia, und ich hasse mich dafür. Ich war verletzt und wollte dir eins reinwürgen. Außerdem war ich ein Trottel, aber all das sage ich nicht. Stattdessen erwidere ich: »Ja. Mehrmals.«

Dann streiche ich mit den Fingerspitzen direkt an dir entlang. Es fühlt sich wie das Paradies an nach all den Wochen. Es ist, als wären alle anderen Frauen nur ein billiger Abklatsch von dir, weil sich keine jemals so angefühlt hat wie du. Weil keine mich je so angesehen hat.

»Willst du es wieder?«, frage ich. »Mit Riley?«

Ich spüre, wie sehr dir gefällt, was ich tue, aber ich sehe es dir nicht an. Es ist, als hättest du meine Gleichgültigkeit geklaut, meine Blase, in der ich so gern lebe und alle meine Emotionen verschließe.

»Ich weiß es nicht«, sagst du und es fickt mich, weil das die falsche Antwort ist. »Er war für mich da, als du mir nicht geglaubt hast. Ich kam an deine Tür und du hast mich weggeschickt. Sie war bei dir, in deinem Bett. Auf meinem Platz. Du hast mich ersetzt. Wieder.« Ich will meine Hand zurückziehen, weil ich mir das nicht antun oder anhören kann. Schließlich weiß ich, was ich getan habe, Emilia. Aber du packst mich am Handgelenk und führst meine Finger wieder direkt zwischen deine Beine, und zwar so, dass zwei davon in dich eindringen können.

Scheiße.

Wie kann man gleichzeitig so gebrochen und so stark sein?

Und so heiß?

Der Joint zwischen deinen Fingern ist bereits aus und du schaust mich unter halb gesenkten Lidern an. »Du gehörst mir, Mason Rush, aber ich weiß nicht, ob ich noch dir gehöre«, flüsterst du.

Damit fickst du meine Welt und ich presse meine Finger härter in dich. Ich will dich küssen, zu dir ins Wasser steigen und dich spüren, aber ich tue nichts dergleichen. Stattdessen schaue ich dich nur an. Du hältst meinem Blick tapfer stand, ohne ein einziges Mal wegzuschauen, während ich immer schneller werde und deine Muskeln um mich herum zucken. Ich will in dir sein, richtig in dir, aber ich tue es nicht, sondern lauere auf irgendeine Emotion von dir. Doch da ist nichts. Du kommst, ohne den Blick einmal von mir zu nehmen oder zu stöhnen.

Dann – ich bin atemlos, du nicht so wirklich – stehst du einfach auf, direkt vor mir. Das Wasser rinnt über deinen perfekten Körper und ich habe wieder den Ständer meines Lebens. Ohne mich eines Blickes zu würdigen, steigst du aus der Wanne, gehst an mir vorbei, bevor du dir ein Handtuch nimmst, es dir um den Körper wickelst und das Bad verlässt.

Du lässt mich in der Dunkelheit zurück, Emilia, und ich weiß jetzt endlich, wie es ist, allein zu sein.

23. Wir wollten doch auswandern, Olivia

Keaton

Wir sitzen am Frühstückstisch, Olivia. Es ist Samstag, weshalb alle erst später aufstehen. Um elf sind wir komplett versammelt. Sogar Riley ist hier – ohne seine Freundin Bridget, und das macht mir Sorgen, Olivia. Ich habe ihn und Emilia gestern beobachtet, und was sich da wieder anbahnt, gefällt mir gar nicht. Heute sehen alle sehr frisch und erholt aus, bis auf

Mason. Der wirkt abgefuckt wie immer und hat wahrscheinlich wieder nicht geschlafen.

Es gibt eine neue Sitzordnung an unserem Tisch, Olivia – stell dir das mal vor. Riley sitzt jetzt zwischen Mason und Emilia, ich auf der anderen Seite, weshalb ich mir dieses Elend wieder mit anschauen muss. Ich weiß nicht, wohin das alles führen soll. Erst die Sache mit Emilia, dann diese Scheiße mit Mason, und jetzt kommt auch noch Riley dazu. Wieder. *Olivia.*

Die Stimmung in unserem Haus ist wie in einem brodelnden Vulkan. Emilia schweigt schon zu lange und ich warte nur auf ihren Ausbruch. Ja, Riley hat sie zum Essen, zum Reden und zum Duschen gebracht. Halleluja, Olivia. Doch sie hat immer noch diesen emotionslosen Blick und diese Gleichgültigkeit an sich, die ich eigentlich nur von mir selbst und von Mason kenne.

Der hingegen schweigt auch schon zu lange. Viel zu lange, als dass es für uns alle gut ist, Olivia. Bei Dr. Daniels konnte er bei Weitem nicht alles rauslassen, aber das, was an die Oberfläche gedrungen ist, will ich gar nicht thematisieren. Zwei Monster und ein Mann, das ist nicht gut. Das nächste Mal erledige ich so was lieber wieder allein, so wie bei deinem kleinen, schmierigen, damaligen Chef Pablo. Gott hab ihn selig.

Ich sag nur so viel: Es ist gut, dass ich eine hohe Stellung beim FBI habe und genau weiß, wie das läuft.

Ich fühle mich Emilia gegenüber scheiße, Olivia, richtig scheiße, und du auch. Normalerweise lasse ich es nicht zu, dass wir uns scheiße fühlen. Nur diesmal führt leider kein Weg daran vorbei.

Tja.

Jetzt sitzen wir hier.

Mason hat es mal wieder nicht für nötig gehalten, sich mehr als eine Hose anzuziehen. Emilia sieht aus, als wolle sie irgendwo hingehen – das volle Programm mit Schminke und so. Und Riley ist einfach Riley. Der Einzige nicht abgefuckte zwischen diesen beiden Scheißhaufen.

Du sitzt neben mir, Baby, und schmierst schon eine gefühlte Ewigkeit Marmelade auf deinen Toast. Wenn du nicht aufhörst, ist gleich ein Loch im Brot.

»Und?«, fragst du abwesend. »Wo ist Bridget, Riley?« Du siehst mit einem Ausdruck in den Augen auf, als wüsstest du sehr genau, wo Bridget ist. Nämlich nicht mehr bei ihm.

Emilia schaut interessiert auf und Mason hebt eine Braue. »Ja, wo ist Bridget, *Bro*?« Okay, es fängt wieder an. Ich fühle mich in die Zeit zurückversetzt, als diese Scheiße hier zwischen der Scheißkröte, seinem großen Bruder und dieser kleinen, kaputten, schizophrenen Maus begann. Und ja, sie ist wirklich schizophren. Zumindest hat sie zwei Seiten in sich, genau wie ich. Vielleicht fühle ich mich deshalb so verpflichtet ihr gegenüber, weil ich weiß, wie es ist, wenn man seinen Weg noch sucht und sich nicht für eine Seite entscheiden kann – zwischen Licht und Dunkelheit umherwandelt, ohne was zu sehen. Durch dich konnte ich John hinter mir lassen, Olivia. Aber das ist eine andere Geschichte. Emilia ist hin- und hergerissen zwischen ihrem Riley- und ihrem Mason-Ich. Zwischen der abgefuckten, total kaputten, selbstzerstörerischen Person, die sie bei Mason ist, und der total normalen, lebensfrohen Studentin, die sie bei Riley sein kann.

Ohne von seinem Kaffee, in dem Riley rührt, aufzusehen, sagt er: »Wir haben uns getrennt.«

Emilia zieht scharf den Atem ein. »Was?« Das ist das erste Mal, dass sie bei uns am Esstisch wieder ein Wort von sich gibt, und ich muss sagen, dass ich ziemlich erleichtert bin.

»Na super«, knurrt Mason. Er lehnt sich seitlich zurück und beißt von einer Karotte ab. Sein Tonfall ist mehr als herablassend. »Und wieso auf einmal?«

Mein Blick gleitet zu Riley und ich wünsche mich gerade ganz weit weg. Olivia, wir haben doch mal darüber geredet, in die Karibik auszuwandern. Ich glaube, das wäre der perfekte Moment.

»Haben nicht zusammengepasst, *Bro*«, sagt er leichthin und greift nach der Butter. »Ich stehe wohl doch mehr auf Dunkelhaarige.« Damit zwinkert er Emilia zu. Olivia, die Rollen sind jetzt komplett vertauscht. Und ich weiß nicht, wie ich damit umgehen soll, *Olivia.*

Du machst große Augen und schaust von einem zum anderen, dann Hilfe suchend zu mir. Ich sehe dich genauso an. Scheiße, wieso haben wir diese Brut bekommen?

»Ah gut«, sagt Mason arrogant, aber mit einem Brodeln in den Augen. »Hauptsache, du hältst dich von meinem Mädchen fern.«

Riley ist mir eine Nummer zu lässig, als er einen Schluck Kaffee trinkt und sich über den Rand seiner Tasse hinweg umsieht. »Ich sehe hier kein Mädchen von dir«, stellt er mit gerunzelter Stirn fest.

Besagtes Mädchen setzt noch eins drauf, indem sie das alles komplett ignoriert und dich, Olivia, fragt: »Kannst du mir vielleicht die Gurken geben?«

Deine Stimme zittert. »Ja, na klar.« Du reichst ihr den Teller und sie belegt in aller Ruhe ihren Bagel mit Frischkäse und Gurkenscheiben.

»Echt?«, fragt Mason. Ich wundere mich, dass er noch weiter stichelt, anstatt den Tisch umzuhauen und Rileys Gesicht gegen die Wände zu dreschen. »Gestern Abend sah das noch ein bisschen anders aus, oder, Emilia?«, fragt er lässig und beißt wieder von der Karotte ab.

Emilia sieht verwirrt auf. »Ich weiß nicht, was du

meinst, Mason. Kannst du mir bitte das Salz geben?«
Ich glaube, Mason wirft ihr gleich den Salzstreuer an
die Stirn, und ich frage mich, was gestern Abend
vorgefallen ist. Es ist scheiße ohne Kameras, Olivia,
Ich glaube, ich werde noch mal mit dir verhandeln
müssen. Im Bett. Du gefesselt. Mal sehen, zu was ich
dich damit bekomme.

Aber jetzt geht es erst mal in die nächste Runde,
als Riley nach dem Salzstreuer greift, einen Arm
demonstrativ um Emilias Stuhllehne legt und ihr den
Scheißstreuer reicht. »Hier, Baby.« Dann wendet er
sich an Mason. »Vielleicht warst du high und hast es
dir eingebildet. Ich war jedenfalls ganz nüchtern.
Gestern am See oder, Emilia?«

»Japp. Ganz nüchtern«, sagt Emilia und klappt
ihren Bagel zu. Sie legt es darauf an, Mason zu
verletzen, Olivia. Das sehe ich sofort, weil er sie
verletzt hat, und zwar tief. Zu tief diesmal.

Ich spanne mich schon an, Olivia, weil ich denke,
dass ich ihn schon wieder jeden Moment unter
Kontrolle bringen muss, und stehe bereits halb, als
Mason mich mit gerunzelter Stirn und
augenverdrehend ansieht, bevor er sein Handy aus
seiner Arschtasche zieht.

Olivia, du bist viel zu perplex, als dass du was
sagen könntest, und schaust nur von einem zum
anderen, als Mason sich lässig zurücklehnt. »Was
auch immer, es ist mir egal. Ihr langweilt mich.« Dann

drückt er auf seinem Handy rum und hält es sich ans Ohr. Er steht auf, aber als er die Küche verlässt, redet er noch laut genug, dass wir ihn hören können.

»Hey Cherrybaby«, sagt er. »Kommst du später vorbei?«

Emilia – das hat sie jetzt davon – wird kreidebleich und lässt den Bagel sinken, von dem sie gerade abbeißen wollte.

Ich bin ein bisschen stolz auf meinen Sohn, weil er nicht ausgeflippt ist.

Und jetzt google ich Flüge in die Karibik.

24. Mason, ich muss dich gehen lassen

Emilia

Riley will mit mir in die Stadt und ich habe eigentlich keine Lust, aber ich lasse mich drauf ein. Nach dem Frühstück brechen wir auf und fahren direkt in die Stadtmitte. Es ist ein windiger Tag, aber das ist es hier fast immer. Der Winter liegt schon in der Luft und die Halloweendekoration vor den Häusern nimmt jeden Tag ein bisschen mehr zu. In einer Woche ist es so weit. Angelo, mein Boss aus der Bar, hat mich angerufen, um mich zu fragen, ob ich aushelfen könnte. Keaton hat anscheinend für mich gekündigt, während ich im Krankenhaus war. Er meinte zu mir, er würde jetzt wieder für meinen Unterhalt aufkommen und ich müsste nicht in einer so ranzigen Bar arbeiten. Trotzdem habe ich Angelo für nächste Woche zugesagt, weil ich genau weiß, dass du entweder zu Hause eine Party feierst oder sonst was machst, und das will ich mir nicht anschauen. Dass du *sie* heute Morgen angerufen hast, genügte schon, deshalb bin ich froh, dass ich jetzt mit Riley unterwegs bin. Ich weiß nicht, Mason, irgendwie will ich dir die ganze Zeit wehtun, aber dir gleichzeitig nahe sein, dann dich umbringen und alles vergessen, was wir uns angetan haben. Einfach nur in deinen Armen liegen und doch … will ich es wieder nicht.

Die Innenstadt ist voller Leute. Es ist zwar windig und kalt, aber wie immer ist Markttag und deshalb viel los. Familien sind unterwegs, glückliche Pärchen und herumlaufende Kinder. Ich kann mir dich einfach nicht in so einer Szenerie an meiner Seite vorstellen. Riley hingegen passt perfekt in dieses Bild. Er trägt dunkelblaue Jeans, einen hellblauen Pulli, und er kauft mir eine Rose, Mason. Das ist süß. Ich werde rot und muss lächeln. Das ist meine Riley-Persönlichkeit. Gestern noch lag ich mit dir im Bad und du hast mich berührt, während ich gekifft habe. Dann bin ich für dich gekommen und war wieder versunken in deiner

Dunkelheit, oder ist es meine Dunkelheit, in die ich *dich* ziehe?

Jetzt bin ich hier in meinem roten Pulli und meiner weißen Jeans, die Haare mit einer Klammer zusammengerafft, und halte eine weiße Rose in meinen Händen. Manchmal denke ich, ich müsste innerlich zerreißen, aber nicht, wenn ich mit Riley zusammen bin, dann ist alles klar. Ich kriege dich nicht aus meinem Kopf und weiß nicht, was du gerade machst. Das stört mich und erleichtert mich gleichermaßen. Aber ich bin mir sicher, dass *sie* irgendwann heute zu dir kommen wird. Am liebsten würde ich in deinen Keller rennen, dich packen, aufs Bett schmeißen und sie aus deinem System vögeln, weil ich es ernst meinte: Du gehörst mir.

Aber das wäre wieder das Dümmste, was ich tun könnte. Also lasse ich mich von Riley in diesen krassen Süßigkeitenladen ziehen, der mir vorkommt wie das Wunderland. Wir packen eine riesige Süßigkeitentüte zusammen und ich fühle mich wie ein kleines Mädchen – in einer Kindheit, die ich nie hatte. Riley füttert mich draußen mit heißen Maronen und ich verbrenne meine Zunge, weshalb ich sie wieder ausspucke. Er lacht und ich muss auch lachen, weil ich immer lachen muss, wenn Riley lacht. Und es ist okay, als er meine Hand nimmt und wir wie ein normales Paar die Einkaufspassage entlanglaufen, als wären wir nie getrennt gewesen. Als lägen die letzten Jahre nicht zwischen uns. Und es ist okay, als Riley mich dann in eine Gasse zieht, mich an die Wand drückt und küsst.

Ich will die Dunkelheit nicht mehr, ich will das Licht.

Mason, ich muss dich gehen lassen.

* * *

Riley fährt mich nach Hause. Dann verabschiedet er sich, weil er noch was erledigen muss, was Bridget angeht, worüber ich aber lieber nichts wissen will und er mir auch nichts erzählt. Ich hab so ein schlechtes Gewissen. Schon wieder habe ich eine Beziehung von Riley zerstört, obwohl ich ihm gesagt habe, dass ich nicht weiß, wohin das führt. Ich kann mich momentan auch nicht auf mich selbst verlassen oder an die Zukunft denken, weil ich einfach so durcheinander bin und immer noch dieses träge Gefühl mit mir rumschleppe, das immer erscheint, wenn Riley weg ist und ich dich nicht sehen kann. So wie jetzt.

Keaton und Olivia sind einkaufen und ich komme in ein leeres Haus. Die Hunde begrüßen mich und ich streichle sie flüchtig, bevor ich in die Küche gehe, wo Olivia immer eine Karaffe mit Zitronenwasser stehen hat. Ich gieße mir ein Glas ein und schaue aus dem Küchenfenster. Gerade, als ich einen Schluck trinke, fährt ein kleiner, kirschroter BMW vor das Haus und ich ahne, wer es ist. Ach, Mason, ich hoffte es zu umgehen, aber es ist, als hätte dieses Gift gewartet, bis ich komme, um es mir reinzuwürgen.

Sie parkt direkt in der Einfahrt, was Keaton nicht gefallen wird, denn sie blockiert alles. So ist sie. Selbstsüchtig und blockierend. Sie steigt aus, total hollywoodreif, und hat eine riesige Sonnenbrille auf, womit sie aussieht wie eine verdammte Fliege. Ihre Haare sind gewellt über eine Seite gelegt und sie trägt schwarze Jeans und einen *Ralph Lauren*-Pullover. Das Logo ist kaum zu übersehen, auch nicht mit der echten, schwarzen Lederjacke darüber. Auf ihren hohen Stiefeln geht sie nicht etwa außen rum, zu dir runter in den Keller, sondern direkt auf die Haustür zu. Sie drückt sie auf und tritt ein, als würde sie hier leben.

Ich verstecke mich nicht, diese Zeiten sind vorbei. Ich bin in Streitlaune, und zwar schon seit einigen Jahren. Also lehne ich mich mit meinem Glas Zitronenwasser an die Anrichte und warte auf sie, weil ich weiß, dass sie nur durch das Haus in den Keller stolziert, um mich zu provozieren.

Ohne die Schuhe auszuziehen, kommt sie rein und trampelt mit ihren hohen Absätzen über den sauberen Boden. Als sie um die Ecke biegt und mich erblickt, nimmt sie die Sonnenbrille ab. »Oh! Du bist ja auch hier«, sagt sie, als hätte sie es nicht genau gewusst.

Ich lächle sie an. »Überraschung!« Missy will freudig auf sie zurennen, aber auf einen Fingerzeig von mir bleibt sie sitzen. Venus knurrt sie sofort an, denn sie spürt, wenn ich jemanden nicht mag – mein kleines, wuschiges, weißes Baby.

»Aber du bist ja nicht wegen Mason hier, nicht wahr? Hat ja nicht so gut geklappt mit euch beiden.«

»Na ja«, meine ich und zucke mit den Schultern. »Du merkst, dass es nicht gut bei uns läuft, wenn er sich bei *dir* meldet. Weil du mein Ersatz bist, auch wenn du nicht ganz an mich rankommst. *Seine* Worte, nicht meine.« Gespielt abwehrend hebe ich die Hand. »Aber lass dich nicht aufhalten und zieh die Schuhe nicht aus. Ich war erst gestern unten und es ist ein bisschen schmutzig.«

Sie lacht spöttisch. »Ach, Süße«, säuselt sie mit einem falschen Lächeln. »So was wie dich fresse ich zum Frühstück. Aber es ist süß, wie du versuchst, den brüllenden Löwen zu spielen.« Sie spitzt die Lippen und mustert mich abschätzend. »Ich war vor dir da und ich werde auch nach dir da sein.«

Ich grinse sie an. »Direkt unter Kontaktname Fick-für-den-Notfall?«, frage ich interessiert.

Sie verdreht die Augen, geht an mir vorbei und schenkt sich ebenfalls ein Glas Wasser ein, bevor sie sich seitlich an die Theke lehnt und mich mustert.

»Bei mir muss er wenigstens keine Angst haben, sich eine Geschlechtskrankheit zuzuziehen, weil ich

nicht mit jedem ficke, so wie einige andere hier.«
Dann trinkt sie einen Schluck. »Als er vor ein paar
Nächten auf mir lag und meinen Namen gestöhnt hat,
hat es nicht geklungen, als wäre ich ein Fick für den
Notfall. Aber du weißt ja sicher noch, wie es sich
anhört, wenn er meinen Namen stöhnt. Du hast es ja
selbst mitbekommen. Und er hat sich dafür
entschieden, mit mir zu vögeln, während du
geschlafen hast. Also wer ist hier der Notfallfick?«

Fuck. Ich muss sagen, das sitzt, Mason.

Mein Magen verknotet sich, weil die Bilder wieder
auf mich einstürmen, von dir und ihr an diesem Steg.
Es droht mich zu zerreißen, was sie genau sieht, also
macht sie einen letzten Schritt auf mich zu.
»Übrigens, das nächste Mal, wenn du versuchst, dich
umzubringen, was ich ja sehr freundlich von dir fand,
du Sauerstoffverschwendung, dann ritz dich ein
bisschen tiefer.« Sie greift nach meinem Handgelenk
und ich bin so schockiert, dass ich mich nicht wehren
kann, als sie mit voller Wucht ihren Daumen in die
Wunde rammt. Selbst durch den Verband. Ich schreie
auf, weil das tierisch wehtut, und versuche mit der
anderen Hand, Venus davon abzuhalten, sie zu
beißen, denn die bellt jetzt ganz extrem, genau wie
Missy. »Sogar dafür bist du zu dumm, Emilia Sullivan.
Dabei hättest du so vielen Leuten einen Gefallen
getan, wenn du es richtig gemacht hättest.«

Sie drückt immer noch, Mason, und ich greife hinter mich und nehme das Erstbeste, was ich finden kann. Eine schwere, massive, silberne Kelle deiner Mom. Mit Wucht schlage ich sie gegen Cherrys Wangenknochen, weshalb sie endlich ablässt, aufschreit und sich die Wange hält. Aus meinem Verband läuft Blut und tropft über meine Handfläche auf den Boden.

Doch es ist mir egal, stattdessen gehe ich auf sie zu, worauf sie einen Schritt zurückweicht. Vielleicht sieht sie den Wahnsinn in meinen Augen, den sie schon so oft bei dir gesehen hat. Ich hab immer noch die Kelle fest in meiner Hand und Adrenalin rauscht durch meine Blutbahn, als ich Cherry gegen den Kühlschrank donnere.

»*Fuck, du Irre!*«, ruft sie.

»Verpiss dich von hier und halte dich fern von meiner Familie, bevor ich dein Gesicht zertrümmere und deine Beine so breche, dass du sie nie wieder für ihn breitmachen kannst. Cherry, du frisst mich? Ich komme von der Straße, du kannst noch nicht mal einen Bissen nehmen, da scheiße ich dich schon wieder aus, du verwöhntes, kleines Flittchen«, zische ich. Ich weiß nicht, woher all die Wut kommt, Mason, aber sie hat sich gestaut. Gerade bin ich so wütend, dass ich Cherry umbringen will. Ich hole noch mal mit der Kelle aus, aber auf einmal spüre ich deine Arme von hinten, die sich um meinen Bauch schlingen. Du hebst mich einfach hoch und meine Beine baumeln in der Luft. Ich weiß, dass du es bist, ohne mich umzudrehen.

»Shht, Baby, das ist sie nicht wert«, sagst du heiser in mein Ohr. Ich merke erst jetzt, wie schwer ich atme und wie sehr ich so eine Berührung von dir gebraucht habe. Sofort lasse ich die Kelle los. Meine Hand ist klitschnass wegen des ganzen Blutes, das nach wie vor aus meinem Verband läuft.

»Fuck«, fluchst du leise und wendest dich an Cherry, nachdem du mich zur Seite gestellt hast.

Sie heult, hält ihre Wange und will dir um den Hals fallen, diese kleine Schauspielerin, aber du drückst sie wieder zurück an den Kühlschrank, und sie keucht, weil dein Griff um so vieles fester ist als meiner.

»Verpiss dich aus diesem Haus, Cherry. Und wenn ich noch einmal höre, dass du so mit ihr redest, dann schneide ich dir die Zunge raus. Hau ab!«

Sie ist viel zu verdutzt, um noch was zu sagen, hält sich die Wange und kuscht nach draußen.

25. Du raubst mir den Atem,

Mason

Emilia

Wir sitzen in dem großen Badezimmer. Du hast mich auf die Waschmaschine verfrachtet und ich blute alles voll, während du frischen Verband suchst. Ich sehe den Stress und die Sorge in deinen Augen, aber nach außen wirkst du ganz ruhig. Es tut weh, denn sie hat ihren Daumen in die Wunde gedrückt und somit alles aufgerissen, was verheilt war. Jedoch tut der Schmerz gut. Das dumpfe Pochen und das Brennen lassen mich wenigstens *etwas* empfinden, außerdem kümmerst du dich um mich.

Hast du das schon jemals getan?

Mir fällt das eine Mal ein, als ich so von Erinnerungen meiner Kindheit überschwemmt wurde, dass ich versucht habe, sie wegzutrinken. Mein Weg führte mich auf die Gleise, wo du für mich da warst und mir sogar die Haare beim Kotzen gehalten hast. Manchmal vergesse ich, dass du sehr wohl dazu fähig bist, für mich zu sorgen, auch in meinen dunkelsten Momenten. Oder *gerade* dann?

Ich starre auf mein Handgelenk. Der Verband ist nur noch stellenweise weiß, denn das Blut läuft immer weiter hinaus, obwohl ich, wie von dir befohlen, meinen Arm hochhalte. Es rinnt in meinen Pullover, über meinen Unterarm und sogar bis in meine Achsel.

Du drehst dich zu mir um und kommst mit Verbandszeug und Desinfektionsmittel zurück. Beim FBI musst du einiges gelernt haben, denn du bist so ruhig, Mason, so fokussiert und so professionell, als du den Verband aufschneidest. Deine Hand ist voll mit Blut, weil du meinen Handrücken festhältst. Du erstarrst kurz, als du die Wunde siehst. Ja, Cherry hat recht, ich hab nicht tief genug geschnitten, aber was macht das für einen Unterschied? Ich war trotzdem fast tot.

Kurz flackert Schmerz in deinen Augen auf und wird dann von einer noch größeren Entschlossenheit abgelöst, als du so unendlich vorsichtig und sanft die Wunde säuberst. Ich zucke nicht einmal und schaue dir beinahe fasziniert zu. Ich will dir so viel sagen und dich so viel fragen, aber kein Wort verlässt meine Lippen in dieser Stille. Es ist irgendwie friedlich in diesem blutverschmierten Badezimmer mit dem Regen, der gegen die Fenster peitscht.

Das erste Mal seit einer gefühlten Ewigkeit fühle ich mich zu Hause.

Du sagst nichts, sondern konzentrierst dich nur auf deine Aufgabe, als du mir einen neuen Druckverband auflegst. Du schaust mich nicht an, zumindest nicht in meine Augen, als du die Klammer aus meinen Haaren löst und mit gespreizten Fingern hindurchfährst und deine Hand dabei beobachtest. Ich hab Gänsehaut, Mason, und zwar am ganzen Körper, nicht wissend, wieso genau. Doch gleichzeitig weiß ich, wieso.

Als Nächstes greifst du nach dem Saum meines Pullovers und siehst mir in die Augen, als du ihn mir langsam ausziehst und ich meine Arme hebe. Das Top darunter entfernst du gleich mit und wirfst beides zu Boden. Ich weiß nicht, was du von mir willst, Mason, aber in deinem Blick liegt keine düstere Leidenschaft, sondern nur diese Entschlossenheit. Deine Augen gleiten über meinen Oberkörper und du fährst mit dem Finger die Blutspur nach, die mir bis ins Dekolleté gelaufen ist, als ich den Arm hochgehoben habe. Dann siehst du wieder in mein

Gesicht, fasst um meinen Rücken und schnippst mit einer Hand meinen BH auf. Die altbekannte Hitze steigt wieder in deinen Augen auf, aber du drängst sie zurück. Fast schon behutsam schiebst du die Träger über meine Schultern und Arme und wirfst ihn dann ebenfalls weg.

Mit festem Griff hebst du mich von der Waschmaschine und stellst mich auf meine wackligen Füße, ehe du meine Hose öffnest und sie meine Beine runterschiebst. Als ich hinaussteige, stütze ich mich an deinen Schultern ab, und du streifst auch gleich meine Socken von den Füßen. Du kniest vor mir, Mason, und obwohl ich nur noch mein Höschen trage, machst du keine Anstalten, aufzustehen. Deine Hände finden sich an meinen Hüften wieder und du lehnst deine Stirn an meinen unteren Bauch, wie du es schon einmal getan hast. Damals, als du so verzweifelt warst im Strandhaus. Bist du das jetzt auch?

Ich spüre deinen heißen Atem an meiner Haut und ich kann mich nicht halten, wieder reagiert mein Körper ganz von allein, als ich meine Hände in deinen Nacken lege und von dort aus in dein Haar gleiten lasse.

Fuck.

Auf einmal empfinde ich alles. Es ist wie eine Explosion, die mich fast in die Knie zwingt. Ich drohe wegzuknicken, aber du festigst deinen Griff um meinen Körper und hältst mich aufrecht. Ich kralle mich in dein Haar und mein Herz fängt an zu rasen, immer schneller, und Tränen steigen in meine Augen.

Fuck.

Es ist, als wäre ich die ganze Zeit in Watte gehüllt herumgelaufen und als hättest du Stück für Stück von meiner Seele wieder freigelegt – genau wie du meinen Körper gerade von meiner Kleidung befreit hast – und sie in deine großen, starken Hände genommen. Dort, wo sie hingehört.

Dann schaust du zu mir auf. Deine Hände liegen fest und sicher an meinen Hüften und deine feuchten Augen sind alles, wofür ich atme.

Wir haben beide Tränen in den Augen, weil uns Gefühle überwältigen, die wir nur miteinander empfinden können. Du hakst deine Finger in mein Höschen und ziehst es langsam runter, streichst mit deiner Nase über meinen Venushügel und küsst einmal meinen Bauch – ganz sanft und ehrfürchtig.

Du stehst auf, hebst mich auf die Arme, Mason, und trägst mich zur Dusche, die drei Schritte entfernt ist. Als würdest du mir sagen wollen, dass ich nie wieder einen Schritt ohne dich machen werde.

Du stellst mich in der ebenerdigen Dusche ab und steigst einfach voll bekleidet mit mir hinein. Noch bevor ich etwas sagen kann, schaltest du das lauwarme Wasser ein, was mich wie ein Kokon empfängt und über meinen Kopf prasselt. Du hebst meine Arme, damit die Verbände nicht nass werden, und fängst an mich zu waschen.

Mit deiner Hand streichst du das Blut von meinem Unterarm, der Innenseite meines Oberarms, über meine Achsel und meine Brust. Ich bekomme schon wieder Gänsehaut und wünschte, deine Hand würde weiterwandern, aber das tut sie nicht. Du wischst nur das Blut weg, dabei wird dein schwarzes Shirt triefend nass. Es stört dich nicht. Nichts stört dich. Weder das Blut noch die tiefen Wunden noch das Chaos, was ich bin.

Du greifst nach dem Shampoo deiner Mom, verteilst etwas davon in einer Hand. Ich schaue dich mit großen Augen an, während du es auf meinem Kopf verteilst und mein Haar einschäumst.

»Das wollte ich immer schon mal machen«, flüsterst du und ich höre dich gerade so über das rauschende Wasser. Deine Worte bringen mich leicht zum Lächeln und ich frage mich, wie irre wir zwei eigentlich sind. Wie viel wir uns antun und wie viel Zeit wir investieren, um das wiedergutzumachen, nur um uns dann wieder zu verletzen. Ich kann das nicht mehr, Mason. Diese Schmerzen. Ich will sie dir nicht zufügen und ich will nicht, dass du mir weiterhin welche zufügst. Ich will den Schmerz nicht mehr in meinem Leben haben, jetzt, da ich wieder fühle.

Deine Fingerspitzen massieren meine Kopfhaut und ich schließe die Augen, weil das so guttut. Weil du mich mit so viel Liebe berührst und Vorsicht und Achtung. Das sind Beschreibungen, die in unserer Beziehung gefehlt haben.

Du hebst mein Kinn, sodass mein Kopf im Nacken liegt, und spülst das Shampoo aus. Ich hasse die Stille, die entsteht, als du das Wasser abstellst, und ich hasse es, dass dieser Moment gleich vorbei ist.

Du gehst aus der Dusche und hinterlässt klitschnasse Abdrücke auf dem Boden, die sich mit dem Blut vermischen, das überall hingetropft ist. Dann greifst du nach einem großen Handtuch und kommst zurück. Zuerst trocknest du sanft meine Haare und rubbelst sie ein bisschen, dann fährst du über meine Arme, meine Brüste, meinen Bauch, meine Beine und bis zu meinen Füßen, während du wieder vor mir kniest und zu mir hochsiehst. Für diesen Blick würde ich alles tun. Ich schaue zu dir runter und ich weiß, was du in meinen Augen siehst.

Als du wieder aufstehst, streichst du mit dem Daumen ein paar Wassertropfen von meiner Lippe. Ich stehe vor dir, immer noch feucht von der Dusche. Meine Haare tropfen, ich bin nackt, unbedeckt und schutzlos, aber mein Atem geht schneller, als deine Hand von meiner Lippe an meine Wange gleitet und du sanft mit den Fingerspitzen in meine Haare fährst. Oh mein Gott, Mason, wirst du mich nach all der Zeit wieder küssen? Und ist das richtig? Ich weiß es nicht, aber es fühlt sich an, als wäre das alles, was ich im

Moment brauche. Meine Lider gleiten automatisch zu. Ich gehe auf die Zehenspitzen, als du dich langsam vorbeugst, und ich spüre deinen Atem an meinen Lippen. Ich spüre dich. Zentimeterweit von mir entfernt, doch du bewegst dich nicht. *Du bewegst dich einfach nicht weiter, Mason!* Weshalb ich meine Augen wieder öffne und direkt in deine starre. Darin tobt ein Kampf. Schließlich gewinnt eine Seite und du ziehst dich wieder zurück, woraufhin ich auf die Fersen zurücksinke und Enttäuschung sich in mir breitmacht.

Du siehst mich nicht an, als du das Bad verlässt, und ich stehe mit dem Handtuch, das du zurückgelassen hast, in der Dusche und halte es an meine Brust.

Ich weiß nicht, was ich denken oder tun soll. Also stehe ich einfach hier und warte, während mein Kopf gleichzeitig voll und leer ist.

Und dann kommst du zurück, Gott sei Dank, und gibst mir einen langen, weiten Pullover von dir. Er ist schwarz und hat einen Rollkragen. Du hilfst mir in den Slip, den du auch dabei hast, in den BH und ziehst dann den Pullover über meinen Kopf. Sorgsam nimmst du meine Haare aus dem Kragen und legst sie nass über meine Schultern. Sogar Socken ziehst du mir an – meine flauschigsten Socken. Du weißt, dass ich sie liebe, weil ich immer kalte Füße habe. Nur eine Hose fehlt.

Du hebst mich hoch, Mason, und ich könnte dir sagen, dass ich sehr wohl laufen kann, aber irgendwie genieße ich es gerade zu sehr, von dir auf Armen getragen zu werden. Ich wette, das hast du noch nie bei irgendjemandem getan. Meine Beine hängen in der Luft und meine Arme legen sich ganz automatisch um deinen Nacken, wobei ich etwas zusammenzucke, als mein Handgelenk deine Schulter berührt. Dein kaltes, nasses Shirt presst sich gegen meine Seite und ich lehne meinen Kopf an deine Schulter und inhaliere tief deinen Duft, schließe die Augen, während du mich trägst.

Irgendwohin, egal wohin.

Auf einmal höre ich die Stimme deines Vaters und meine Lider fliegen wieder auf. Er steht mit Olivia in der Küche, überall Einkaufstüten. Deine Mutter wischt das Blut vom Boden und schaut über ihre Schulter in unsere Richtung.

»Was ist hier passiert?«, fragt dein Dad, aber als er uns richtig erblickt, stutzt er. Deine Mom schluckt und Keaton sieht uns ein bisschen ergriffen an. Ich weiß nicht, was wir gerade ausstrahlen, aber es scheint ihn zu berühren.

»Vergiss es«, sagt er weich und winkt dich weiter.

Und du gehst vorbei am Wohnzimmer und nicht die Treppe hoch, sondern runter.

* * *

Du hast mich unter zwei dicke, frisch riechende Decken verfrachtet und die Enden unter mich gestopft. Deine Fenster sind geschlossen und es ist kuschlig warm hier unten. Dein nasses Shirt hast du ausgezogen, aber die Jeans nicht. Jetzt sitzt du auf der Bettkante neben mir und schaust hinunter auf deine Hände, in denen du gerade einen Joint zusammendrehst. Ich ziehe meine Arme aus der Decke und spüre den weichen Stoff unter meinen Handflächen. Ich bin wieder hier in deinem Bett. Wir haben hier schon so viel erlebt. Und irgendwie ist es trotz allem immer noch genau der Ort, der meine kleine Höhle der Sicherheit darstellt. Wie bei dir.

Du machst die Tüte an und ziehst tief. Ich liebe es, dich beim Rauchen zu beobachten, Mason. Dann reichst du sie mir wortlos und ich nehme sie entgegen, halte sie zwischen Zeige- und Mittelfinger und ziehe ebenfalls tief daran. Fast sofort lässt das Pochen in meinem Handgelenk nach und Entspannung fließt durch meinen Körper.

Du siehst mich an, Mason, und ich schaue zurück. Mir fällt auf, dass wir die letzte Stunde vielleicht fünf Worte gewechselt haben. Das war immer so bei uns. Wir verstehen uns ohne Worte und kommunizieren auf eine andere Art, die so viel tiefer geht, weil unsere Seelen in ein und derselben Frequenz schwingen.

Ich strecke meine freie Hand mit dem frisch verletzten Handgelenk aus und streiche mit dem

Zeigefinger über dein Kinn, deine Wange und die Narbe an deiner Schläfe. Deine Lider gleiten zu. Ich könnte dich den ganzen Tag anschauen, weil du so schön bist, Mason. Ich liebe diese Momente, wenn wir keinen Zorn in uns tragen, keine Wut und keinen Hass und wir stattdessen pur sind.

Du hältst meine Hand fest und deine Lippen streifen hauchzart über meinen Verband. Deine Augen richten sich in meine und dann führst du meine Hand an deine Wange und hältst sie dort. Wieder schließt du die Lider und ich spüre deinen Atem an meiner Haut. Ich will dich küssen, Mason, aber ich rege mich nicht, weil ich nicht weiß, was dann passiert. Es ist, als würdest du meine Energie in dich aufsaugen, als würdest du mir den Schmerz nehmen und ihn in dich ziehen.

Dann lässt du mich langsam los und beugst dich über mich. Mein Herz stoppt kurz, als dein Gesicht sich meinem nähert. Aber nur, weil du deine Stirn an meine lehnst. Deine Lippen sind so nahe, aber sie berühren meine nicht. Wir atmen beide tief ein. Ich streiche durch dein weiches Haar und vergesse mich selbst beinahe augenblicklich. Wie ferngesteuert recke ich mich dir entgegen. Es verzehrt mich, wie sehr ich dich will, aber du ziehst dich wieder zurück. Das zweite Mal heute.

»Ich werde dir nicht mehr wehtun«, sagst du rau. »Und weil ich mir selbst nicht vertraue, darf ich dich nicht mehr anfassen.« So was jemals aus deinem Mund zu hören, hätte ich nie erwartet.

Jetzt weiß ich, dass du mich liebst, Mason, weil dies das Selbstloseste ist, was du je getan hast.

Ich antworte nicht, weil du mir den Atem raubst. Du legst dich zu mir, deinen Kopf in die Kuhle zwischen meiner Schulter und meiner Brust. Zwei deiner Finger finden den Weg zu meinem Schlüsselbein, wo du, wie früher immer, meinen Puls unter deinen Fingerkuppen ertastest. Ich spüre selbst, wie er pulsiert, immer schneller, weil du mir so nahe bist.

Wir schweigen.

Ich halte dir den Joint an die Lippen. Du ziehst daran und stößt den Rauch weg von mir. Und ich fahre durch deine Haare.

Wir existieren einfach, weil es das ist, was wir am besten können.

26. Can't take my eyes off you,

Mason

Emilia

Ich wache auf, weil zwei riesige, haarige Heizkissen mich belagern. Missy hat ihren Kopf auf meine Brust gelegt und Venus auf meinen Schoß. Ich stöhne, weil ich total verkrampft daliege. Sobald die beiden merken, dass ich wach bin, schlecken sie mich ab und freuen sich, als hätten sie mich Jahrzehnte nicht mehr gesehen.

Ich muss ein bisschen lächeln und scheuche sie dann grinsend vom Bett.

Du bist nicht mehr da, Mason. Wir sind das erste Mal vor zwei Uhr eingeschlafen. Jetzt ist es früher Morgen und die Sonnenstrahlen versuchen, sich einen Weg in deinen düsteren Keller zu bahnen. Ich bin völlig ausgeruht, obwohl ich die letzten Tage so kaputt war, also schwinge ich meine Beine aus dem Bett. Schnell begutachte ich meine Handgelenke, aber dein Verband hält. Die Seite, in die Cherry gedrückt hat, schimmert rötlich, weil es über Nacht etwas durchgeblutet hat. Ich hab einen Bärenhunger, deshalb beschließe ich, gleich rauszugehen, bevor ich mich selbst ans Bett kette und mich weigere, deinen Keller wieder zu verlassen. Bevor die Dunkelheit mich wieder verschlingt.

Die Hunde folgen mir ins Bad, wo ich mein Gesicht wasche. Als ich es abtrockne, sehe ich, dass meine pink glitzernde Einhornzahnbürste, die du mir vor gefühlt tausend Jahren mal zum Spaß mitgebracht hast, immer noch in dem Becher steht.

Mason. Steht die hier wirklich schon seit dreieinhalb Jahren?

Das rührt mich ein bisschen. Ich wasche sie mit heißem Wasser ab, bevor ich meine Zähne putze.

Dann folgen mir die zwei Ungeheuer nach oben und ich öffne ihnen schnell die Hintertür in den Garten, aus der sie sofort stürmen und

Gruppenpinkeln veranstalten, wie Weiber in einem Club, bevor ich wieder reingehe.

Ich höre schon eure Stimmen. Wie immer an einem Sonntagmorgen herrscht geschäftiges Treiben im Hause Rush. Das Radio ist an und ein Song, den ich mir in New York oft angehört habe, wenn meine Gedanken zu dir schweiften, läuft.

The Blowers Daughter von Damien Rice.

Es riecht köstlich nach Waffeln. Die gibt es am Sonntag immer, weil Keaton Waffeln liebt. Und deine Mom macht die besten dieser Welt.

Ich komme in die Küche und erfasse erst mal die Gesamtsituation: Keaton sitzt wie immer mit seinem Tablet am Kopf des Tisches. Er schaut auf, als ich hineinkomme, und mustert mich prüfend. Olivia deckt den Tisch und begrüßt mich mit einem »Guten Morgen, Darling!« Ich erinnere mich an mein Lieblings-GIF, die kleine Chloe, die mit ihren Hasenzähnen so skeptisch guckt. Ungefähr so schaue ich Olivia gerade an, weil sie plötzlich so freundlich ist. Okay, das ist sie eigentlich schon, seitdem Riley alles erzählt hat.

Der ist übrigens auch da, Mason. Er lehnt neben Olivia am Tresen, denn bis eben hat er sich noch mit ihr unterhalten. Die Arme verschränkt und die Beine lässig überkreuzt. Riley sieht mich und bemerkt, dass ich Richtung Keller stehe, anstatt zur Treppe gewandt, wo ich mich eigentlich befinden sollte.

Natürlich fällt ihm auch auf, dass ich deinen Pulli trage und meine Haare wild gewellt sind, weil ich sie gestern nicht geföhnt habe. Wahrscheinlich denkt er, es wären Sexhaare. Scheiße, Mason. Ich hatte nicht vor, ihn wieder so zu verletzen. Riley schaut vorwurfsvoll und angepisst in meine Richtung, bevor er sich abwendet und Waffelteig ins Eisen klatscht.

Das ist dir natürlich nicht entgangen. Du sitzt am Tisch, gegenüber von deinem Vater, und schaust mich über deine Schulter an. Als hätten wir ein kleines Insidergeheimnis, zwinkerst du mir zu und kickst unter dem Tisch den Stuhl neben dir nach hinten, damit ich mich dahin setzen kann. Neben dich und nicht zwei Plätze weiter neben Riley.

Scheiße, Mason. Du rufst wieder und ich folge einfach. Weil es das ist, was ich tue.

Langsam nehme ich Platz und rücke an den Tisch. Heute ist irgendwie alles so hell und strahlend. Die Sonne scheint in die Küche und Damien Rice singt *I can't take my eyes off you*. Ich schaue in deine Richtung, während du in meine siehst. Und ich würde so gern deine Hand nehmen, aber ich traue mich nicht.

»Keaton, ich hoffe wirklich, dass wir genug Süßigkeiten gekauft haben, wenn diese kleinen Kröten nächste Woche vor der Tür stehen! Dann will ich nicht mit leeren Händen dastehen!«

»Olivia«, sagt Keaton ernst. »Du hast den ganzen Kofferraum mit Süßigkeiten vollgepackt. Das reicht ja wohl!«

»Ich hoffe es!«

Keaton verdreht die Augen. »Frau, wo sind meine Waffeln?«, fragt er, damit sie nicht so viel redet. Sie verdreht ebenfalls die Augen, bevor sie ihm einen Teller hinknallt, auf den wir uns alle stürzen.

Riley kommt an den Tisch, sieht, wo ich sitze, hebt eine Braue und lässt sich an meine freie Seite fallen.

Jetzt sitze ich hier zwischen euch. Zwischen Licht und Dunkelheit eingekeilt, aber eigentlich hatte ich nie eine Wahl.

Dein Knie berührt leicht meines und das reicht schon, um mein Herz rasen zu lassen. Ich presse es noch ein bisschen mehr an dich. Anstatt dich zurückzuziehen, lächelst du in dich hinein. Ich liebe dieses Lächeln. Das gehört nur mir.

Ich habe so einen Appetit, dass ich mir gleich zwei Waffeln auf den Teller nehme und in Ahornsirup tränke. Am liebsten würde ich dich mit den Melonenstücken füttern oder mit ein paar Erdbeeren, die auf dem Tisch stehen, aber ich mache es nicht. Als du die Schokoladensoße nimmst und sie großzügig auf deinen Waffeln verteilst, werde ich rot. Dein Dad schnaubt und du fragst mich: »Auch was, Emilia?«

Ich will sagen; *Ja, direkt von meinem Körper bitte*, aber ich verkneife es mir und murmle: »Nein, danke.«

»Wann geht bei der Halloweenparty am Freitag eigentlich deine Schicht los?«, fragt Riley emotionslos und du runzelst fragend die Stirn. *Was für eine verdammte Schicht, Emilia?*, steht dir förmlich auf die Stirn geschrieben.

»Um neun, ich muss nur bis zwei einspringen, danach löst Julia mich ab.«

»Ich komme auf jeden Fall und leiste dir Gesellschaft«, sagt er. »Man kann dich nicht mit den ganzen Kürbissen allein lassen.«

»Haha«, mache ich und Riley legt lachend unter dem Tisch eine Hand auf meinen Oberschenkel, der nackt ist. Ich spüre seine Haut auf meiner und weiß, dass er mich nachher fragen wird, was da zwischen uns gelaufen ist.

Dein Blick folgt seinem Arm, und auch, wenn man das von oben nicht genau sieht, weißt du ganz genau, was er gerade tut. Du umklammerst dein Besteck.

»Welche Schicht, Emilia?«, fragt dein Vater.

»Ich springe an Halloween in der Bar ein, in der ich gearbeitet habe. Nur dann, weil Angelo nicht genug Personal hat und die Hölle los sein wird.«

»Ach ja, gut«, meint dein Vater und nimmt einen Bissen, bevor er mich ernst mustert. Kauend. Seine Kiefermuskeln bewegen sich beinahe hypnotisierend und dann schluckt er. Ohne seinen Blick von mir zu nehmen, tupft er sich den Mund mit einer Serviette ab und trinkt einen Schluck Kaffee, bevor er tief seufzt.

»Aber ab nächster Woche hast du ja auch sicher wieder vor, die Uni zu besuchen, oder, Emilia?«

Mit großen Augen nicke ich hastig. »Ja, klar, das war der Plan!« Weil man einem Keaton Rush nicht widerspricht und das gerade keine Frage, sondern ein Befehl war.

Du schmunzelst leicht und trinkst von deinem Kaffee, damit es nicht auffällt.

»Und du, Mason!«, donnert Keaton weiter. Ich bin Gott sei Dank aus dem Schneider.

»Ja?«, fragst du.

»Du bist ab morgen mit deiner Mutter unterwegs. Also trink heute nicht zu viel.«

»Hä?«, fragst du total verwirrt. Ich liebe es, wie deine Haare in deine Stirn fallen und du der Inbegriff von Verwirrung bist.

»Ich hab da was organisiert. Du kannst dir vielleicht denken, was. Aber du wirst auf jeden Fall nicht weiter in deinem Keller vergammeln.«

Du stöhnst genervt und tief. Ich liebe dein Stöhnen. »Ich soll mit meiner Mutter das tun, was ich denke, das du willst, dass ich tue, Dad? Kann ich nicht zurück zum FBI?«

»Glaub mir, ich bin auch nicht froh darüber, Mason!«, zischt deine Mutter und Keaton seufzt auf.

»Doch, du kannst zum FBI, aber wir müssen noch ein bisschen Zeit vergehen lassen. Das könnte ein guter Zweitjob für dich sein und du kannst es so machen, wie ich es gemacht habe, bevor deine Mom das übernommen hat.«

Riley ist genauso verwirrt wie ich und fragt: »Hä? Wovon redet ihr?«

Aber anstatt zu antworten, wenden sie sich murmelnd und ausweichend ihren Tellern und ihrem Kaffee zu.

Gott, Mason, ich liebe diese Familie.

Ich esse von meinen Waffeln und tunke meine Melone in deine Schokosoße. Du siehst mich mit einer erhobenen Augenbraue an und deine Hand findet sich auf meinem zweiten Oberschenkel ein. Was mache ich eigentlich, wenn eure Finger sich berühren? Oh Gott, ich fühle mich schrecklich!

Mit einem Mal rutsche ich zurück und stehe auf. »Ich muss auf die Toilette!«, rufe ich. Dann flüchte ich und hoffe, dass du mir hinterherkommst.

Du kommst nicht, Mason. Hast du das gestern ernst gemeint, als du sagtest, du willst mir nicht mehr wehtun? Wirst du dich jetzt wirklich von mir fernhalten? Und wie finde ich das? Und wieso ändere ich jeden Tag meine Meinung über alles? Und wie wird es überhaupt weitergehen?

Als ich wieder aus dem Bad komme, höre ich schon wildes Stimmengewirr aus der Küche, das ganz im Gegensatz zu der ruhigen Atmosphäre steht, aus der ich soeben getreten bin. Ich biege stirnrunzelnd um die Ecke und da ist sie. Mit einer blauen geschwollenen Wange und voll im Dramamodus – mit ihrer Mutter. Keaton ist aufgestanden, genau wie alle anderen. Außer dir und mir weiß keiner aus der Familie, was passiert ist, aber es wird schnell klar, denn sobald ich reinkomme, deutet Cherry mit einem ausgestreckten Finger auf mich und schreit: »Sie hat mich geschlagen, ich hab gar nichts gemacht.« Sofort spüre ich meine Wut zurückkehren und will ihr was über die andere Wange ziehen. Du siehst mich alarmiert an. Ist da vielleicht Wahnsinn in meinen Augen? Hat er von dir auf mich übergegriffen?

»Und sie hat mir ihren Daumen in meine Wunde gedrückt, sodass sie wieder über Stunden geblutet hat. Was wäre passiert, wenn ich im Krankenhaus gelandet wäre, Cherry?« Damit gehe ich an allen vorbei zum Esstisch, setze mich als Einzige, überschlage die Beine und trinke einen Schluck Kaffee. Ich glaube, das ist Stolz, der gerade in deinen Augen aufblitzt, oder Mason?

»Das ist noch lange kein Grund, ihr das halbe Gesicht wegzudreschen. Was wollt ihr überhaupt mit der Kleinen?«

»Amber, lass das«, knurrt Keaton hart und sie lacht auf.

»*Was* soll ich lassen? Ich habe deinem Sohn gesagt, er soll die Finger von meiner Tochter lassen.«

»Wieso stand sie dann hier total fickbereit und wollte zu ihm in den Keller und mir vorher noch einen Text reindrücken, wie ich mich richtig umbringen soll? Sie hat mir eine richtige Anleitung dazu gegeben. Ich soll das nächste Mal tiefer schneiden. Wäre ich verreckt, hätte ich einigen Leuten einen Gefallen damit getan, oder wie hast du das noch mal formuliert, Cherry?« Sie wird blass, besonders als Keaton wie ferngesteuert einen Schritt auf sie zumacht und sich Olivia dazwischenschiebt.

»Du hast *was* gemacht?«, fragt er über die Schulter seiner Frau hinweg, die ihm die Hand auf die Brust legt.

»Wieso glaubt ihr dieser Kuh überhaupt? War *sie* nicht diejenige, die von einem Bruder zum anderen gefickt hat?«

»Cherry«, mahnt Amber, aber die hört nicht auf ihre Mutter und stellt sich vor sie.

»Sie ist ein kleines, manipulatives Miststück und, Mason, *du hast mich* all die Male hierhergerufen. Ich kam nicht von selbst.«

Ich stehe auf und umrunde den Tisch. Mason, du lässt mich tatsächlich einfach an dir vorbeilaufen. Riley steht hinter mir und schaut sich das alles ein bisschen verwirrt an. »Jetzt geb ich dir mal eine Anleitung, Cherry«, meine ich ruhig und stelle mich so nah vor sie, dass sie eingeschüchtert einen Schritt zurückmacht und gegen ihre Mutter prallt. »Das nächste Mal, wenn du dich als Superbitch aufführen willst, stelle sicher, wer dein Gegner ist. Ich lasse mich von einer kleinen Stadttussi wie dir nicht fertigmachen. Du kommst hier in dieses Haus mit deinen hässlichen Stiefeln und trampelst über den Boden, den meine Schwiegermutter stundenlang geputzt hat, trinkst von dem Wasser, das nicht für dich bestimmt ist, versuchst, mir das Leben schwer zu machen, und jetzt stürmst du mit deiner Mami hier rein und willst *was* bezwecken? Denk das nächste Mal besser darüber nach, wenn du dich in eine Familie drängst, Cherry. Du bist kein Teil davon, egal wie sehr du dir das wünschst.« Ich gehe nah an ihr Ohr und flüstere: »Und es tut mir leid, diesen Schwanz wirst du nie wieder in dir haben. Find dich mit dem Gedanken ab.« Ich gehe zurück und Cherry funkelt mich voller Hass an.

»Ich scheiß auf dich und diese Familie. *Du* hast dich dazwischengedrängt, ich war vor dir da!«

»Du langweilst mich, Cherry, und man sollte mich nie langweilen. Jetzt verpiss dich, wir wollen frühstücken. Es ist Sonntag.« Ich drehe mich um und sehe direkt in vier verdutzte Gesichter. »Was?«, frage ich. »Ich hab Hunger.« Dann setze ich mich und esse weiter.

»Mason, wir sollten das klären!« Jetzt wendet sie sich an dich und du schüttelst verwirrt den Kopf.

»Du langweilst mich genauso, Cherry, red mit wem anderes.« Du setzt dich neben mich und willst auch weiteressen, aber Amber stützt sich mit einem Mal mit beiden Händen vor uns auf den Tisch und zischt: »Du kleines Würstchen wirst so nicht mit meiner Tochter sprechen. Und wenn sie mit dir reden will, ist es das Mindeste, was du tun kannst.«

Olivia schaltet sich ein und will wie so oft schlichten. Sie legt Amber eine Hand auf die Schulter. »Amber, bitte lass es doch jetzt einfach.«

Du starrst an ihren Armen hoch in ihr Gesicht und sagst: »Bei allem Respekt, Tante Amber. Ich kann dir Videos zeigen, nach denen wirst du nicht mal mehr wollen, dass ich deine Tochter *anschaue*. Ich habe kein Interesse an ihr, sie ist ein Mädchen wie jedes andere. Sie ist wie du und sie wird so enden wie du: allein.«

Ich weiß nicht, was Amber gerade tun will. Sie sieht fast so aus, als würde sie dir demnächst die Ohrfeige deines Lebens verpassen. Aber schon ist dein Vater da und zieht sie zurück.

»Denk nicht mal dran!« Nun funkelt sie ihn an und niemand funkelt Keaton ungestraft an.

»Krieg deine Brut in den Griff«, zischt sie.

»Ich habe meine Brut im Griff, kümmer du dich lieber um deine scheinheilige Tochter«, erwidert er in aller Seelenruhe.

»Also willst du nichts dagegen tun, dass sie Cherry angegriffen hat? Sie ist nicht mal mit dir verwandt, sie ist *nichts* für dich.« Aua, Mason, das tut ein bisschen weh. Ich verkrampfe meine Hände um mein Besteck und du legst mir schon wieder eine Hand auf den Oberschenkel. Es tut so gut, dass ich mich gleich wieder entspanne.

»Es hat nichts mit Blut zu tun, wem meine Loyalität gilt, Amber. Das solltest du doch am besten wissen«, antwortet dein Vater. »Und übrigens, willst du nichts dagegen tun, dass deine Tochter hier ungefragt in mein Haus stürmt und meine Familie überfällt?« Sie funkelt ihn an.

»Das ist noch nicht vorbei, Keaton.«

»Doch, Amber, das ist es. Raus!«, sagt er ruhig und setzt sich wieder an den Tisch. Olivia und Riley tauschen einen Blick aus und tun es ihm nach.

»Du schmeißt mich raus, Keaton, wirklich?« Amber wirkt völlig fassungslos. Doch er ignoriert sie und isst in aller Ruhe seine Waffeln. Olivia starrt ihn mit großen Augen an. Ich weiß, dass sie ihm gerade viel sagen will, es aber unterlässt.

»Fick dich«, zischt Amber, dreht sich um und rauscht aus dem Haus – dieses hässliche Ding im Schlepptau. Cherry dreht sich noch mal um, du hebst den Mittelfinger, ohne aufzusehen, und isst weiter. Sie presst die Lippen aufeinander, wirbelt herum und die Haustür knallt hinter ihnen zu.

Im Radio läuft jetzt *Last Christmas*, was ich echt ein bisschen übertrieben finde. Wir haben noch nicht mal November.

27. Verdammt, Mason, was ist das hier?

Emilia

Es vergehen zwei Stunden, in denen Olivia akribisch die Küche putzt und Keaton sich in sein Arbeitszimmer verkrümelt hat. Ich glaube, die beiden sind sehr wütend. Mason, du bist mit den Hunden im Wohnzimmer und schaust irgendeinen TV-Sender, was ich so gar nicht von dir kenne. Du guckst so selten fern und wenn, dann nicht hier oben. Ich bilde mir ein, dass du das wegen mir machst. Aber wolltest du keinen Abstand? Ich verstehe bald gar nichts mehr. Gerade will ich aus der Küche gehen, als Riley mich zurückhält. »Hast du fünf Minuten?«, fragt er und ich nicke.

»Klar. Warte, ich geh noch schnell hoch und ziehe mir was über.«

Oben in meinem Zimmer ziehe ich mir eine Leggings an. Deinen Pullover lasse ich. Niemand wird mich da je wieder rausbekommen. Dann gehe ich wieder nach unten und spüre sofort wieder deinen Blick auf mir. Riley wartet auf mich und ich folge ihm, ohne dich anzusehen, auf die Veranda. Wo du uns auch sehen kannst, weil das Fenster direkt dorthin zeigt.

Riley setzt sich auf die Hollywoodschaukel und ich lehne mich ans Geländer, weil das unser Platz ist, Mason, und ich nicht mit ihm dort sitzen will.

Er seufzt tief und schaut mich abwartend an.

»Da war nichts«, sage ich.

Er hebt eine Augenbraue.

»Gestern kam Cherry her. Sie hat mich fertiggemacht, und ich habe mich gegen sie gewehrt, also hat sie meine Wunde wieder zum Bluten gebracht. Dann hat Mason mich verarztet und mich mit in seinen Keller genommen. Da ist nichts gelaufen. Wir sind zusammen eingeschlafen, und als ich heute Morgen aufgewacht bin, war er schon weg. Da war kein Kuss, nichts.«

Er hebt die zweite Braue.

Natürlich glaubt er mir nicht. Ich würde mir selbst auch nicht glauben. Andererseits, bin ich ihm Rechenschaft schuldig?

Sind wir wieder zusammen?

Gott, was ist das hier?

Riley nimmt meine Finger und zieht mich zwischen seine Beine. Ich schaue flüchtig durch das Fenster, sehe, dass du uns beobachtest, und blicke schnell wieder runter.

Fuck, Mason.

Wieso bist du so ein Stalker?

»Wird das jemals aufhören, Emilia?« Er sieht zu mir hoch und hält immer noch meine Hand. Ich erwidere seinen Blick. Gestern warst du noch vor mir und ich habe auf dich runtergeschaut, jetzt ist es dein hübscher Bruder.

Verdammt.

»Ich habe dir gesagt, dass ich selber nicht weiß, wohin das führen soll«, meine ich leise.

»Ich weiß, aber ein Mann darf doch eifersüchtig sein, oder? Wenn er die Frau, die er liebt, in dem Pullover eines anderen sieht?« Scheiße, wieso sagt er so was? Ich schlucke. Ich will ihm nicht wieder wehtun.

»Ich trage ihn nur, weil er mich angezogen hat.« Rileys Gesicht wird düster. »Weil ich blutüberströmt war. Er hat mich abgeduscht.« Riley sieht mich ungläubig an.

»Was?«

»Ich will doch nur ehrlich zu dir sein, Riley! Aber es ist wirklich nichts gelaufen! Er hat sich nur um mich gekümmert, ohne irgendwas Sexuelles. Wirklich!«

»Mason Rush hatte dich nackt unter der Dusche und es ist nichts gelaufen?«

»Nein, es ist nichts gelaufen«, höre ich dich von der Haustür aus sagen. Ich will einen Schritt zurückmachen, aber Riley hält mich fest. Du stehst auf der Veranda, immer noch oben ohne, wie immer, in deinen tief sitzenden Trainingshosen. Mir wird warm im Bauch. Dann schlenderst du total unbeeindruckt an uns vorbei und bringst die Hunde in den Garten. Ich schaue dir perplex hinterher, bis Riley mein Gesicht wieder zu sich dreht.

»Bin ich der Einzige, der denkt, dass Mason schwer krank geworden ist? Ist er gerade wirklich nicht ausgerastet und hat dich gestern wirklich nicht angerührt?«

Ich schaue wieder in deine Richtung und murmle geistesabwesend: »Er hat gesagt, er will sich von mir fernhalten.« Und das gefällt mir gar nicht, Mason.

»Wirklich?« Riley sieht auch zweifelnd dahin, wo du gerade Venus und Missy ein paar Bälle wirfst.

»Ja.« Wir beide können es nicht glauben.

»Dann muss er dich wohl wirklich lieben«, rutscht es Riley raus, und ich zucke zusammen. »Aber ich liebe dich länger.«

»Ich weiß«, sage ich.

Verdammt, Mason. Was ist das hier?

***

Ich sitze auf der Hollywoodschaukel und Riley ist reingegangen, weil er noch was mit eurer Mutter besprechen wollte. Du kommst zurück auf die Veranda, die Hunde sind außer Atem und hecheln an dir vorbei zurück ins Haus, als du ihnen die Tür aufhältst.

»Und? Du und Riley, oder was?«, fragst du und lässt dich wie so oft neben mich fallen. Es fehlt nur der Joint in deinem Mundwinkel, und dass du deinen Arm auf die Lehne hinter mir legst, aber das tust du nicht.

»Ich weiß es nicht.« Ich schaue auf die Hände in meinem Schoß.

»Ich habe dich noch nie so wütend gesehen wie gestern und heute mit Cherry. Du hast es ihr gegeben, Emilia.« Ich muss fast ein bisschen lachen, weil du so beeindruckt klingst.

»Ja, ich kann auch mal wütend werden.«

»Da hatte sich wohl einiges in dir aufgestaut.«

»Du hast keine Ahnung, Mason.« Ich sehe dein hübsches Profil an. »Wieso hast du sie hergeholt und wieso wolltest du mir wieder wehtun?«

»Ich habe sie hergeholt, weil du vor mir mit Riley rumgeturtelt hast.«

»Ich habe mit Riley rumgeturtelt, weil du mir das mit Dr. Daniels nicht geglaubt und mich sitzen gelassen hast.«

»Und warum ist das passiert, Emilia? Weil ich dir nicht vertrauen kann und du mir nicht. Und weil du nicht zu mir gekommen bist. Zu deinem Verlobten. Der dafür da ist, so was für dich zu regeln.« Mein Herz stolpert kurz, als du dich selbst so betitelst, aber ich weiß, dass es in einer anderen Zeit war, und das macht mich so unsagbar traurig.

»Ich wollte dich beschützen. Das ist alles, was ich je wollte«, antworte ich leise.

»Und das ist auch, was ich ab jetzt bei dir tun werde. Dich vor mir selbst beschützen.« Ich würde am liebsten schreien. *Spinnst du! Das will ich nicht!* Tränen treten mir in die Augen, weil sich das schon wieder so sehr nach einem Emilia-und Mason-Abschied anfühlt.

»Das musst du nicht«, wispere ich.

»Emilia …« Du rückst so nah an mich ran, dass dein Oberschenkel meinen berührt. »Wir haben alles kaputt gemacht. Da waren zu viel Betrug, zu viele Lügen, zu viel Wut, zu viel Hass und Schmerz zwischen uns, und jetzt funktioniert gar nichts mehr. Merkst du das nicht? Ich bin ein Monster, ich tu dir nicht gut. Ich ziehe dich immer tiefer in deine eigene Dunkelheit und Riley holt dich da raus. Ich hasse ihn dafür, dass er ab sofort jede Nacht neben dir einschlafen darf.« Mein Herz sackt in meinen Magen. »Aber ich vertraue ihm und er ist der Einzige, dem ich dich anvertrauen würde. Ich weiß, dass er auch Fehler gemacht hat, aber er ist bei Weitem nicht das Monster, das ich bin. Sein Kern ist nicht so dunkel wie meiner.«

»Mason, red keine Scheiße«, sage ich mit zitternder Stimme, total außer mir, weil ich nicht glauben kann, was du da gerade sagst.

»Emilia«, knurrst du und packst meinen Unterarm, sodass mein Pulli nach unten rutscht und man meinen Verband sieht. »Sieh hin! Das habe ich gemacht, aber das ist die letzte Verletzung, die ich dir zugefügt habe.«

»Nein«, flehe ich und die Tränen laufen über. »Das habe *ich* gemacht. Nicht du! Ich bin kaputt, nicht du! Ich bin dunkel, nicht du!«

»Das mag sein, und deswegen brauchst du erst recht jemanden, der dich im Licht hält, wenn du wieder abrutschst.« Du lässt mich los, obwohl ich will, dass du mich umarmst und küsst und mir sagst, dass du mich liebst, aber du tust nichts dergleichen. Ich fühle mich, als würde ich metertief eine Schlucht hinunterfallen, und warte auf den harten Aufprall, der mir das Genick bricht.

»Das Schlimmste, was du mir antun kannst, ist, aus meinem Leben zu verschwinden.«

»Ich werde nie verschwinden, aber ich lasse dich gehen.« Damit stehst du auf. Bevor du reingehst, siehst du mich noch mal über deine Schulter an und sagst: »Ich verspreche dir: keine Ausraster mehr, keine Spielchen mehr, keine Eifersuchtsszenen mehr. Du bist frei. Du musst nicht mehr laufen.« Dann gehst du einfach rein.

Während ich in die Knie sinken und schreien will. Stattdessen sitze ich nur da – innerlich total taub – und Tränen laufen heiß über mein Gesicht.

Als ich gefühlte Stunden später wieder reingehe, bin ich komplett durchgefroren. Im Haus ist es so lebendig, dass es wieder tot wirkt. Keaton läuft durch das Wohnzimmer und telefoniert wild, wahrscheinlich immer noch im Streit mit Amber. Der Fernseher und das Radio laufen – immer noch. Olivia räumt das Geschirr in die Spülmaschine, was laute Geräusche macht. Ich höre Rileys Stimme, als er ihr was erzählt, und du bist nicht da, Mason. Als ich an der Küche vorbeistürmen will, wird Riley auf mich aufmerksam und blickt auf.

Er macht einen Schritt auf mich zu, aber ich schüttle den Kopf und husche die Treppe nach oben. Ich muss jetzt allein sein.

28. Du bist ein dunkler James Dean, Mason

Emilia

Du bist weg, Mason. Nach unserem Gespräch bist du einfach verschwunden – mit dem Jeep deiner Mutter, weswegen sie deinen Vater zur Arbeit fahren muss. Außerdem ist sie ziemlich sauer auf dich. Ich zwinge mich, nicht in deinem Bett zu schlafen und brav im Gästezimmer zu bleiben.

Aber ich konnte mich dazu durchringen, wieder zur Uni zu gehen. Größtenteils war Riley dafür verantwortlich – und Keaton. Die Nachmittage verbringe ich meistens mit Riley. Bisher waren wir essen, Billard spielen, spazieren und einmal im Kino. Wir haben uns ein paarmal geküsst, mehr nicht. Er respektiert, dass ich gerade total im Liebeskummer versinke. Wir hatten in der Woche, seit du weg bist, keinen Sex und ich muss sagen, es fühlt sich gut an, dass ich mit niemandem schlafe. Seit Dr. Daniels habe ich die Zeit gebraucht, um zu regenerieren, und wenn ich es wieder will, bist du der Einzige, der mir dafür passend erscheint. Aber du bist nicht da. Und ich musste ein paarmal weinen, weil dein Platz am Tisch leer ist – und in meinem Herzen. Deine Eltern machen sich nicht so viele Sorgen um dich, weil sie das von dir kennen – dieses Verschwinden und Abtauchen. Dein Dad sagt, dass du schon wieder zurückkommen wirst, aber er hasst dich trotzdem wegen der Sache mit dem Jeep.

Und ich hasse das alles hier. Ohne dich.

Diesmal ist es richtig schlimm. Ich habe keine Wut in mir wie bei unserer letzten Trennung. Ich habe nichts, was mich ablenkt. Du bist so nah. Dein Keller ist da unten, sodass ich geradezu deine Anwesenheit spüren kann, aber ich darf nicht zu dir runtergehen, weil du mich von dir gestoßen hast. Du hast mich noch nie von dir gestoßen, sondern mich immer nur an dich gebunden. Jetzt hast du das Band, das uns verbunden hat, durchgeschnitten, und ich bin endlich aufgeprallt nach dem langen Sturz. Aber ich bin immer noch gefangen in den wilden Gewässern und kriege keine Luft mehr.

Noch kann ich gar nicht richtig fassen, was passiert. Vor Kurzem hast du dich noch um mich gekümmert. Da war so viel Liebe in deinen Augen und du warst sanft. Haben wir uns wirklich zu viel angetan? Gibt es in der Liebe ein *Zu viel*? Können wir nicht einfach alles wegradieren und unser Buch neu schreiben?

Was zum Teufel ist hier los?

Völlig mechanisch steige ich in meinen schwarzen, schulterfreien Body und die enge, schwarze, taillenhohe Jeans. Angelo hat angeordnet, dass ich dunkel gekleidet sein soll. Ich achte immer darauf, dass ich langärmlige Sachen trage, aber es kleben immer noch große weiße Pflaster auf meinen Unterarmen.

Dazu ziehe ich ein bisschen Schmuck an, lasse meine Haare offen und sprühe Parfum auf. Ich brauche dringend Make-up, weil ich aussehe, als hätte ich zwei Wochen durchgeheult, also schminke ich mich, tusche meine Wimpern und entscheide mich für den Lippenstift, den du am meisten an mir geliebt hast, Mason. Einfach, um dir irgendwie nah zu sein. Und ich schlüpfe in ein paar silberne Chucks. Draußen ist es schon dunkel, ich muss gleich los. Riley wird mich fahren. Er wartet unten auf der Couch und steht auf, als ich runtergehe und in den Flur trete, wo ich nach meiner Lederjacke greife.

Genau in dem Moment öffnet sich die Tür deines Kellers und du kommst raus. Mason, seit wann bist du wieder hier? Es trifft mich total unvorbereitet. Mein Herz setzt ein paar Schläge aus, nur um dann heftig weiterzurasen. Du siehst unglaublich aus, Mason, woher du auch gerade kommst. *Wo warst du, Mason? Seit wann bist du da?*

Ich kriege meinen Mund kaum zu vor Schock und muss mich zwingen, nicht loszuheulen und dir in die Arme zu fallen. Wissen deine Eltern, dass du wieder da bist? Sie sind momentan außer Haus, aber hast du irgendjemandem gesagt, dass du wiederkommst? Und wie lange wirst du bleiben? Wirst du wieder gehen?

Meine Augen können nicht genug von dir aufnehmen – wie ein Alkoholiker, der kurz am Wein riechen darf. Du hast wie immer einen Bartschatten auf deinen Wangen und deinem markanten Kinn. Ich würde alles dafür geben, um mit meinen Fingern über diese Stoppeln zu streichen. Du siehst abgefuckt aus, aber das liebe ich an dir. Unter deinen momentan dunkel funkelnden Augen liegen tiefe Schatten. Deine Haare fallen dir zu lang in die Stirn. Zu der Narbe an deiner Schläfe ist noch ein länglicher Kratzer an deinem Wangenknochen gekommen. Deine Fingerknöchel sind verkrustet, als hättest du auf irgendwas eingeschlagen. Es macht mich traurig und neugierig. Wo warst du? Schon wieder?

Man sieht, dass du eben erst einen geraucht hast, und man riecht es auch. Abgesehen von deinem Duft, der mich sowieso jedes Mal umhaut.

Du trägst Chucks, schwarze Jeans, einen eng anliegenden, gleichfarbigen Pulli und deine Lederjacke. Wir sehen aus wie im Partnerlook. Du schaust mich an. Ich weiß, du hast mich lange nicht mehr geschminkt und menschlich gesehen. Auch nicht die Tage, als ich mit Riley unterwegs war und du noch hier warst. Du schaust mich genauso lange an wie ich dich, siehst dabei aber nicht im Geringsten so verzweifelt aus wie ich. Ich glaube, wenn nichts passiert, stehen wir hier ewig und starren uns an, so wie immer. Riley tritt an meine Seite und legt einen Arm um meine Hüfte. Ich bete fast, dass du ausflippst oder ihn anknurrst, er solle die Finger von mir lassen. Aber du gehst einfach an uns vorbei, um neben Riley nach deinem Autoschlüssel zu greifen, den ich nicht kenne. Ihr führt ein wortloses Männergesprächsding, das ich nicht entziffern kann, dann siehst du mich noch mal an, verschwindest einfach und lässt mich mit ihm zurück.

Die Tür schließt sich leise hinter dir. Ich würde mir so gern deine Stimme anhören. Manchmal liege ich im Bett und spiele alte Sprachnachrichten ab, weil ich ein Freak bin und du mir fehlst, und ich checke jeden

Tag deinen Onlinestatus und deine Bilder, doch es kommt nirgendwo was Neues dazu.

Scheiße, Mason.

Wieso tut es so weh?

***

In der Bar dröhnen die Bässe bereits, es ist richtig voll. Riley schiebt mich an den maskierten, verkleideten, betrunkenen Studenten vorbei, sichert sich einen Platz an der Theke, während ich schnell hinter den Tresen husche und James begrüße, der mit mir Schicht hat.

»Gott sei Dank bist du da!«, ruft er. »Ich komme gar nicht mehr hinterher!« Ich binde mir meinen Portemonnaiegürtel und meine Schürze um die Hüften und stelle Riley erst mal ein Bier hin, der mich dankend anlächelt. Er sieht gut aus. Seine blonden Haare fallen in seine Stirn und er hat sich nicht rasiert, weil er weiß, dass ich das mag. Sein weißes T-Shirt liegt eng an und sein Bizeps tritt hervor, als er trinkt. Riley ist heiß. Er hat mich die ganze Autofahrt über ausgefragt, was es in mir auslöste, dich wiederzusehen, und ob ich das Gefühl habe, rückfällig zu werden. Er redet immer mit mir, als wäre ich drogensüchtig. Aber wenn wir ehrlich sind, bin ich das auch, vorausgesetzt es geht um dich. Ich habe ihm ehrlich geantwortet, weil ich mir geschworen habe, dieses Mal absolut ehrlich zu sein. Ich will nicht mehr dieser Mensch sein, der diejenigen verletzt, die mich lieben.

Die Bar ist total niedlich für Halloween dekoriert – mit kleinen leuchtenden Kürbisköpfen und solch einem Zeug. Ich spüre Rileys Blick auf mir, während ich Bestellungen annehme und die Augen wegen Typen verdrehe, die mich *Püppchen* nennen. Mason, was soll das? Sehe ich aus wie ein Püppchen?

Deine Stimme antwortet in meinem Kopf: *Ja, Baby, das tust du. Wie ein ziemlich heißes sogar.* Ja, seit letzte Woche ist sie wieder da. Natürlich ist sie das, weil sie immer kommt, wenn du nicht da bist und mir fehlst. Du bist eben wirklich ein Teil von mir und das wird sich nie ändern.

Die Leute werden immer betrunkener und feiern ausgelassener. Auch Riley gönnt sich drei Bier und zieht mich zwischendurch für einen Kuss heran, um den anderen zu zeigen, dass ich kein Püppchen bin, das zu haben ist. Die Stimmung wird immer lockerer. Ich auch, denn Angelo schenkt mir und James ein paar Shots aus. Es ist ein richtig normaler, lustiger Abend. Aber ich mag *normal* nicht, Mason, und irgendwann gegen ein Uhr, als meine Füße anfangen zu schmerzen, spüre ich, wie diese Atmosphäre sich ändert, ebenso wie die Temperatur in der Bar. Ein Schauer erfasst mich und Gänsehaut kriecht über meine Arme.

Die ersten weiblichen Gäste drehen sich zur Tür, weil du ein Magnet bist, Mason. Ich weiß, dass du da bist, bevor ich dich sehe. Und dann machen dir die Menschen Platz, damit du durchkannst. Riley und ich mussten uns vorhin an allen vorbeidrängen. Aber bei dir ist es die Aura, die Dunkelheit. Keiner der Anwesenden will Stress mit dir und sie treten zurück. Laut Keaton haben sie das schon auf der Highschool getan. Selbst an der Uni und sogar beim FBI haben alle gekuscht, obwohl du der Neue warst, und das hatte nichts mit deinem Vater zu tun.

Scheiße, du bist hier. Du hast die Lederjacke ausgezogen und hältst sie locker über deine Schulter. Die Ärmel deines Pullis sind nach oben gekrempelt, man sieht deine Tätowierungen. Du bist dir sicher schon zwanzigmal die letzten Stunden durch deine Haare gefahren, denn sie sind ein einziges Chaos. Eine Kippe hängt in deinem Mundwinkel und du siehst aus wie der dunkle James Dean der Neuzeit.

Dein Blick findet mich sofort. Ich bleibe stehen, mit meinem Tablett, das ich gerade in die Höhe halte und das mit drei vollen Gläsern beladen ist.

Scheiße, Mason.

Mit Daumen und Zeigefinger nimmst du die Kippe aus dem Mund und pustest irgendeinem Typen, der so wahnsinnig ist, dir keinen Platz zu machen, den Rauch ins Gesicht, sodass er eine Grimasse zieht und zur Seite tritt. Du hast mich anvisiert und lässt die

Augen nicht mehr von mir. Ich frage mich, was hier gerade passiert. Meine Finger zittern und die Gläser wackeln bedrohlich. Mit einem Mal stehst du vor mir, nimmst mir das Tablett ab und stellst es einfach auf die Bar.

»Hi«, sagst du und ich hauche:

»Hi.«

Ich rieche dich und würde dich am liebsten in die nächste Toilettenkabine zerren und über dich herfallen. Aber dann erinnere ich mich daran, dass Riley hinter dir sitzt, und trete einen Schritt von dir zurück. Deine Augen wandern über mein Erscheinungsbild und du beißt dir auf die Unterlippe.

Scheiße, was ist passiert, Mason?

Bist du wieder auf der Jagd?

Hast du vergessen, was du zu mir gesagt hast, oder hat das Monster die Oberhand gewonnen, als du weg warst? Weil du immer wegfährst, um es zu bezwingen, und es meistens gewinnt.

Du berührst mich nicht und trotzdem fühle ich mich, als hättest du mich mit deinen Augen ausgezogen und wärst schon in mir. Meine Knie zittern und ich halte mich am Tresen fest.

»Hey, Püppchen«, brüllt einer nach mir und dein Kopf schießt herum.

»*Was?*«, fährst du den total besoffenen *Yankees*-Fan an, der unter deinem Blick kuscht und meint:

»Passt schon!«

Ich sehe, dass du überlegst, sein Gesicht zu Brei zu verarbeiten, und fasse nach deinem Oberarm und an deinen Bizeps, der angespannt ist. Es ist wie ein elektrischer Schlag, der mich durchzuckt, als ich deinen Körper berühre. Du siehst meine Hand an, dann in mein Gesicht, und hebst eine Augenbraue.

»Emilia«, fragt Riley von der Seite. »Die Leute warten!« Ich schüttle den Kopf, ziehe meinen Arm zurück und greife nach meinem Tablett. Dann verschwinde ich in die Menge, um den Leuten ihre Getränke zu bringen.

Als ich zurückkomme, mit immer noch rasendem Herzschlag, hast du direkt neben Riley an der Bar Platz genommen. Ihr redet nicht miteinander, aber ihr sitzt zusammen. Du in Schwarz, er in Weiß. Du mit deinen dunklen Haaren, er mit seinen blonden.

Ihr seht aus, als wärt ihr geradewegs aus der Hölle und dem Himmel entsprungen. Ausschlaggebend ist nur, was für eine Auffassung man vom Himmel hat. Je nachdem kann man entscheiden, wer von euch woher kommt.

Ich habe ein paar leere Gläser eingesammelt und James, der Gott sei Dank schwul ist, was du zum Glück merkst, weshalb du gar nicht erst anfängst, Stress zu machen, schenkt Bier aus, während ich schnell abspüle. Du sitzt da und deine Augen liegen ununterbrochen auf mir, weshalb mir ein Glas runterfällt.

Scheiße, wieso bist du so anders?

So auf mich fixiert?

Wieso fickst du mich so mit deinen Augen?

Und bringst mich durcheinander?

Vor einer Woche hast du mich noch freigegeben und jetzt fühlt es sich so an, als würde ich dir gehören, obwohl du kein Wort diesbezüglich gesagt hast.

Ich liebe das.

James schenkt mir wortlos einen weiteren Shot ein, als er sieht, wie nervös ich bin, den ich sofort exe. Deine Augen verdunkeln sich. Deiner Meinung nach trinke ich wohl zu viel, aber ich kann das gerade anders nicht ertragen, Mason.

Riley neben dir wirkt nicht amüsiert, und als ich das nächste Mal vorbeigehe, zieht er mich einfach an sich und küsst mich. Meine Augen schließen sich nicht, sondern schießen zu dir. Du hast dich zurückgelehnt und siehst dir das mit hochgezogenen Augenbrauen an. Dabei wirkst du selbstüberzeugt, dass du bekommst, was du willst. Denn selbst als er meinen Arsch packt und mich noch enger an sich zieht, lässt du es zu. Du neigst den Kopf zur Seite. Ich habe dich schon in vielen Stadien der Arroganz gesehen, Mason, aber jetzt merke ich zum ersten Mal, wie es aussieht, wenn du deine volle Anziehungskraft entfaltest. Das erste Mal in fünf Jahren und ich würde Riley am liebsten wegschubsen und dich stattdessen packen. Und das weißt du, ich sehe es in deinen Augen. Ich kann und will mich nicht bewegen und als Riley mich ein bisschen irritiert loslässt, flüchte ich atemlos – wegen dir – in die Menge und sammle weitere Gläser ein.

Meine Knie sind so weich, dass ich kaum geradeaus gehen kann, was vielleicht auch an den Shots liegt, die ich mir hinter der Bar reingekippt habe.

Julia löst mich, wie verabredet, um fünf nach zwei ab. Die Bar ist immer noch rammelvoll und die Stimmung ausgelassen. Bevor ich hinter der Theke hervortrete, stelle ich dir dein drittes Glas Sherry hin, ohne dass du einmal danach verlangt hast. Ich weiß, was du magst, Mason.

Dann stecke ich meinen Geldbeutel ein – die Abrechnung mache ich später – und ziehe meine Schürze aus. Jetzt gleitet dein Blick noch mal über meinen Körper. Es ist, als würdest du jede Wölbung, jede Kurve genauestens analysieren. Als hättest du mich seit Monaten nicht berührt. Mir fällt ein: Das hast du auch nicht. Nicht auf diese Art und Weise.

Ich trete hinter der Bar hervor und will zu Riley gehen, denn ich muss mit ihm reden. Ich muss das beenden, ein für alle Mal. Doch bevor ich an ihn rankomme, ext du dein Glas, schiebst es von dir über den Tresen, drehst dich zu mir um, packst meinen Unterarm und verschwindest mit mir in die Menge. Ich schaue noch zu Riley zurück, aber alles, was ich von ihm sehe, sind seine blonden Strähnen.

Du bist zurück, Mason, und zwar heftiger als jemals zuvor.

Du ziehst mich einfach zwischen die tanzenden Leute, und sogar hier machen dir alle Platz, nur wegen deiner Aura. Aus den Boxen dröhnt THE XX, als du mich packst, hart an deinen Körper ziehst und ich keuchend ausatme. Du greifst grob nach meinem Kinn und deine Lippen sind direkt an meinen, als du deutlich sagst: »Ich habe beschlossen, dass ich dich doch nicht aufgeben werde, Emilia!« Dann küsst du mich. Deine Finger bohren sich in meinen Hintern und du hältst mich so fest, dass ich kaum atmen kann, aber gleichzeitig das erste Mal seit Langem wieder Luft kriege. Das ist der beste Kuss, den ich je in meinem Leben bekommen habe, und das schließt alle deine Küsse mit ein. Du bist so anders, Mason, als würdest du mir jetzt erst deine Bestie vorstellen. Als hättest du ihr jetzt erst die Ketten abgelegt und sie zu hundert Prozent freigelassen. Deine Zunge dringt in meinen Mund und du presst dein Becken fest an mich. Ich liebe deinen Geschmack, ich liebe es, wie deine Hand nach oben gleitet und fest in meinen Nacken greift, in meine Haare, wie du sie packst und mich noch enger an dich ziehst.

Das war es, Mason, ich werde dich nie wieder loslassen. Egal wie oft du mich gehen lässt oder sonst was für eine Scheiße baust. Ich kann das nicht noch mal. Die Sehnsucht hat mich fast aufgefressen, das merke ich erst jetzt.

Du ziehst meinen Kopf an meinen Haaren zurück und siehst mich an. »Oder soll ich mich von dir fernhalten?«

»*Was, nein!*«, rufe ich und stelle mich auf die Zehenspitzen. Ich habe alles um mich herum ausgeblendet, da bist nur du. Die flackernden Lichter tanzen über unsere verschlungenen Körper, und goldenes Glitzerkonfetti fällt wie immer einmal pro Stunde von der Decke. Ich bin nah an deinen Körper gepresst und du drehst mich in deinen Armen, sodass mein Rücken deine Brust berührt. Deine Hand liegt auf meinem Bauch, die andere an meinem Dekolleté. Du hältst mich fest, während deine Lippen über meinen Hals geistern und ich meinen Hinterkopf an deine Schulter lehne.

Fuck, Mason!

Ich greife mit meinen Armen nach hinten und vergrabe die Finger in deinem Haar. Du bist mir so nah, und das, nachdem ich dachte, ich würde dich nie wieder spüren.

Mein Herz rast ununterbrochen. Seitdem ich dich gesehen habe, hat es nicht mehr im normalen Rhythmus geschlagen. Ich spüre deinen heißen Atem an meinem Hals. Das Lied wechselt zu unserem Song und ich bin ein wenig atemlos, aber das bin ich *auch* schon, seitdem ich dich heute wieder gesehen habe.

Scheiße, Mason, wird das je aufhören?

Deine Hand fährt zu meiner Kehle. Du kannst meinen Hals einmal komplett umfassen und ich schlucke. Du stöhnst mir heiser ins Ohr, als ich meinen Hintern an dich drücke. Dein Zeigefinger fährt weiter hoch, über mein Kinn und meine Unterlippe, bevor du sie ein bisschen nach unten ziehst. Jetzt entkommt *mir* ein Stöhnen, als du dein Becken an mich presst, und ich fühle, was ich zu lange nicht mehr gefühlt habe. Ich brauche dich so sehr. Du lässt deine Hand wieder nach unten gleiten, bis zu meiner Taille, umfängst sie grob und wirbelst mich herum. Ich habe den Kopf zurückgelegt, um dich anschauen zu können, und du siehst zu mir runter. Dann ziehst du etwas aus deiner hinteren Hosentasche und blickst mich fragend an.

Die blauen Scheinwerfer tanzen über dein verheerend schönes Gesicht und ich sehe nach unten, als du den Zeigefinger hebst. Eine kleine, runde Pille liegt auf deiner Fingerspitze. Ich vertraue dir so sehr, dass ich nicht mal nachfrage, sondern nur den Mund öffne, damit du mir die Pille auf die Zungenspitze legst. Als ich ohne Wasser schlucke, siehst du mich an und lachst erstaunt auf. Weißt du denn nicht, dass ich alles für dich tue? Alles für dich tun würde? Immer?

Du schnippst dir selbst eine Pille in den Mund. Dann packst du mein Gesicht und küsst mich, während wir tanzen und uns völlig in unserer Dunkelheit verlieren.

29. In unserer Dunkelheit,

Mason

Emilia

Die Farben werden immer intensiver und alles fängt an zu strahlen und zu glitzern, und verdammt, dein Gesicht war noch nie schöner. Ich habe dich noch nie mehr gewollt. Du hebst eine Braue, als du das Verlangen in meinem Blick siehst, und nimmst meine Hand, bevor du mich durch die Menge ziehst und dir deine Lederjacke schnappst. Riley ist weg und ich kann nicht näher darauf eingehen, weil ich viel zu high und glücklich bin, um darüber nachzudenken.

Eiskalte Luft schlägt mir draußen ins Gesicht, aber in mir tanzt Hitze. Ich stolpere über meine eigenen Füße und du fängst mich auf. So, wie du derjenige bist, der mich immer wieder in den Abgrund schubst, bist du doch im Endeffekt derjenige, der mich wieder auffängt.

»Vorsicht, Baby«, warnst du mich und drückst mich gegen die Wand, wo du mich kurz küsst, dann ziehst du mich weiter. Es nieselt und ich habe keine Ahnung, wem das Auto gehört – ein weißer Mustang –, das etwas abseits steht, aber du presst mich auf die Motorhaube. Regen benetzt mein Gesicht. Ich fahre mit meinen Fingern in dein Haar. Es ist ein irres Gefühl, alles ist so unsagbar intensiv, deine Lippen an meinem Hals, deine Hand, die meinen Body nach oben reißt, sodass er unten aufspringt, und darunter greift. Du packst meine Brust. Dabei ist es dir scheißegal, dass Leute vorbeilaufen, mir aber auch. Ich brauche dich. Jetzt. Sofort. Meine Hände gleiten an dir herab und ich öffne deinen Gürtel. Gott, ich kann es nicht erwarten. Du küsst mich, bis ich nicht mehr atmen kann und reißt meine Hose auf, bevor du sie an meinen Beinen nach unten zerrst, während du aufstöhnst, weil ich deinen Schwanz umfasse. Das kühle Metall des Autos presst sich an meinen Hintern und dein warmer Körper an meine Vorderseite. Du schiebst mein Höschen zur Seite und bist mit einem Ruck in mir, während du mein Knie hochziehst. Du stößt hart in mich und tief. Ich stöhne jedes Mal, wenn du ganz in mich eindringst.

Es ist der Himmel, dich nach all der Zeit zu spüren, besonders auf solch einem Level der Lust, wie ich es noch nie empfunden habe.

»Fuck, Emilia!« Du stöhnst und verharrst ganz tief in mir. Ich weiß, dass du damit kämpfst, nicht zu kommen. Ich liebe das und streiche mit meinen Fingerspitzen durch dein Haar, umfasse dein Gesicht und ziehe dich zu mir herunter. Dann schiebst du dich aus mir und drückst dich erneut in mich. Hart.

Wir können es nicht mehr aufhalten, auch wenn wir es wollen; wir haben keine Chance und explodieren beide.

***

Mason, du bist irre. Du fährst Auto und ich blase dir einen. Ich weiß nicht, wie das zustande gekommen ist. Aber als wir uns auf den Weg gemacht haben, hast du meinen Kopf runtergedrückt. Natürlich hatte ich nichts dagegen. Jetzt spüre ich, dass du jede Minute in meinen Mund kommst. Es ist so *verantwortungslos*, was du gerade tust. Wir sollten nicht in diesem Auto sitzen, sondern in einem Taxi, aber ich kann nicht mal wirklich darüber nachdenken, was richtig und falsch ist, weil ich so verdammt drauf bin. Und schon wieder total heiß, denn deinen Schwanz im Mund zu haben würde keine Frau kalt lassen. Du kommst tief in meinem Rachen und ich schlucke alles stöhnend. Dann stöhnst *du*, dann *ich* wieder und dann machst du eine Vollbremsung, weil wir vor eurem Haus angekommen sind. Der weiße Mustang gehört übrigens dir, Mason. Keine Ahnung, woher du ihn hast, aber das ist jetzt egal.

Ich will aussteigen, was gar nicht so leicht ist, irgendwie. Während ich kichere, reißt du schon meine Tür auf und ziehst mich raus. In eurem Haus geht ein Licht an. Du schmeißt mich über deine Schulter, weil ich nicht mehr laufen kann, und ich lache wie blöd, als du mich durch den Garten trägst und zur Hintertür rennst.

Ich winke breit grinsend deinem Vater, der am Fenster steht. Er lässt genervt die Jalousien runter.

Wir schaffen es gerade so in deinen Keller. Du setzt mich auf die Anrichte der Küchenzeile, die gleich neben der Tür ist, und zerrst mir die Hosen vom Leib. Und dann ist dein Gesicht zwischen meinen Beinen und mein Höschen weg. Das finde ich übrigens nie wieder, das weiß ich jetzt schon. Ich greife mit einer Hand nach deinem Kopf und lasse meinen nach hinten fallen, wobei ich mich am Küchenschrank anhaue, aber es ist mir egal, denn ich spüre keinen Schmerz. Ich hebe dir mein Becken entgegen, während deine Zunge gierig ihre Kreise dreht und du zwei Finger in mich schiebst. Keuchend stütze ich einen Fuß auf deine Schulter. Du stöhnst direkt an mir, als ich mich um deine Finger herum zusammenziehe. Als du mir den Body über den Kopf reißt und meinen BH aufschnippst, merke ich, dass du wieder hart bist, Mason. Du drängst dich wieder in mich. Ich kann mich nicht zurückhalten und schreie auf, weil es sich so unsagbar gut anfühlt. Wir schwitzen, wir stöhnen und ich nestle am Saum deines Pullovers rum, um ihn dir über den Kopf zu ziehen. Dein Tanktop folgt. Endlich sehe ich wieder deinen prächtigen tätowierten Oberkörper. Ich komme bei diesem Anblick sofort – intensiver als zuvor. Du explodierst kurz nach mir und wir atmen ein paar Minuten einfach nur hektisch und versuchen, unsere Lungen mit Luft zu füllen.

Dann packst du mich fester, trägst mich ins Schlafzimmer und legst mich auf dein Bett. Anschließend stellst du dich wieder auf und deine Augen scannen jeden einzelnen Zentimeter meines Körpers, während ich mich ungeduldig hin und her winde. Meine Beine sind angewinkelt und du spreizt sie, bevor du dich dazwischen kniest und dich selbst umfängst. Der Mond scheint in deinen Keller und taucht alles in ein weißes, reines Licht. Über deinen Körper tanzen Schatten, während du mich mit schief gelegtem Kopf ansiehst und sagst: »Mach es dir!«

Unter deiner Hand wirst du wieder hart und ich stöhne auf. Ohne zu zögern, fasse ich zwischen meine Beine. Ich bin sowieso noch feucht und ich glaube, es wird nie wieder aufhören.

Was hast du nur mit mir gemacht, Mason?

»Fuck, Emilia«, knurrst du. Ich sehe, dass du schon wieder kurz davor bist, zu explodieren. Die Lust schießt in mir hoch, als ich sie in deinen Augen sehe. In deinen düsteren Augen. Du kommst einfach auf meinem Körper, ohne irgendwas zu sagen, und ich explodiere auch. Schon wieder. Was zum Teufel hast du mir da gegeben? Ich hab ununterbrochen Lust auf dich und es wird nie wieder aufhören, so kommt es mir zumindest vor.

Du lässt dich neben mich in die Laken fallen. Wir atmen schwer und sind total schweißüberströmt. Ich schaue dich von der Seite an und du schaust zurück in meine Augen. Da ist keine Reue mehr oder gar ein Gewissen.

»Ich werde dich jetzt fesseln, Emilia. Und ich weiß nicht, ob ich dich je wieder losmachen werde«, sagst du ganz nüchtern.

Ich antworte: »Okay!« Und Mason, ich liebe es, dass dein Monster zurück ist, weil ich dich auch oder eher vor allem *aufgrund* deiner dunklen Seiten so sehr begehre. Ich will mich zu dir rüberbeugen und dich küssen, aber du schiebst mich zurück und schwingst dich aus dem Bett. Du bist schon wieder hart, ich sehe es im Mondlicht. Mason, das ist ein bisschen wahnsinnig. Was hat diese Pille mit unseren Körpern gemacht? Oder sind das einfach nur wir und nicht die Droge?

Ich glaube, es gibt keinen besseren Ausblick als deinen tätowierten Körper, wie du dich selbstsicher vor mir bewegst und dir einen Joint anmachst. Dann holst du aus deiner kleinen Kammer des Schreckens, zu der ich keinen Zutritt habe, ein paar deiner Seile und schlenderst mit der Tüte im Mund auf mich zu. Du schiebst sie mir zwischen die Lippen und nickst in Richtung meines Armes. Ich zögere kurz wegen meiner Handgelenke, aber du ziehst eine Augenbraue hoch und ich strecke meinen Arm in deine Richtung. Du schlingst das Seil um meinen Unterarm, nicht um mein Gelenk, und befestigst es dann am Metallrahmen deines Bettes. Anschließend nimmst du mir die Tüte wieder ab und schlenderst in aller Ruhe um das Bett herum, wo du meinen anderen Arm befestigst. Dann stehst du da und starrst mich an. Ich halte den Atem an. Dein Blick ist so intensiv und meine gesamte Haut kribbelt, weil ich ihn so sehr vermisst habe.

Du ziehst an der Tüte und stößt den Rauch an die Decke, bevor du sie in den Aschenbecher legst, zu mir aufs Bett kommst und dich einfach über mich legst. Deine Unterarme sind neben meinen Brüsten auf der Matratze abgestützt und dein warmer, harter

Körper drückt sich unmittelbar auf meinen. Ich spüre dein gesamtes Gewicht, während ich zittrig einatme. Dir wieder so nahe zu sein, ist, als würde man neben einem radioaktiven Reaktor stehen und die giftige Strahlung sich durch die Zellen bis in den inneren Kern fressen.

»Ich habe es versucht, Emilia«, sagst du rau und dein Atem streift meine Wange. Deine Augen sind meinen so nahe und ich sehe in deine geweiteten Pupillen, sehe direkt in den Wahnsinn, der darin tanzt, und weiß, dass es bei mir nicht anders ist, aber du es liebst.

»Was?«, hauche ich und du stemmst dich etwas hoch, um mich besser ansehen zu können.

»Ich habe mir fest vorgenommen, dich in Ruhe zu lassen, dich nicht anzurufen, dich nicht wieder einzufangen. Aber als ich weg war, bin ich halb wahnsinnig geworden, wenn ich mir vorgestellt habe, dass du ihn fickst. Und mit ihm lachst. Und sein bist. Ich weiß, ich bin nicht gut für dich …« Deine Lippen streifen kurz meine, als du den Kopf senkst und direkt an ihnen weiterflüsterst: »Aber es ist mir egal. Endgültig. Ich brauche dich und du brauchst mein Monster und ich kann dich nicht einfach einem anderen überlassen. Ich bin zu egoistisch.«

Ich will dir durch das Haar streichen, aber ich kann nicht, weil du mich festgebunden hast und ich so hilflos unter dir liege. Also hebe ich mein Becken und presse mich dir verlangend entgegen, worauf du kurz die Hüften vorschiebst und tief in mich eintauchst, was mich stöhnen lässt. Als du dich wieder zurückziehst, würde ich am liebsten schreien, denn du hast mir lediglich etwas zu kosten gegeben.

Du streichst mit deiner Nasenspitze über meinen Kiefer und hauchst: »Erträgst du das, Emilia? Bis zum Ende deines Lebens?«

Mein Herz rast und hinter meinen Lidern tanzen bunte Pünktchen. Mein Atem stockt und mein Herz flimmert. Mir ist heiß, ich kann nicht klar denken.

»Schau mich an, Emilia.«

Meine Lider gleiten auf und ich starre direkt in deine eindringlichen, glühenden Augen.

»Kannst du das?«, fragst du noch einmal mit Nachdruck.

Und ich wispere heiser, mit Blick auf deine schönen, geschwungenen Lippen: »Immer.«

Dann hebe ich dir wieder mein Becken entgegen und du kommst meiner stummen Bitte nach und presst dich ein weiteres Mal tief und lange in mich, ohne dich zu bewegen. Deine Lider sind halb geschlossen und du beugst deinen Kopf herunter, sodass deine Lippen an meinem Ohr liegen. Mit einem Mal ziehst du dich wieder aus mir heraus und fragst mich rau: »Hast du mit ihm gefickt, als ich weg war?«

Ich schüttle den Kopf, rüttle an meinen Seilen, winde meinen Körper unter dir, denn ich will dich fühlen, Mason. Du lachst leise in mein Ohr.

»Braves Mädchen«, sagst du und dann gibst du endlich nach. Ich komme fast im selben Moment, als du hart in mich stößt.

Du fickst mich durch meinen Orgasmus und nimmst dann meine Waden, die du über deine Schultern streckst. Mit einer Hand packst du mich am Arsch und ziehst mich dir entgegen, mit der anderen hältst du meinen Knöchel fest.

Ich schaue zu dir auf. Du kniest zwischen mir wie ein Gott. Deine Hände liegen auf meinen Beinen und du drehst den Kopf zur Seite und streichst mit deiner Nasenspitze über meine Wade, ziehst meinen Duft ein. Ich bin so froh, dass ich heute nach dem Duschen meine Pfirsichlotion verwendet habe. Kurz darauf frage ich mich, wie ich jetzt auf so was komme. Dann muss ich grinsen, weil alles so heiß und lustig ist.

Deine Nase fährt immer noch über meine Haut und deine Augen blicken zu mir rüber. Du hebst eine deiner Brauen und ich schließe schnell den Mund, als du mit einem harten Stoß erneut in mir versinkst.

Fuck.

Jetzt spüre ich dich so tief, dass es mich fast zerreißt. Ich wimmere und stöhne und schreie deinen Namen, und du liebst das.

Dein Kopf fällt nach hinten und *ich* liebe es, wie du dich mir und deiner Lust hingibst. Beobachte dich dabei, wie du mich festhältst, wie du deine Hüften bewegst und dein Bizeps sich immer wieder anspannt, genau wie deine Bauchmuskeln. Der Schweiß schimmert auf deiner gebräunten, tätowierten Haut und dein Adamsapfel ragt leicht hervor. Du bist das Heißeste, was es auf dieser Welt gibt, Mason Rush.

Ich spüre selbst, wie die Hitze mich einnimmt und wie schweißüberströmt ich bin, dass meine Haare überall kleben und ich nur schwer atmen kann. Meine Lungen brennen und mein Herz wird jeden Moment aufgeben, weil es zu schnell rast. *Das* kannst nur du mit mir machen – auch ohne Drogen.

Auf einmal schaust du mich wieder an und packst mich fester. Deine Augen wandern über meinen Körper, wie meine zuvor über deinen. Über meine verschwitzte Haut und meine wippenden Brüste und dorthin, wo wir uns vereinen.

»Fuck«, entkommt dir, als du dahin siehst. Ich stöhne und ziehe mich um dich herum zusammen, weswegen ich dich noch intensiver spüre.

Tief hältst du dich in mich gedrückt und lässt den Kopf nach vorn sinken, sodass dein feuchtes Haar dir in die Stirn fällt. Ich zucke unkontrolliert um dich herum, als du innehältst und in mir kommst.

Fuck.

Wir werden uns noch totficken. Doch es ist der beste Tod, den ich mir vorstellen kann.

30. Ein paar Regeln für dich, Mason

Emilia

Alles tut mir weh, als ich aufwache, und ich versuche stöhnend, mich auszustrecken. Mein Kopf pocht, als hätte ich eine Woche ohne Schlaf verbracht, und meine Beine sind wie Pudding. Ich habe Muskelkater an Stellen, von denen ich noch nicht mal wusste, dass dort Muskeln existieren, und mein Hals ist furchtbar trocken. Außerdem stehe ich kurz vor dem Hungertod.

Blinzelnd und stöhnend öffne ich die Augen, dein

Arm liegt fest um meinen Bauch und mein Herz macht einen Extrasprung. Ich habe das alles nicht geträumt. Du bist hier bei mir. Wir sind in unserem Keller und meine Augen kämpfen gegen die Dunkelheit.

Dunkelheit?

Müsste es nicht früher Morgen sein?

Ich bin verwirrt und greife nach deinem Handy, was auf dem Boden liegt. Mason, es ist drei Uhr in der Nacht! Wir sind vor vierundzwanzig Stunden in unserem Keller angekommen und haben bis in den Mittag Sex gehabt. Dann haben wir fast zwölf Stunden geschlafen!

Das ist irre!

Ich rege mich etwas mehr in deinen Armen, lasse dein Handy, das gefühlte tausend Benachrichtigungen anzeigt, wieder fallen und will mich umdrehen, aber du hältst mich so fest, dass ich nicht kann. Dein heißer Atem bricht sich in meinem Nacken und dein warmer, harter Körper presst sich an meinen Rücken. Ich fühle mich das erste Mal seit einer Ewigkeit am richtigen Ort und in Sicherheit, hier in deinen starken Armen.

Ich bin nicht mehr gefesselt, was gut ist, denn ich muss dringend auf die Toilette. Das habe ich in den letzten Stunden nicht einmal bemerkt. Also rutsche ich herum und du grummelst angepisst, besonders als ich deinen Arm hochheben will und du dich noch fester in mich krallst.

»Was wird das, Emilia?«, fragst du mich total verpennt und genervt in einem. »Ich hab gesagt, du bleibst hier.«

»Mason, ich pinkel gleich dein Bett voll, wenn ich hierbleibe!«

Mit einem genervten Stöhnen drehst du dich auf den Rücken und ich springe auf und sprinte ins Bad. Dein verschlafenes Lachen folgt mir. Als ich wiederkomme, sitzt du schon aufrecht in deinem Bett, checkst dein Handy und trägst Boxershorts. Leider.

Deine Augen finden mich sofort, obwohl nur der Mond hereinscheint. Ich würde so gern wissen, was alles auf deinem Handy los ist nach der letzten Woche, Mason.

Hast *du* denn mit irgendjemand anderem geschlafen? Was für eine dumme Frage. Du bist Mason Rush, du schläfst immer mit irgendwem. Du kannst gar nicht anders.

Ich greife nach deinem Tanktop, was im Flur liegt, weil ich es dir gestern vom Körper gerissen habe, und ziehe es mir über, dann sehe ich dich wieder an.

»Was?«, fragst du warnend mit funkelnden Augen.

Ich schlucke, denn ich merke, dass du so anders bist. Es ist ein bisschen mehr so wie am Anfang, als du so unberechenbar warst und ich nie wusste, was für eine Strafe ich als Nächstes von dir zu erwarten habe.

Trotzdem sage ich: »Wie viele waren es?« Deine Augen funkeln noch ein bisschen mehr.

»Was denn, Emilia?« Du siehst mich provokant an und ich nähere mich dir, obwohl es ein bisschen so ist, als würde man sich einer schlafenden Bestie nähern.

Aufmerksam beobachtest du mich, wie ich nur in deinem Tanktop auf das Bett steige und ein Bein über deine Oberschenkel schwinge, sodass ich darauf sitze und deine Beine zwischen mir sind.

»Frauen«, zicke ich los. »Vaginas! Pussys! Sex! Du weißt ganz genau, was ich meine.«

Du legst den Kopf schief, streckst die Hand aus und hebst das Tanktop mit dem Zeigefinger an, sodass du Aussicht auf das hast, was dir gehört.

»Mason, jetzt nicht!« Ich schlage dir auf die Finger und dein Blick wird hart. Eine deiner Brauen fährt in die Höhe, bevor du mir das schwarze Stück Stoff vom Körper reißt und es wegwirfst. Ich zucke zusammen und sitze mit einem Mal ganz nackt und schutzlos auf dir.

Automatisch will ich mich bedecken und du knurrst: »Wage es ja nicht, die Hände zu heben, Emilia! Du willst also wissen, ob ich eine andere gefickt habe? Was denkst du denn?«

Ich schnaube. »Natürlich hast du das, du bist Mason Rush!«

Träge schaust du mich an und fährst mit deinem Zeigefinger die Konturen meiner Brüste nach. Ich bekomme eine Gänsehaut, während sich meine Nippel aufstellen, die du aber völlig ignorierst.

»Ich habe viele schlimme Dinge getan, als ich weg war. Das tue ich immer. Aber ich war in keiner anderen.« Dabei siehst du mir direkt in die Augen.

»Was?«, frage ich, weil ich denke, mich verhört zu haben. »Eine Woche ohne Sex? *Du?*«

Du lächelst leicht. »Eine Woche ohne dich? Ja.«

Ungläubig starre ich dich an, während mein Herzschlag sich wieder beschleunigt. Du richtest dich auf, schlingst deine Arme um mich und ziehst mich eng an dich.

»Es sind nur noch wir beide, Baby. Und ich will, dass du bis heute Abend wieder diesen Scheißring an deinem Finger hast. Verstanden?«

Ich bin ein wenig atemlos und hauche: »Okay«, bevor du mich herumwirbelst. Kurz darauf schmerzt mein Körper noch mehr.

* * *

Wir sehen aus wie zwei Zombies nach der Apokalypse, als wir gegen sieben Uhr am Morgen aus unserem Keller trotten und ans Tageslicht schlurfen – die Augen wegen der Helligkeit zusammengekniffen. Du trägst eine Trainingshose und sonst nichts. Ich habe nur ein Shirt von dir an und verschwinde schnell nach oben, um mir noch Leggins drunter zu ziehen, denn es ist zu kurz, um damit mit deinen Eltern an einem Esstisch zu sitzen. Die übrigens schon wach sind, da ja normale Menschen Montagmorgen arbeiten. Als ich runterkomme, sitzt du am Frühstückstisch, den deine verschlafene Mutter gerade deckt. Sie scheint nicht überrascht, dass du wieder da bist, vor allem, da ich mich dumpf daran erinnere, dass dein Dad am Fenster stand, als du mich rennend ins Haus getragen hast, und ich ihm wie ein Dämlack gewunken habe. Oh Gott, ich bin so peinlich.

Ich bin knallrot, noch bevor ich ihm ins Gesicht sehe. Er ist an seinem üblichen Platz, trägt noch seine Schlafsachen und hält eine Tasse mit Kaffee. Seine müden Augen sind auf dich gerichtet und du hebst die Schultern.

»Was ist?«

Kopfschüttelnd sieht er wieder auf sein Tablet. Wahrscheinlich muss er erst seinen Kaffee trinken, bevor er sich mit dir befasst.

»Setz dich, Emilia«, sagt Olivia, obwohl sie mich noch nicht gesehen haben kann, denn sie steht mit dem Rücken zu mir und macht French Toast.

Ich setze mich schnell neben dich und rutsche auf dem Stuhl rum, weil mein Arsch so wehtut und ich unsagbar wund bin. Fuck, Mason.

Du grinst ein bisschen, weil du ein Sadist bist.

Und ich weiß, dass du mich in den nächsten Stunden immer wieder vögeln wirst, bis ich es nicht mehr ertrage – vielleicht sogar dann noch.

Olivia setzt sich mit den French Toasts an den Tisch. Die Hunde, Mason, sitzen links und rechts von dir und warten wie immer, dass dir was runterfällt.

Wir beide stürzen uns wie Verhungernde auf unser Essen, schließlich waren wir auch am Verhungern. So viel Sex verbrennt mehr Kalorien, als ich mir in einer Woche anfuttern kann.

Keaton ist mit seinem ersten Kaffee fertig und stellt die leere Tasse lautstark ab, sodass wir zusammenzucken.

»Du beehrst uns also auch mal wieder mit deiner Anwesenheit, Scheißkröte?«, fragt er trocken.

Du kaust gerade und schaust ihn an, als würdest du sagen wollen: *Ist das nicht offensichtlich?*

»Du solltest letzte Woche mit deinem neuen Job anfangen, Mason«, fährt er fort und ich streiche extrem viel Marmelade auf meinen Toast, weil ich so gebannt zwischen euch hin und her schaue, genau wie deine Mom.

Ohne den Blickkontakt zu deinem Dad zu brechen, neigst du deinen Kopf in meine Richtung und sagst: »Vorsicht, Baby, du tropfst.« Ich weiß nicht, ob du die Marmelade meinst oder das Klima zwischen meinen

Beinen, aber ich verschlucke mich an meiner eigenen Spucke und huste los.

Olivia reicht mir, ohne euch beide aus den Augen zu lassen, den Orangensaft, den ich nehme und mir ein Glas einschenke.

»Ich war aber nicht da«, sagst du locker. Etwas an der Art, wie du redest und wie du dasitzt, hat sich verändert, Mason. Das fällt nicht nur mir auf. Es ist, als wärst du noch abgefuckter und härter, wenn das möglich ist.

»Das nächste Mal, wenn du einfach verschwindest, obwohl du deiner Verantwortung nachgehen müsstest, wirst du dieses Haus nicht mehr betreten. Ich hab die Schnauze voll, Mason.«

Daran, dass Olivia nicht mal ihren Blick hebt oder etwas zu ihrem Mann sagt, weiß ich, dass es mit ihr abgesprochen ist. Du merkst es wohl auch, denn du erwiderst: »Was auch immer.«

»Das war Punkt Nummer eins. Punkt Nummer zwei: Du solltest wieder in dein Apartment ziehen, es steht leer«, fährt Keaton fort. »Und Punkt Nummer drei!« Jetzt sieht er mich an, Mason, und ich war gerade dabei, meinen Toast an den Mund zu heben, aber ich lasse ihn langsam wieder sinken und sehe Keaton zurückgelehnt und mit großen Augen an. »Ja, du!«

Stumm zeige ich mit dem Finger und einer fragend erhobenen Braue auf meine Brust.

Dein Dad nickt zustimmend und ich schlucke. »Du hast dich jetzt anscheinend endlich für jemanden entschieden, Emilia. Daher wirst du dich von Riley fernhalten. Keine Hoffnungen mehr, keine Verabredungen, keine Küsse, kein Pärchenscheiß. Denn ansonsten wird er nie von dir frei sein.« Scheiße. Er hat so recht. Ich fühle mich miserabel, wenn ich an Riley denke.

»Ich rede heute noch mit ihm«, sage ich kleinlaut. Du legst deine Hand auf meinen Oberschenkel und drückst ihn leicht. Obwohl du mich trösten willst, ist dein Griff ein bisschen zu fest und ich sehe, wie deine Kiefermuskeln spielen.

»War's das dann, Dad?«, bellst du angepisst.

»Nein«, sagt er hart. »Punkt Nummer vier: ihr zwei!« Er deutet mit zwei Fingern auf uns, während Olivia in aller Ruhe ihren Toast isst. »Seid ihr jetzt zusammen?«

Wortlos packst du meinen Unterarm und donnerst meine linke Hand auf den Tisch, an dem dein Ring wieder glänzt. Natürlich habe ich ihn niemals entsorgt, er war die ganze Zeit in meiner Geldbörse.

»Gut«, ruft Keaton. »Ich will kein Drama mehr in diesem Haus. Kein Hin und Her. Keinen Betrug. Keine Lügen. Keine Drogen. Keine Spielchen. Ich dachte nicht, dass ich das zwei erwachsenen Personen noch erklären muss. Aber gut, dafür bin ich ja anscheinend hier. Kriegt euer Leben in den Griff oder ich tue es für euch und ihr könnt gerne Olivia fragen, wie das dann aussieht.« Mason, du verziehst dein Gesicht und deine Mom lächelt in sich hinein. »Nun denn. *Du!*« Er deutet auf mich, Mason. »Beendest gefälligst dein Studium und suchst dir einen gottverdammten Job, du kannst dich auch selbstständig machen! Ich hab da schon einen Laden in Aussicht, aber du musst das Studium beenden und bestehen, *verstanden*? Und wenn der Penner da dir den Stoff reinvögelt. Du wirst bestehen!«

Ich schlucke und du lächelst breit. »Die Idee gefällt mir, Dad.«

Er verdreht angewidert die Augen und seine Frau tätschelt ihm mitleidig den Arm. »Wir gehen dann einfach zwei Wochen in die Karibik, Keaton, okay?«

»Eher zwei Jahre«, brummt er, aber er ist noch nicht fertig, denn er visiert jetzt dich an. »*Du!*«

»Ja?«

»Hörst auf damit, zu dealen und andere krumme Dinger zu drehen, Mason. Du wirst ab sofort jeden Tag mit deiner Mom ins Büro fahren und all deine kriminellen, abgefuckten Energien da reinstecken. Und wenn die Zeit reif ist, hole ich dich zurück zum FBI. Das ist der Plan. Jemand ein Problem damit?«

Niemand würde es wagen, ein Wort zu sagen, außer dir.

»Was soll ich denn in dem Fickschuppen?«, fragst du genervt und ich sehe dich mit erhobenen

Augenbrauen an. Ich dachte, Olivia wäre Innenarchitektin. Aber von was, war mir bis jetzt anscheinend nicht klar.

»Was?«, frage ich.

»Mom macht diese Sexclubsache mit Tante Amber, frag sie doch selber!«

»Amber ist raus«, sagt dein Vater. »Du bist drin. Und du bist nicht mit deiner Mutter dort. Sie ist nur für die Einrichtung zuständig. Was anderes würde ich nicht erlauben!«

Du runzelst die Stirn, während mir immer übler wird. »Und was soll ich da machen?« Gott, Mason! Ein Sexsüchtiger in einem Sexclub. Das ist nicht gut.

»Du wirst die Teile leiten, du wirst die Mädchen einstellen und darauf achten, dass sie gut behandelt werden. Du wirst den Schuppen mit Kameras überwachen lassen, und wenn es ein Problem gibt, zur Stelle sein. Du wirst die fünf Clubs managen. Glaubst du, du schaffst das?«

In deinen Augen ist ein Funkeln, das mir gar nicht gefällt. »Das hört sich interessant an, Dad.«

»Dann geh runter und zieh dich an! Du startest in einer Dreiviertelstunde. Und du, Emilia, zieh dich auch an. Du gehst in die Uni! Deine erste Vorlesung ist um zehn!«

* * *

Ich bin oben in meinem Bad, Mason, und würde am liebsten wieder ins Bett kriechen und mir die Decke über den Kopf ziehen, weil ich so fertig bin und immer noch so schlimme Schmerzen habe. Als ich unter der Dusche stehe und das Wasser über meinen wunden Körper laufen lasse, bin ich immer noch ziemlich schockiert. Was macht deine Mom? Sie richtet Sexclubs ein? Und was hat dein Dad damit zu tun? Gehören ihm die Teile? Ich dachte immer, dein Vater wäre der absolute Saubermann und hätte keinen Dreck am Stecken, aber da tun sich wohl wahre Abgründe auf. Wie so oft bei euch Rushs. Und du sollst jetzt *was* machen? Hat dein Vater was davon gesagt, dass du Mädchen einarbeiten sollst?

Wie sollst du die einarbeiten?

Mein Herz beginnt zu rasen, als lauter ungebetene Bilder meinen Kopf fluten, wie du sie einarbeitest. Das gefällt mir nicht, Mason. Das zwischen uns ist noch so zerbrechlich und nicht stark genug, um eine weitere Krise zu überstehen. Es reicht jetzt! Ja, ich sollte dir vertrauen, aber ich kenne dich und ich weiß nicht, ob du einer Versuchung, die sich dir ganz offen anbietet, widerstehen kannst.

Du musstest einmal widerstehen und hast es nicht geschafft. Damals im Strandhaus. Wie willst du es jetzt schaffen? Was unterscheidet uns beide jetzt von damals, außer dass wir verlobt sind? Aber das ist auch nur ein Ring an meinem Finger und ändert nichts an unserem Inneren.

Ich kann an nichts anderes denken als an gesichtslose Schönheiten, die für dich tanzen und dir schöne Augen machen, während sie dir einen Sherry einschenken. Und wie weibliche Hände mit rot lackierten Fingernägeln von hinten deine Brust herabstreichen, bis zu deinem Schritt und deinen Gürtel öffnen.

Scheiße!

Als ich fertig bin, rubbel ich mich aggressiv trocken und schlinge das Handtuch um meinen Körper. Ich bin so sauer, Mason, als *hättest* du mich bereits betrogen.

Wütend reiße ich die Tür auf und marschiere in mein Zimmer, bleibe aber wie erstarrt stehen, als ich dich bereits auf meinem Bett liegen sehe, nach hinten auf die Ellbogen gelehnt und voll bekleidet. Schwarze Jeans, ein schwarzes, langärmliges Oberteil, das sich eng um deine Brustmuskeln schmiegt. Dein dunkles Haar liegt nach hinten an. Du hast genauso viel Action hinter dir wie ich, aber du siehst so ausgeruht und entspannt aus, als wärst du aus einem Hochglanzmagazin gestiegen.

Ich sehe dich an, so wie du mich, und wir wissen beide, was in uns vorgeht.

Ehe ich mich versehe, bewegen sich meine Beine auf dich zu. Ich klettere auf deinen Schoß, packe dein

Haar und küsse dich. Deine Hände reißen mir sofort das Handtuch vom Leib, aber ich schiebe dich an der Brust zurück, sodass du auf deinem Rücken landest, und stütze meine Knie links und rechts neben deinem Gesicht ab, sodass du direkt da bist, wo ich dich am meisten will. Und so, dass du einen wunderbaren Ausblick zwischen meine Beine hast. Du hebst die Augenbrauen und ich sehe die Gier in deinen Augen, als du den Zeigefinger hebst und hauchzart über meine wunde Mitte fährst. Ich zische und stöhne in einem.

»Ich hab jetzt auch ein paar Regeln für dich, Mason!«

Ich greife in dein Haar und ziehe deinen Kopf an mich, während ich mein Becken nach vorn schiebe, direkt deinen Lippen entgegen. Du stöhnst, als du mich schmeckst, und krallst deine Finger in meine Arschbacken.

Ich versuche, ruhig zu sprechen, obwohl du so unglaublich heiße Dinge mit deiner Zunge machst.

»Regel Nummer eins: Sollte ich jemals erfahren, dass du eine der Frauen dort angefasst oder auch nur falsch angesehen hast, werde *ich* dein Leben ficken, Mason Rush. Und zwar so, wie ich gerade dein Gesicht ficke.«

Ich kreise leicht mit meinem Becken, so, wie es mir guttut, und genieße wieder dein tiefes Stöhnen direkt an meiner empfindlichen Haut.

»Regel Nummer zwei: Du gehörst mir. Und ich teile meinen Scheiß nicht.« Ich spüre ein Lächeln an mir, weil dir klar sein dürfte, dass ich deine Worte benutze, und du brummst zustimmend. Deine Hand streicht an meinem Hintern entlang und dein Zeigefinger drückt leicht gegen meinen Hintereingang. Jetzt muss ich aufstöhnen und presse mich enger an deine Lippen.

Ich weiß nicht, wen ich gerade mehr foltere. Dich oder mich. Mit meinen Händen umfasse ich meine Brüste und lasse meinen Kopf zurückfallen, als ich spüre, dass ich gleich komme. »Regel Nummer drei«, hauche ich. »Du kommst nur noch mit mir. Dein Schwanz gehört mir. Deine Lippen gehören mir. Deine Finger gehören mir.« Ich dränge mich deinen Fingern entgegen und du schiebst einen leicht in mich. »Und vor allem gehört mir dein Herz.« Dann komme ich, und zwar laut und heftig, während du dabei tief und atemlos an meiner Mitte stöhnst.

So was, Mason, schaffe ich nur bei dir.

Und du lässt so was nur bei mir zu.

Als ich fertig bin, lasse ich mich neben dich aufs Bett fallen und muss ein wenig lachen, als ich dich ansehe.

»Scheiße, Emilia«, flüsterst du heiser, während du wild keuchend neben mir liegst und dein Ständer gegen deine Jeans drückt.

Mit einem Mal rollst du dich auf mich, voll angezogen, während ich völlig nackt bin, und stemmst dich auf deine ausgestreckten Arme. »Was soll ich nur mit dir tun, Emilia?«

»Befolge einfach meine Regeln, Mason.«

»Mason!«, donnert dein Vater, der anscheinend genau weiß, dass du hier oben bist und nicht in deinem Keller. Ich kichere, als du geschlagen den Kopf hängen lässt, und fahre dir durch das Haar.

»Heute Abend, Baby. Heb es dir auf für mich.«

Du knurrst unwillig, drückst noch mal dein Becken an mich, damit ich spüre, was du dir für mich aufhebst, und stößt dich dann ab, bevor du mit einer geschmeidigen Bewegung aufstehst und mich mit hochziehst.

Ich liebe mein Leben endlich wieder ein bisschen, Mason.

31. Immer nur du, Mason

Emilia

Wir stehen alle vier – wie Olivias so sehr gewünschte Zuckerwattefamilie – vor dem Haus und sind bereit, unseren täglichen Aufgaben nachzugehen.

Du wirst mit deiner Mom fahren und mir fällt jetzt erst auf, dass ich keine Ahnung habe, wie ich zur Uni kommen soll. Letzte Woche hat Riley mich gefahren. Er ist jeden Tag zum Frühstücken gekommen und wir sind dann zusammen losgezogen.

Aber ich glaube, ich komme ganz gut mit der Straßenbahn in die Stadt, überlege ich, während

Keaton sich knapp von uns verabschiedet, seiner Frau unter das Kinn tippt und sie lange genug, um dich zu reizen, Mason, auf die Lippen küsst. Sie ist ein bisschen atemlos, als er sie loslässt, und du gibst würgende Geräusche von dir.

»Okay, ich werde dann mal losgehen«, sage ich leichthin und hänge meine Tasche über die Schulter, die genauso wehtut wie alles andere an mir.

Ich drehe mich um, aber du greifst nach meinem Arm und wirbelst mich zu dir zurück. An deinem Finger baumelt bereits der Schlüssel deines neuen weißen Mustangs, von dem ich immer noch nicht weiß, woher du ihn hast, und es auch gar nicht wissen will.

»Glaubst du echt, ich lasse dich mit der Straßenbahn fahren?« Olivia verdreht die Augen und geht schon mal vor zu ihrem Jeep, während Keaton rückwärts aus der Einfahrt setzt.

»Ich soll mit deinem neuen Auto fahren?«, frage ich ungläubig.

»Ja? Ich muss mit Mom fahren, sonst würde ich dich selber bringen.«

Ich deute auf das weiße Schlachtschiff und meine Augen werden groß. »Du meinst den, oder?«

»Ja, Baby.« Du öffnest meine Hand, legst den Schlüssel hinein und schließt sie wieder. Dann küsst du meinen Ring. »Was mir gehört und so … Und antworte, wenn ich dir schreibe!« Damit gibst du mir einen Klaps auf den Arsch und gehst, ohne dich noch mal umzudrehen. Ich schaue zu, wie du deine Mom vom Fahrersitz scheuchst, weil du selbst fahren willst, sie aber eiskalt bleibt und mit dir schimpft, bis du dich mit verschränkten Armen neben sie setzt. Sie grinst mir zu und winkt, während ihr an mir vorbeifahrt und ich stehe immer noch da und halte den Schlüssel, so wie du ihn mir in die Hand gedrückt hast, als ihr schon weg seid.

Dann gleitet mein Blick zu diesem Riesenauto, das sicherlich 50.000 PS hat, und ich nähere mich ihm mit wildklopfendem Herzen. So, wie ich mich dir nähere, wenn ich nicht weiß, in welcher Stimmung du bist.

Ich tätschle die Motorhaube vorsichtig und versuche, nicht daran zu denken, was wir noch vor einem Tag darauf getan haben.

Dann steige ich langsam ein und der Geruch von Leder und neuem Wagen umfängt mich. Oh mein Gott, ich bin bis jetzt nur mit dem kleinen Auto gefahren, was Keaton mir gekauft hatte. Doch nach dem Unfall und meinem Umzug hierher hat er ihn verkauft. Ich war noch nie Fahrerin eines so großen, schnellen Monsters. Es ist ein bisschen wie du.

Zaghaft stecke ich den Schlüssel ins Zündschloss und drücke auf die Kupplung sowie die Bremse. Irgendwie komme ich gar nicht klar, weil ich beide Füße verwenden muss. Mein altes Auto und auch das, mit dem ich fahren gelernt habe, waren beide

Automatikwagen. Aber ich erinnere mich daran, wie du mir schon einmal erklärt hast, vor Urzeiten, wie man mit einem Schaltgetriebe fährt.

Ich lege den Rückwärtsgang ein, lasse die Kupplung zu schnell los und der Motor würgt ab. »Fuck«, flüstere ich. »Du killst mich.«

Das Ganze probiere ich noch ein paarmal. Jedes Mal stirbt er wieder ab, bis ich total genervt bin und eine rauchen muss, aber ich habe keine Zigaretten mehr.

Ich weiß nicht, was ich tun soll, also rufe ich dich an, so wie immer, wenn ich weder ein noch aus weiß.

Du nimmst gleich ab, als hättest du nur auf meinen Hilferuf gewartet: »Du musst die Kupplung langsam kommen lassen, Baby.«

Ich reiße die Augen auf. Stalkst du mich? »Woher weißt du das denn schon wieder? Ich könnte auch schon längst in der Uni sein und einfach so anrufen!«

Du lachst leise. »Du lässt immer alles zu schnell kommen, Emilia, *deswegen* weiß ich das!«

Deine Mutter stöhnt angeekelt. »Oh, Mason!«

»Aber ich habe sie langsam kommen lassen und er stirbt immer wieder ab. Gleich fahre ich mit der Straßenbahn!«

»Denk an die Waage, Baby. Linker Fuß langsam hoch, rechts langsam runter. Probiere es ein paarmal mit ausgeschaltetem Motor, wie ich es dir gezeigt habe. Erinnerst du dich noch?« Ich muss daran denken, *wie* du mir das genau beigebracht hast. Ich saß in deinem alten, schwarzen Mustang und du hattest deine Hand unter meinem Kleid. Deine Finger waren in mir, und immer, wenn ich einen Fehler gemacht habe, hast du sie zurückgezogen.

Du bleibst dran, bis auf einmal der brüllende Motor zum Leben erwacht und ich mich so erschrecke, dass er gleich wieder ausgeht.

»Emilia!« Du lachst. »Streng dich an.«

Ich tue es noch mal und diesmal schaffe ich es und du seufzt. »Mach ein Foto von dir hinter diesem Steuer.«

Ich verdrehe die Augen. »Okay. Bis später.«

Du legst auf und ich lege den Gang ein, atme tief durch und fahre los und ich brauche das Gaspedal nur leicht anzutippen und schieße förmlich nach vorn. Nach kurzer Zeit finde ich Gefallen daran und fange wie wild an, Autos auf der Landstraße zu überholen.

Oh mein Gott, Mason, ab jetzt darfst du nie wieder fahren, wenn wir irgendwohin wollen!

* * *

Ich habe noch eine Stunde Zeit, bis meine erste Vorlesung beginnt, und ich beschließe, zu tun, was ich schon lange hätte tun sollen. Keaton hat recht, ich muss Riley endlich nach all den Jahren gehen lassen. Und zwar ganz. Keine Anrufe mehr, wenn ich in

Problemen stecke. Erst mal keine Treffen mehr. Keine Ich-heule-mich-bei-dir-aus-Nachrichten-und-Telefonate mehr. Keine Ausflüge in Städte und in Süßwarenläden. Und zu Seen.

Ich parke auf zwei Parkplätzen der Tiefgarage, weil ich mit den Ausmaßen dieses Autos einfach noch nicht klarkomme und lieber sehr viel Platz zu allen Säulen lasse, bevor ich einen Kratzer in den Lack mache und unter der Erde ende.

Ich bin in der Kanzlei, in der Riley wieder arbeitet, seit er aus New York zurück nach Chicago gezogen ist, und fahre mit dem Aufzug, mit dem ich während unserer Beziehung sicher schon tausendmal in seiner Mittagspause hochgefahren bin, in den fünfzehnten Stock.

Ich will das nicht tun; ich will Riley nicht loslassen, weil er immer so was wie mein Anker war, mein sicherer Hafen. Aber ich sehe ein, dass es ihm gegenüber ungerecht wäre, so weiterzumachen wie bisher.

Je weiter mich der Fahrstuhl nach oben fährt, desto schneller klopft mein Herz. Am liebsten würde ich einfach auf den Stoppknopf drücken, hier drin bleiben und mich verkriechen. Mason, ich glaube nicht, dass du weißt, wie schwer mir das gerade fällt oder dass ich überhaupt hier bin, und ich glaube, du würdest mich töten, wenn du das wüsstest.

Ich will nicht sagen, was Riley und ich wissen. Ja, er ist mir wichtig, und nein, das werde ich vor dir niemals zugeben, und nein, das wird auch niemals aufhören. Egal wie intensiv und echt ich dich auch liebe.

Die Aufzugtüren gleiten viel zu schnell auf und ich sehe den Empfangstresen mit der wie immer total freundlichen Abigail dahinter.

Sie begrüßt mich ein wenig erstaunt, weil sie mich seit über drei Jahren nicht gesehen hat, und ich lächle sie an.

»Guten Morgen, ist Riley da?«

Sie ist immer noch ein bisschen verwirrt. »Ähm … ja, er hat gerade einen Termin, aber er müsste bald fertig sein. Wollen Sie kurz warten, Miss Sullivan?«

»Ja, klar.« Aber ich will nicht warten, Mason, weil jede Sekunde, die ich warten muss, mich zurück in den Aufzug treibt und mich zur Flucht animiert.

Ich setze mich auf den Stuhl direkt vor seinem Büro mit der Aufschrift RILEY RUSH und wische meine schwitzigen Hände an meiner dunklen Jeans ab. Gott sei Dank öffnet sich die Tür schon nach fünf Minuten. Ich werde noch nervöser, als ich sehe, wie er einen Klienten verabschiedet. Er lächelt und schüttelt seine Hand. Dabei wirkt er so kompetent und männlich.

»Ich rufe Sie an, Mr. Baker.«

»Danke, Mr. Rush.« Der Typ geht, nachdem er einen etwas zu langen Blick auf mich geworfen hat.

Riley lehnt sich in die offene Tür und verschränkt die Arme vor der Brust.

»Mason hat mal gesagt«, begrüßt er mich, »dass du ein Männermagnet bist. Offensichtlich gefällst du meinen Klienten und offensichtlich hatte er recht. Das ist dein Fluch, Emilia.«

Ich stehe auf und mustere ihn. Er trägt dunkle Jeans, einen dunkelbraunen Gürtel, der perfekt zu seinen Schuhen passt, und ein schwarzes Hemd, dessen Kragen offensteht. Seine Haare sind nach hinten gekämmt, wie deine es heute Morgen waren. Er riecht so vertraut und ist völlig glatt rasiert. Die Augen klar und nicht stoned wie deine und meine es immer noch von unserem letzten Trip sind.

Er sieht das und hebt eine Braue. »Was hat er nur wieder mit dir gemacht, Emilia?«

»Hi, Riley«, sage ich und nicke ins Büro. »Kann ich reinkommen?«

Er macht eine einladende Handbewegung, wirkt aber alles andere als begeistert, als ich an ihm vorbeigehe und er sich nach draußen lehnt.

»Abigail, verschieben Sie den Zehn-Uhr-Termin um eine halbe Stunde«, sagt er und dann schließt er die Tür hinter uns.

In dem Moment klingelt mein Handy in der Handtasche, während Riley sich auf die Schreibtischkante setzt.

»Du solltest besser rangehen, bevor dein Pitbull hier auftaucht, weil er dich geortet hat«, meint er abwertend.

Ich sage ihm jetzt nicht, dass du das gar nicht mehr kannst. Aber was weiß ich schon? Langsam setze ich mich auf den Stuhl vor seinem Schreibtisch und nehme mein Handy raus. Natürlich bist du es, weil du wahrscheinlich einen inneren Sensor dafür hast, wenn ich was tue, was du nicht magst.

»Ja?«, frage ich und hoffe so sehr, dass Riley kein Wort von sich gibt und dich provoziert.

»Und? Schon in der Uni?«, fragst du mich gelassen. Ich weiß, dass du gleich alles andere als gelassen sein wirst, weswegen ich am liebsten mein Handy aus dem Fenster schmeißen würde. Aber ich habe deinen Ring an meinem Finger und wir sind verlobt. Also werde ich keine Spielchen mit dir spielen oder dich anlügen oder kuschen, nur, weil es dir nicht passt, dass ich hier bin.

»Nein, ich bin noch nicht in der Uni.«

»Ich hatte das schon so im Gefühl, Emilia. Wo bist du denn?« Mein Herz setzt einen Schlag aus. Langsam schaue ich auf in Rileys Gesicht. Er starrt total nüchtern und emotionslos zurück.

»Ich bin bei Riley.« Stille. Ich höre dich atmen. Schwer atmen.

»*Wieso*?«, presst du hervor.

»Du hast deinen Dad vorhin gehört, und ich habe dir gesagt, dass ich es heute klären werde.« Riley zieht eine Braue in die Höhe und ich schlucke.

»Das kannst du auch mit mir zusammen klären.«

»Nein, das kann ich nicht. Das ist eine Sache zwischen ihm und mir.«

Du atmest tief durch die Nase ein. »Fuck, Emilia! Du hättest mir das sagen müssen!«

»Wirklich, Mason?«, frage ich so ruhig wie möglich.

»Hätte ich das? Hättest du mich gehen lassen?« Du schweigst und ich fahre fort. »Vertrau mir einfach, sonst wird das nichts. Und er hat es verdient, dass ich hierherkomme und persönlich mit ihm rede.« Riley lauscht ganz ruhig und verzieht keine Miene.

»Darüber sprechen wir heute Abend noch mal, Emilia! Lass die Beine zusammen!«, donnerst du laut und legst auf. Aber das ist schon ein Fortschritt für dich, Mason. Du bist nicht hier und schießt wild um dich. Und tötest niemanden oder schlägst ihn zu Brei.

Ich stecke das Handy weg und widme mich Riley. »Es tut mir leid«, sage ich.

»Das nächste Mal solltest du dir vielleicht eine schriftliche Erlaubnis holen, bevor du herkommst, Emilia. Ich kann dir was aufsetzen«, sagt er trocken und schenkt sich ein Glas Wasser aus der Karaffe auf dem Schreibtisch ein. Mir bietet er nichts an und ich weiß schon, wieso.

»Riley …«, setze ich an.

»Ja?« Er ist so gefühllos, so kenne ich ihn gar nicht. Aber ich weiß, wieso er das tut.

»Es tut mir leid«, wiederhole ich, meine aber diesmal was anderes.

»Was tut dir leid, Emilia, von all den Dingen, die du bis jetzt so getan hast? Dass du mich damals betrogen hast? Dass du mich ununterbrochen an der Angel hattest und herangezogen hast, immer wenn es dir gepasst hat? Oder tut es dir leid, dass du damals, was mir wie eine Ewigkeit vorkommt, neben mir gelegen und wegen einem anderen Mann geheult hast? Oder dass du mich in der Bar hast stehen lassen, als er nur mit dem Finger geschnippt hat?«

Fuck.

Er hat ja so recht. Ich fühle mich schrecklich, also strecke ich meine Hand aus und lege sie auf sein Knie. Er schaut auf meine Finger hinab und dann wieder in meine Augen.

»Was wird das?«, fragt er und ich schlucke.

»Es tut mir leid, dass ich dir so lange so wehgetan habe. Aber ich habe dich nie verarscht. Das war alles echt. Du bist meine Energietankstelle, du bist mein Ritter in weißer Rüstung und der Mann, den jede Frau haben sollte.«

Er bleibt unbeeindruckt und ich ziehe die Hand zurück. »Ach so, ich bin der Mann, den jede Frau haben sollte, nur du nicht, oder?«

»Ich kann nichts dafür und ich werde mich nicht dafür entschuldigen, wen ich liebe, Riley. Ich hab mir das nicht ausgesucht. Ich liebe ihn einfach unbeschreiblich. So sehr, dass ich lieber sterben würde, als ohne ihn zu sein.«

»Das«, sagt Riley und schaut mir hart in die Augen. »Ist keine Liebe. Das ist die absolute Abhängigkeit und nicht gesund für euch beide.«

Ich schüttle den Kopf. »Und wenn es so ist, geht es dich nichts an, Riley. Wir sind zusammen und ich werde ihn heiraten. Ich bin nicht hier, um mit dir über *ihn* zu reden.«

»Du willst ihn heiraten?«, fragt er ungläubig. Seine Augen fahren zu meiner linken Hand, wo der Ring glitzert, und dann wieder nach oben. »Nach allem, was in letzter Zeit passiert ist, willst du ihn immer noch heiraten? Für so dumm hätte ich dich nicht gehalten, Emilia!« Und da ist endlich eine Emotion, die über sein Gesicht flackert. Wut.

»Ich werde ihn heiraten, Riley, ja!«

Als er aufsteht, greift er nach meinem Oberarm und zieht mich auch auf die Beine. Ich mache mich los, aber er packt mich wieder, bis ich dicht vor ihm stehe. Sein Gesicht ist meinem so nahe, dass ich die kleinen grünen Sprenkel in seinen Augen sehen kann, die er von eurer Mom hat. Und die jetzt lodern.

»Er wird dich kaputtmachen, Emilia!«, zischt er aufgebracht, und mir wird ganz heiß, als ich seine Wut spüre. Riley ist sonst nicht so wütend, Mason. Er ist immer kontrolliert. Das habe ich jetzt nicht erwartet.

»Willst du wirklich mit gebrochenem Kiefer im Krankenhaus enden oder mit aufgeschlitzter Kehle in seinem Keller?«

»Riley, du tust mir weh«, sage ich gepresst und funkle ihn warnend an.

»Na und, darauf stehst du doch, oder?« Mason, er bekommt wieder diesen Ausdruck, den er damals in New York hatte. Diesen Glanz in seinen Augen, als du mich mit deinem Dad geholt hast. Ich hatte das schon hinter mir gelassen und vergessen, dass Riley auch eine andere Seite hat – wie anscheinend jeder Rush.

»Riley, bitte, beruhige dich«, sage ich langsam.

»Und dann? Marschierst du hier aus dem Büro, fickst fröhlich mit ihm durch die Gegend, und wenn ihr das nächste Mal Stress habt, darf ich wieder herhalten? Was ist, wenn *ich* jetzt mal entscheide und nicht immer das kleine Prinzesschen?«

Ich halte seinem Blick stand. »Riley, ich meine es ernst. Lass mich los. Ich werde dich nicht mehr mit reinziehen, ich verspreche es dir. Ich will, dass du dich von mir loslöst, damit du dein Leben leben kannst. Ich will dich nicht mehr als Platzhalter, und es tut mir leid, dass ich das so lange zugelassen hab. Du hast was Besseres als mich verdient. Und jetzt werde bitte nicht wieder zu dem Monster, das du in New York warst, und lass mich los.«

Er starrt mich an, doch lässt mich nicht los, Mason. Seine Augen brennen und sein Blick bohrt sich direkt unter meine Haut. Mir wird schlecht.

»Das ist das Problem bei uns Rushs, Emilia. Wir sind nicht so gut darin, loszulassen.« Damit packt er meine Hand und reißt mir den Ring vom Finger. »Du gehörst nicht zu ihm. Ich weiß, ich wollte geduldig sein und ich wollte immer das sein, was du brauchst. Und jetzt brauchst du einen Mann, der dich nicht wie Scheiße behandelt.« In seinem Blick funkelt der Wahnsinn und ich weiß nicht, wie ich gerade damit umgehen soll. »Ich liebe dich zu sehr, um dich in dein Unglück rennen zu lassen. Das werde ich nie tun, solange du atmest, Emilia. Ich bin genau der Richtige für dich und *du* bist zu gut für ihn. So gleicht sich die Waage nicht aus. Und die Waage sollte sich *immer* ausgleichen.«

»Gib mir meinen Ring zurück, Riley«, zische ich wütend. »Sofort!«

Er schaut ihn sich eine Weile an und lacht spöttisch. »Die Massenstandardware. Weiß er eigentlich, dass du keine Diamanten magst?«

»Ich liebe alles, wenn es von ihm kommt. Und ich liebe Diamanten«, knurre ich und Riley verdreht theatralisch die Augen.

»Klar, weil er dir sonst immer nur den kleinen Finger reicht und du es genießt, wenn er dir dann mal die ganze Hand gibt!«

Mason, ich will nicht mehr, dass sich dauernd was zwischen uns stellt. Ich will auch nicht mehr mit diesem Wahnsinn konfrontiert werden. »Gib ihn mir, Riley!«

Kurzerhand zerrt er mich mit sich ans Fenster, öffnet es und streckt die Hand, in der er den Ring hält, nach draußen.

»Riley, nein!«, rufe ich warnend durch zusammengebissene Zähne, aber er öffnet schulterzuckend die Hand und genießt anscheinend den Schock in meinem Gesicht, als der Ring all die Etagen nach unten fällt.

»*Riley, du Arschloch!*« Ich stürze mich auf ihn und fange an, wie wild mit meinen Fäusten auf seine Brust einzutrommeln. Erste Tränen laufen über mein Gesicht. Keine Ahnung, wie es dazu kommt, was dann passiert. In einem Moment schlage ich ihn noch, im nächsten hat er mein immer noch sensibles Handgelenk umfangen und küsst mich.

Er presst mich mit Wucht gegen die Scheibe. Es ist wie ein Tornado. Er ist auf einmal wie du, als er meinen Rücken umfasst und mich an sich drückt. Ich spüre ihn an meinem Bauch und ich keuche erschrocken in den Kuss. Fuck, Mason, was passiert hier?

Am liebsten würde ich dem Ring aus dem Fenster hinterherspringen und dieser Scheiße ein Ende setzen. Er beißt mir in die Unterlippe und küsst mich weiter, obwohl ich das eigentlich nicht will und nicht deswegen hier bin. Ich werde dich heiraten, denn du bist der Eine für mich. Ich muss Riley endlich gehen lassen. Je länger er mich küsst, desto mehr spüre ich, dass ich nur noch dich küssen will, bis an mein Lebensende. Jemand anderes kann das, was wir haben, nicht verstehen. Nicht einmal er.

Mit einem Mal brennen wieder Tränen in meinen Augen und ich schiebe ihn mit beiden Händen an der Brust von mir. Riley lässt seine Hände an meine Wangen fahren und rückt ein Stück von mir ab. Er merkt sofort den Umschwung meiner Stimmung – wie immer – und streicht mit seinen großen Handflächen über meine Wangen. Sein hektischer Atem brennt auf meiner Haut, während ich versuche, stockend Luft zu holen und sie an dem Kloß in meiner Kehle vorbeizupressen.

Er starrt mir in die Augen und wischt mit beiden Daumen die Tränen fort, die über mein Gesicht laufen. Er ist mir so nahe. »Ich werde dich nie gehen lassen, egal wie oft du *mich* gehen lässt. Ich werde immer da sein, und wenn ich eine Chance wittere und du endlich merkst, dass er nicht der Richtige für dich ist, wie du es jetzt noch glaubst, dann werde ich immer wieder das hier tun.« Damit küsst er mich noch mal – sanfter – und lässt mich spüren, wie es ist, von ihm geküsst zu werden. Ich lasse es geschehen, aber rege mich nicht. Auch meine Lippen nicht. Ich will das nicht. Und ich fühle nichts.

Irgendwann stoße ich ihn erneut von mir. »Es tut mir leid, Riley, aber es wird immer er sein. Du musst nicht warten. Verschwende deine Zeit nicht an mich.«

»Das ist meine Entscheidung, Emilia.«

»Ich werde ihn nie wieder verlassen, Riley.«

»Mal sehen, was du heute Abend sagst, wenn du ausdiskutierst, dass du bei mir warst. Mal sehen, was du das nächste Mal sagst, wenn er seinen Schwanz in eine andere schiebt oder dich wie Scheiße behandelt. Dann weißt du, wo ich bin.«

Ich schüttle den Kopf. »Du kennst ihn nicht, wie ich ihn kenne. Ich liebe ihn und daran wird niemand was ändern, egal was er mir antut. Der Teil, den du in mir einnimmst, ist zu schwach im Gegensatz zu dem, was er mich fühlen lässt und wie seine Abwesenheit mich zerreißt. Bitte akzeptiere das, Riley. Denn wenn du das nächste Mal *das* tust, werde *ich* die Konsequenzen ziehen.«

Er hebt eine Braue.

»Das war das letzte Mal, dass wir uns so nahe waren.«

»Das glaube ich nicht, Emilia«, sagt er überzeugt.

»Warum sonst weinst du jetzt so sehr?« Ich wische

die letzten Tränen von meinem Gesicht und schüttle den Kopf.

»Weil ich jetzt nur noch sicherer bin, dass du es nicht bist, und dass es niemals jemand anderes als er sein wird.«

Und damit gehe ich.

32. Im Zweifelsfall verpetz ich dich, Mason.

Emilia

Es ist 15:00 Uhr, als ich von der Uni zurück nach Hause komme, Mason. Ich sehe schon von Weitem, dass du auf der Verandatreppe sitzt und auf mich wartest. Du hast mir schon ein paar Nachrichten geschrieben und ich habe alle beantwortet. Erst hast du mich gefragt, ob ich noch bei ihm bin und ich habe gesagt: *Nein, ich bin schon in der Uni.* Dann war ich so abgelenkt von deiner Nachricht, dass ich beim

Aussteigen aus deinem Auto die Tür gegen eine Parksäule geknallt habe. Jetzt ist ein hässlicher Kratzer in deiner Tür, Mason. Und das ist nur die Kirsche auf dem Sahnehäubchen. Ich muss jetzt mit dir über das Rileygespräch reden und erklären, wo mein Ring ist.

Ich habe so viel geflucht, während ich ihn auf dem Bordstein vor Rileys Büro verzweifelt gesucht habe. Aber ich habe ihn nicht gefunden, Mason. Vielleicht ist er in einen Gully gefallen. Dann saß ich auf den Knien, mitten auf dem Gehweg, und hab geweint wie ein kleines Kind. Ich bin so froh, dass du das nicht gesehen hast, sonst wärst du in Rileys Büro marschiert und hättest ihn genauso aus dem Fenster geworfen, wie er es mit unserem Ring getan hat.

Ich steige aus und reibe mir über das Gesicht. Von meiner Schminke heute Morgen ist nichts mehr übrig. Nach der ganzen Heulerei musste ich in der Uni erst mal mein Gesicht waschen. Meine Augen sind immer noch gerötet und angeschwollen und meine Nase läuft nach wie vor, weil eben im Auto frische Tränen nachkamen, als ich meine nackte Hand betrachtet habe.

Deine Unterarme liegen auf deinen Knien. Du hältst eine Zigarette zwischen den Fingern und siehst mit gerunzelter Stirn zu mir hoch, als ich mich nähere. Natürlich merkst du sofort, dass ich völlig aufgelöst bin, obwohl ich versuche, es zu verbergen.

Du springst auf, noch bevor ich bei dir angekommen bin.

»Ich werde den verdammten Bastard umbringen!«

Aber ich stelle mich dir in den Weg und halte dich auf. »Nein, Mason. Jetzt warte!«

»Was hat er gemacht?«

Du siehst zu deinem Auto, als würdest du die Entfernung abschätzen wollen, wie lange du dorthin brauchst. Ich strecke die Hände aus und halte dein Gesicht, sodass deine Augen wieder zu meinen schießen.

»Lass uns reingehen«, sage ich und du atmest gepresst durch die Nase, packst mich am Arm und zerrst mich hinter dir her in den Keller. Ich versuche, nicht zu laut aufzukeuchen, weil du genau dort zugreifst, wo ich blaue Flecken von Rileys Griff bekommen habe.

Sobald wir unten sind, knallst du die Tür hinter uns zu, stellst dich vor mich und starrst mich an. »Sprich.«

Wieder streiche ich mir mit beiden Händen über das Gesicht, und bevor ich anfangen kann, knurrst du: »Wo ist dein Ring, Emilia?« Ich erstarre mitten in meiner Bewegung. Scheiße. Langsam lasse ich die Hände wieder sinken und sehe in deine Augen. Am liebsten würde ich weglaufen. Angestrengt überlege ich, was ich sagen soll.

»Denk dir jetzt keine Scheiße aus, sondern sag mir, wo der Ring ist, Emilia!«

Langsam bewege ich mich in Richtung Tür, damit ich dir notfalls den Weg versperren kann. Du beobachtest mich mit verengten Augen.

»Emilia!«, bellst du und ich zucke zusammen. »Denkst du gerade darüber nach, vor mir wegzulaufen?«

»Auf die Idee würde ich nie kommen!«, sage ich mit großen Augen.

Du machst einen Satz auf mich zu und ich zucke zurück. Wieder diese Körpersprache, Mason. Wir umkreisen uns ganz aufmerksam wie zwei Löwen. Ich hatte wirklich recht damit, dass sich was in dir verändert hat. Das wird mir jetzt klar. Normalerweise würdest du mich nicht so extrem in die Enge treiben. Du bist nicht mehr so impulsiv, sondern du kontrollierst dich, und das wirkt fast noch einschüchternder als vorher.

Mit deinem Körper drängst du mich in die Ecke. »Wo. Ist. Dein. Ring?« Du betonst jedes Wort. Auf einmal stützt du beide Hände links und rechts von mir an die Wand, an der ich lehne.

»Er ist weg.«

Deine Augen lodern auf. »Was heißt, er ist weg? Wolltest du ihn nicht mehr? Als du *ihn* besucht hast, hast du ihn da abgenommen?«

»Nein!«, rufe ich empört. »Jetzt geh weg, Mason!«

Du presst dich an mich, sodass mir fast die Luft aus den Lungen gedrückt wird. »Wo ist dein fucking Ring, Emilia? Ich frage jetzt ein letztes Mal!«

»Ich sage es dir unter einer Bedingung!«

»Emilia, du stellst hier keine Bedingungen! Ich will wissen, wo der Ring ist!«

»Setz dich auf diesen Stuhl!« Ich deute auf den Stuhl, der an deinem kleinen Esstisch steht, an dem du ein paarmal gepokert hast, und du hebst eine Braue. »Mason, wir sind jetzt verlobt! Du musst auch mal tun, was ich sage! Setz dich!«

Und, oh Wunder, du schnaubst, stützt dich von der Wand ab, schlenderst zu dem Stuhl und lässt dich fallen. Dein Arsch hängt fast über der Kante und einen Arm schmeißt du über die Lehne. Sofort bin ich vor dir und setze mich mit gespreizten Beinen auf deinen Schoß. Ich verwende jetzt die Klammertechnik!

Du schaust mich total irritiert an. »Ich werde dich jetzt nicht ficken, Emilia, ganz sicher nicht.«

»Das war auch nicht mein Ziel!«

»Ach so?«, fragst du angepisst.

»Nein! Ich klammere mich jetzt so fest und eng an dich, dass du dich nicht mehr bewegen kannst. Und dann hörst du mir bis zum Ende zu.« Ich spitze die Lippen und hebe die Brauen. Du wirkst ein bisschen amüsiert, oder täusche ich mich, Mason?

»Du weißt aber schon, dass ich dich einfach auf den Boden schubsen kann, Emilia?«

»Du wirst mich nicht auf den Boden schubsen, Mason. Das hast du schon mal getan. Soll ich dich dran erinnern, was danach passiert ist?«

Deine Nasenflügel blähen sich auf. »Gut«, blaffst du.

»Vielleicht wirst du ausrasten und vielleicht wirst du wütend und höchstwahrscheinlich wirst du etwas sehr Unüberlegtes tun wollen, aber ich umklammere dich, und du könntest mich ernsthaft verletzen. Vergiss das nicht.«

Skeptisch hebst du eine Braue und eine deiner Hände legt sich fast schon automatisch auf meine Hüfte, weil du mich nicht mehr fallen lassen würdest, Mason. Niemals.

»Rede«, knurrst du.

»Okay, also das war so!« Ich lege dir die Hände um den Nacken und verschränke sie hinter deinem Kopf. Meine Beine schlinge ich um den Stuhlrücken sowie um dich und ich verhake sie dahinter. Du verdrehst die Augen. »Ich war bei Riley und wollte ihm sagen, dass ich ihn jetzt in Ruhe lasse. Dass er sich um sein Leben kümmern und sich keine Hoffnungen mehr machen soll, weil ich dich liebe und dich heiraten werde und du der Eine für mich bist.«

»Emilia, komm auf den Punkt.«

»Ja, und dann, keine Ahnung, hat ihm das halt nicht so gepasst und …«

Du verlierst die Geduld und packst mich am Oberarm. »Rede endlich!« Ich zische auf, weshalb du mich verwirrt loslässt, weil ich auf solche Berührungen von dir normalerweise nicht so reagiere. Du hebst die Brauen und legst den Kopf schief, bevor du, ohne deinen Blick von meinen Augen zu wenden, meinen Arm greifst und den weiten Stoff des Pullovers hochschiebst. Scheiße, ich kann dich nicht aufhalten. Dann siehst du Rileys Handabdruck und stößt mich fast von dir, als du aufstehen willst, aber ich umklammere dich fester.

»Mason, ich bin noch nicht fertig!«

»Ich werde ihn umbringen, Emilia!«, knurrst du und dein ganzer Körper ist angespannt. *»Lass mich los!«*

»Nein!«, keife ich dich an. »Willst du nicht hören, wie es dazu gekommen ist? Setz dich!«

Schwer atmend rückst du wieder nach hinten und ich schwitze, weil es so anstrengend ist, dich so festzuhalten. *Story ofmylife, Mason.* Dich zu halten erfordert unmenschliche Kräfte.

»Er wird so oder so sterben, also beeil dich.«

Ich wünschte, ich hätte davor deinem Vater Bescheid sagen können oder wir hätten ein geheimes Klopfzeichen, das ich ihm immer hochschicken kann, wenn ich ihn brauche.

»Okay, okay, okay. Hör zu und bleib jetzt ruhig! Atme, Mason.«

»Sag mir nicht, was ich zu tun habe, Emilia!«

»Okay, dann hör wenigstens zu!«

Du blähst die Nasenflügel wieder auf und schweigst.

»Ja, und dann war ich da und er fand das alles nicht so toll und war tief verletzt. Er fühlte sich von mir zurückgewiesen. Dieses Gefühl hattest du auch schon mal. Das ist ganz schlimm, das weißt du, und vielleicht hat er ein bisschen die Kontrolle verloren?« Deine Muskeln spannen sich wieder an, aber du bleibst sitzen. Noch. »Und dann, äh … du weißt ja, was ihr immer so macht in der Familie, wenn ihr die Kontrolle verliert. Am Oberarm packen und so Sachen, Ringe von Fingern fetzen und aus dem Fenster schmeißen und so was halt …«

»*Was* hat er gemacht?«, zischst du und deine Augen verdunkeln sich um tausend Schattierungen. »Dieser kleine Bastard!«

»Warte, Mason!« Ich umklammere dich noch fester, obwohl meine Muskeln immer noch von unserem Sexmarathon schmerzen. Du gräbst deine Finger in mein Fleisch, bis es wehtut. Deine Augen haften auf meinem Gesicht und dann verengst du sie skeptisch.

»Da ist noch was, Emilia.«

Ich schüttle stur den Kopf. »Nein, gar nichts. Wieso? Reicht das nicht?«

»Was hat er gesagt?«

»So Sachen, wie dass er mich gern hat und immer für mich da ist und so!«

»Die Wahrheit, Emilia.« Du musterst mich. »Moment mal, warum hat er dich überhaupt gepackt? Einfach so oder weil er was tun wollte, was du nicht wolltest?«

»Einfach so, was denkst du denn?«

»Ich weiß nicht, ich erinnere mich nur an New York.«

Ich schlucke und lege den Kopf zurück. Ich fühle mich wie bei einem Verhör, Mason. Wieso bist du so penetrant, wieso kannst du nicht einfach glauben, was ich sage?

»Emilia, spuck es aus oder ich fahre dahin, frage ihn selbst und steche ihn dann ab. *Einfach so.*«

»Okay, aber gib mir deine Handschellen!«

Du verstehst gar nichts mehr. »Was?«

»Ich muss sichergehen, dass du nicht abhaust, wenn ich dir das erzähle.«

»Fuck, hat er dich angefasst?«

»Nein, was denkst du denn!« Mir bricht der Schweiß aus allen Poren.

»Hat er wieder versucht, was zu tun, was du nicht wolltest?« Ich beschließe, dir die Wahrheit zu sagen, weil du dir wahrscheinlich schlimmere Sachen vorstellst, als das, was wirklich passiert ist.

»Er hat mich nur geküsst, Mason, mehr nicht. Und den Ring aus dem Fenster geschmissen. Und ich habe ihn von mir geschoben und ihm gesagt, dass ich dich liebe und dich heiraten werde. Das war's.«

»Pass auf. Das könnte jetzt ein bisschen wehtun«, sagst du trocken, hebst mich hoch und schmeißt mich auf die Couch, bevor du einfach davonstürmst.

***

Ich renne die Treppe nach oben, deinen Schlüssel fest umklammert, und brülle: »Nehmt die Autoschlüssel weg, Keaton, Olivia! Schnell! *Alle Autoschlüssel weg!*« Keiner der Angesprochenen reagiert und ich schlittere um die Kurve. »*Keeaaatooon!*« Der sitzt auf der Couch und schaut mich an, als wäre ich nun völlig wahnsinnig geworden. Er kam gerade erst von der Arbeit nach Hause und Olivia eilt die Treppe runter. »Was ist denn los?«

Ich bin schon im Flur und sammle hektisch alle Autoschlüssel ein, die ich finden kann, sogar die Zweitschlüssel in der Schublade, drehe mich um und schmeiße schnell alle zu Keaton auf die Couch. In dem Moment stürmst du durch die Haustür, weil du vergessen hast, dass du deinen Schlüssel nicht wie sonst in der Hosentasche hast. Somit konntest du weder einsteigen noch wegfahren.

»Fuck!«, höre ich dich fluchen. Dann kommst du ins Wohnzimmer. »Gib mir meinen Schlüssel, Emilia!«

»Was haben wir heute Morgen über Drama gesagt?«, fragt Keaton, der überall um sich herum Schlüssel liegen hat.

»Er will Riley abstechen!« Ich deute mit ausgestrecktem Zeigefinger auf dich.

»Was?« Olivia kommt zu uns und Keaton steht auf.

»Was willst du, du Kröte?« Du schätzt ab, ob du vielleicht an deinem Vater vorbeikommst, um dir einen der Schlüssel von der Couch zu schnappen, aber wir alle hier wissen, dass das nicht passieren wird.

Also wirfst du die Hände in die Luft und knurrst: »Fick auf euch, ich fahr einfach mit der Straßenbahn.« Du marschierst schon zur Tür, als dein Dad dir hinterherkommt und dich am Arm zurückzieht.

»Du bleibst hier.«

»Er hat sie angefasst und verletzt, und ihren Ring aus dem Fenster geschmissen und sie geküsst!«

Keaton seufzt schwer, während Olivia die Augen verdreht. »Endet dieses Scheißdrama denn nie?« Er schubst dich auf den Sessel, Mason, und deine Mutter sammelt schnell alle Schlüssel ein und schiebt sie in ihre Hosentaschen. Als die voll sind, steckt sie den Rest in ihren BH. Da wirst du sicher nicht rankommen – außer du willst eine Hand loswerden.

Du bleibst sogar sitzen, als dein Vater von dir wegtritt und meint: »Ich glaube, es ist Zeit für so ein Männerding.« Damit geht er zur Bar und holt den guten Cognac. Du siehst mich mit verengten Augen an, weil ich dich verraten habe. Ich hebe entschuldigend die Schultern.

»Wollt ihr nicht shoppen, oder so was?«, fragt Keaton Olivia und mich.

»Nein, nein, wir gehen runter und packen, damit ihr zwei *spätestens* morgen ins Apartment zurückkönnt.« Olivia klatscht begeistert in die Hände, aber ich bin gar nicht begeistert, weil ich immer noch unter den Folgen der letzten Tage leide.

Aber Keaton ist ganz Feuer und Flamme. »Oh ja, Baby, das ist eine sehr gute Idee. Pack alles ein, was unten ist. *Alles.* Sogar die Hunde.« Olivia nimmt meine Hand und zieht mich weg. Das Letzte, was ich von dir sehe, ist dein düsterer Blick auf mir.

33. Hi

Sechs Wochen später

Mason

Meine Güte, Emilia, du hast so viele Sachen eingepackt, als würden wir auswandern, dabei fahren wir nur über die Feiertage zu meinen Eltern.

Ich hieve deinen pinken Koffer in den Kofferraum meines Mustangs und du beschäftigst dich damit, den Rücksitz für die Hunde zu beziehen. Du hast eine rote Mütze auf, Emilia. Deine Wangen sind rot, deine Lippen und dein Pullover. Darauf ist sogar ein Rentier.

Damit siehst du aus wie eine Weihnachtselfe. Auf deinen pechschwarzen Haaren glitzern ein paar Schneeflocken.

»Missy, jetzt warte!« Missy versucht, sich aus dem Schnee ins Auto zu retten, und du hältst sie immer wieder zurück, weil du noch nicht fertig bist. Ich packe meine kleine schwarze Reisetasche und die *Riesenhundefutterbox*, als würden die Hunde innerhalb von drei Tagen verhungern, in den Kofferraum, gefolgt von der *riesigen* Tüte voll mit Geschenken. Emilia, hast du für die gesamte Menschheit eingekauft, oder was? Ich will meine Kreditkartenabrechnung nächsten Monat gar nicht sehen.

Damit wir endlich losfahren können, helfe ich dir mit dem letzten Häkchen des Hundebezugs. Missy springt freiwillig ins Auto und Venus ist dabei, Schnee zu essen. Man kann sie gar nicht richtig sehen mit ihrem weißen Fell. Doch auf einen Fingerzeig von mir springt sie auch auf die Rückbank, und dann sitzen die beiden da wie zwei kleine hechelnde Soldaten. Venus hinter mir und Missy hinter dir.

»Darf ich fahren?«, fragst du. Deine Nase ist auch rot, Emilia. Hast du sie angemalt, oder frierst du einfach nur?

»Nein.« Denn ich habe immer noch nicht die Delle vergessen, die du hineingefahren hast. Obwohl mir das eigentlich scheißegal ist, ich will dich manchmal eben ein bisschen ärgern und betteln lassen.

»Bitte, Baby!«

»Nein, steig auf den Beifahrersitz, Emilia.« Du schmollst und setzt dich brav auf deinen Platz, wie die Hunde. Nachdem ich eingestiegen bin und mich angeschnallt habe, setze ich rückwärts zurück und wir lassen das Hochhaus, in dem wir leben, hinter uns.

Die Straßen sind voll, weil alle zu ihren Familien wollen und so einen Scheiß. Dabei drehen sie total durch und fahren wie Trottel, nur weil eine Schneeflocke auf dem Asphalt gelandet ist. Ich hasse das wirklich!

Wie immer lege ich meine Hand auf deinen Oberschenkel und du deine mit dem neuen Ring auf deinem Finger über meine. Es ist der gleiche wie vorher, er hat einfach zu dir gepasst, also habe ich ihn dir einfach noch mal gekauft. Extra bestellt. Mit der Kohle, die ich bei der Sexclubscheiße verdiene, war das kein Problem. Ab nächsten Monat fange ich dazu auch wieder beim FBI an – immer noch unter der Fuchtel von Dad. Allerdings in einer etwas anderen Position, die besser zu mir passt und mich an die abgefucktesten Orte der Stadt führen wird, die mir sowieso schon alle bestens vertraut sind. Ich kenne auch die wichtigsten Namen, weil ich sowieso in Kontakt mit den Leuten war, wegen der einen oder anderen Sache. Dad hat das natürlich gewittert und wird mich als verdeckten Ermittler einsetzen. Hinter einem Schreibtisch würde ich nur versauern. Endlich hat er das auch mal verstanden. Jetzt habe ich zwei Jobs, die mich auf ganz unterschiedliche, kreative Weisen fordern, und ich mag das. Du magst den einen Job eher weniger und besuchst mich regelmäßig. Genau genommen kontrollierst du mich, Baby, und ich stehe drauf. Aber mach dir keine Sorgen, die Weiber lassen mich alle kalt, weil ich dich zu Hause habe. Gegen dich kommt keine andere an! Egal aus welchem Land, egal welche Hautfarbe oder Augenfarbe, egal welcher Charakter oder verdammte BH-Größe. Ich gehöre dir und du gehörst mir.

Du bist in einem halben Jahr mit der Uni fertig und wirst dich dann mit deinem eigenen Fotoatelier selbstständig machen. Dad hat da schon ein paar Kontakte rausgesucht und auch einen Laden gefunden, den wir anmieten werden. Du hängst mir ständig mit der Kamera am Arsch und bearbeitest Bilder von mir mit deinem Laptop, bevor du damit unsere Wände tapezierst. Emilia, ich will mich nicht die ganze Zeit sehen, egal wohin ich gucke.

Sobald wir aus der Stadt raus sind, entspannen wir und lassen das hektische Treiben hinter uns. Es sind eineinhalb Monate vergangen und ich hätte nie gedacht, dass wir zwei das hinkriegen – diese ganze Erwachsenenscheiße mit Zusammenleben und Verlobtsein und Hochzeit planen und die Hunde pünktlich zum Gassi rausbringen und morgens aufstehen und in der Woche nicht mehr kiffen, was echt am schlimmsten ist, und um ein Uhr vor dem Fernseher einschlafen, mit dir in meinen Armen, einfach so ohne Sex. Aber es klappt irgendwie. Dafür missbrauche ich dich das ganze Wochenende. Ab dem Moment, wenn du am Freitag nach der Uni nach Hause kommst, bis zum Sonntagabend, wenn du total kaputt wieder einschläfst. Manchmal halte ich dich die kompletten zwei Tage wach.

Ich bin meistens sehr inspiriert von meiner Arbeit und gelegentlich muss ich auch nachts arbeiten. Also wecke ich dich morgens mit meinem Schwanz und schicke dich dann in die Uni. Ich liebe unser Leben ein bisschen, Emilia, und ich hätte nie gedacht, dass mir so was gefallen kann. Normalerweise bin ich ein dunkler Nachtmensch, aber anscheinend muss ich nur lockerlassen, wenn *dein* Monster ans Tageslicht kommt. Du andererseits musst dich gehen lassen, wenn *mein* Monster ans Tageslicht kommt. So funktioniert es. Ziemlich perfekt.

Wir streiten uns locker dreimal die Woche, am Anfang wegen Eifersuchtsscheiße und jetzt wegen herumliegender Socken. Du kommandierst mich rum, Emilia, und befiehlst mir, meine Tasse in die Spülmaschine zu räumen, wenn ich Kaffee getrunken habe. Und ich mache das auch noch. Ich habe mich immer gefragt, wie Mom das bei Dad hinkriegt. Und ich befehle dir, nackt und auf den Knien auf mich zu warten, wenn ich nach Hause komme, was *du* für mich machst.

Ich hasse es immer noch, wenn du mir was davon erzählst, dass du dich mit irgendwelchen Miststudenten in der Bibliothek oder bei Starbucks zum Lernen triffst. Dann muss ich mich immer zurückhalten, um dir nicht hinterherzufahren und dich zu kontrollieren. Du hasst es, wenn ich dir sage, dass ich länger im Club bleiben muss, weil du dir sonst was denkst. Aber wir kommen klar, irgendwie, und es wird besser. Zwischendurch hassen wir uns ein bisschen, was wir aber beim Sex aneinander auslassen. Es wird nie langweilig mit uns, Emilia. Egal wie viel Mühe wir uns geben würden, so langweilig wie möglich zu sein, wir würden es nicht schaffen. Dafür sind wir viel zu explosiv und viel zu irre, Baby.

Ab und zu hast du extrem düstere Tage, aus denen nicht mal ich dich reißen kann. Es kann von einem Traum verursacht werden oder einer Werbung im Fernsehen, und ich weiß genau, dass es was mit deinem Vater zu tun hat. Dann verschließt du dich in dir selbst und ich packe alle Rasierklingen weg, die wir haben, weil ich dir in dieser Hinsicht nie wieder vertrauen werde. Du darfst nicht mal die Tür abschließen, wenn du duschst. Ich habe zu große Angst, dich zu verlieren. Es gibt Tage, da bettelst du mich an, dir wehzutun, dich zu fesseln, dich zu schlagen und dir die perversen Dinge anzutun, die ich alle liebe. Ich weiß, dass das immer der Beginn deiner dunklen Phase ist, wenn du wieder abrutschst und ich so zwanghaft versuche, dein Licht zu sein, was nicht so leicht ist, wenn man selbst aus purer Dunkelheit besteht. Ich muss immer aufpassen, dass wir einen gewissen Grad nicht übersteigen. Und ich habe noch nie für einen Menschen so viel Verantwortung getragen wie für dich, Emilia. Du bist immer noch wie ein kleines Kind und das hat mich auch so lange zurückgehalten. Ich wusste genau, wie zerbrechlich du bist und wie leicht ich dich zerstören könnte, aber jetzt bin ich der festen Überzeugung, dass ich der Einzige bin, der dich im Notfall wirklich zusammenhalten kann, auch wenn das außer Mom sonst niemand so sieht.

Wir halten bei meinen Eltern vor dem wie jedes Jahr augenkrebserregend bunt geschmückten Haus. Letztes Jahr um die Zeit warst du in New York, Baby, und ich hatte irgendeine fremde Bitch auf mir, worüber ich gar nicht nachdenken will, und was du nie erfahren wirst. Weil ich in meinen dunklen Phasen nämlich auch ganz schön abrutschen kann, aber das weißt du und du kannst damit umgehen.

Hier liegt so viel Schnee, dass ich fast geblendet werde, als ich in der Einfahrt stehen bleibe und dich ansehe. Fuck, dass du hier bist, an meiner Seite, kommt mir manchmal noch so unwirklich vor, besonders nach dem, was wir die letzten sechs Monate alles erlebt haben.

»Was?«, fragst du lächelnd.

»Manchmal kann ich nicht glauben, dass du hier bist.« Ich streiche dir eine Strähne hinters Ohr und deine Wangen werden wieder rot. Du schmiegst dich an meine Hand, und ich überlege, was wir die letzten sechs Monate durchgemacht haben.

Die Scheiße mit Seth.

Die Scheiße mit Dr. Daniels.

Die Scheiße mit Riley.

Die Scheiße mit Cherry.

Die Scheiße mit deinem Selbstmordversuch.

Diese ganze gequirlte Scheiße und alles, was davor war.

Da ist es ja wohl kein Wunder, dass ich dem Frieden manchmal nicht traue, aber hätte ich es leicht gewollt, hätte ich mir einfach Cherry gekrallt und wir hätten ein scheißnormales Leben geführt. Oder ich wäre für immer Single geblieben und hätte gemacht, was ich wollte. Aber ich will es nicht leicht. Ich will dich, mit allen abgefuckten Scheißseiten, genauso, wie du mich mit allem willst.

Wenn ich dein Gesicht in meinen Händen halte, weiß ich, dass alles so ist, wie es sein soll.

Endlich.

Und jetzt hab ich dich wirklich.

Jetzt gehörst du endgültig mir und ich dir.

Es stinkt nach Punsch, und ich hasse Punsch, Emilia. Ich mag Alkohol und nicht diese geschmacklose Scheiße, die Mom immer zusammenbraut. Es riecht nach Plätzchen. Ich hasse Plätzchen, ich hasse diesen kitschigen, weißen, amerikanischen, riesigen Baum in der Ecke und ich hasse diesen Baumständer, weil der nie richtig hält und Dad und ich immer ewig rumkämpfen. Und ich hasse vor allem dieses verfickte Weihnachtsgedudel, das den ganzen Tag aus dem Radio schallt. Mom ist so happy. Alle sind so happy. Ich hasse happy.

Ich schwitze wie ein Schwein, weil der Kamin natürlich brennen muss. Schwer atmend stelle ich deinen Koffer und die Hundebox ab. Du kommst glücklich strahlend nur mit der Handtasche und den Hunden ins Haus und ziehst deine Boots aus. Niemals würdest du den Boden meiner Mutter besudeln, so wie ich.

»Wir sind da«, sage ich gelangweilt und Dad stöhnt gequält in der Küche, während die Hunde an uns vorbeischießen, um die anderen zu begrüßen. Mom kommt um die Ecke. Sie trägt eine rote Schürze mit Weihnachtsmannköpfen drauf und hat ihre blonden Haare zusammengebunden. In einer Hand hält sie eine Ausstechform und ihre Hände sind voll mit Teig. Warum, Emilia? Was soll diese Scheiße? Ein Abendessen zusammen hätte doch gereicht. Was ist das, Emilia?

Du freust dich und umarmst meine Mutter, als hättest du sie nicht erst vor drei Tagen gesehen. Als wäre sie wirklich deine Mutter und ich nur der Schwiegersohn. Dad kommt auch raus. Er sieht mich kurz an, dann wandert sein Blick direkt zu dir. Er ist auch gestresst, ich sehe es in seinen Augen. Genau wie ich verabscheut er Weihnachten, aber er weiß, was es meiner Mutter bedeutet. Es wissen jetzt alle, es ist ja nicht zu übersehen. Er schaut dich an und du schaust ihn an und dann lächelt ihr.

»Wie geht es dir?«, fragt er und ich überlege, ob er denkt, dass ich dich zu Hause missbrauche und gegen die Wand schlage. Denn ihr telefoniert alle zwei Tage und jedes Mal fragt er dich, *wie es dir geht mit mir, ob alles okay ist und ob er das Gästezimmer herrichten soll.* Emilia, wieso? Er macht sich so viel Sorgen um dich, aber ich liebe das, weil ich weiß, dass du immer sicher bist, solange mein Vater in der Nähe ist. Du wirst rot und beißt dir unsicher auf die Unterlippe. Mir ist klar, dass ihr wieder irgendwelche Insider habt, von denen ich nichts weiß.

»Alles bestens.« Du strahlst ihn an.

Und er strahlt dich an.

Dann guckt er mich kurz an und strahlt noch ein bisschen mehr.

Ich bin ganz irritiert.

Habt ihr schon wieder ein Geheimnis?

Und wieso grinst mein Dad wie ein Psychopath?

Fuck, Emilia. Ich brauche eine Tüte, aber nicht jetzt.

Ich bringe den ganzen Krempel runter. Dad ruft mir noch hinterher: »Schlaft im Gästezimmer«, aber ich gehe einfach weiter. Der Keller gehört mir. Für immer.

Als ich wieder hochkomme, stehst du mit Mom in der Küche. Ihr stecht Plätzchen aus und Dad fuchtelt leise fluchend an dem Christbaumständer rum. Emilia, ich hasse Weihnachten, aber als ich sehe, wie deine Augen strahlen und wie du mit meiner Mutter aus vollem Herzen lachst, weiß ich, dass es das ist, was dir immer gefehlt hat. Ich würde mit dir jeden Tag Weihnachten feiern, wenn dich das repariert.

Dein Blick fällt auf mich. Du lächelst nicht so wie früher, als du wie ein kleines verschrecktes Reh vor mir gestanden und auf den Boden gestarrt hast – genau in dieser Küche, wo alles angefangen hat.

»Komm her, Kröte! Halt den Baum«, donnert mein Vater. Ich merke, dass ich selbst ein bescheuertes Grinsen auf dem Gesicht habe, als ich zu ihm schlendere, um ihm mit dem Baumständer zu helfen.

***

Eine Stunde später sitze ich Dad am Esstisch gegenüber. Zwischen uns steht der Punsch, in den er wie jedes Jahr Alkohol gekippt hat, weil er diesen Fest-der-Liebe-Scheiß anders nicht ertragen kann. Ich habe ihn noch nie betrunken gesehen, Emilia. Jedes

Jahr machen wir unser Weihnachtswetttrinken und er ist *nie betrunken*. Dieses Mal trinke ich ihn aber unter den Tisch.

Du und Mom seid immer noch in der Küche. Sie holt den Braten aus dem Backofen, den wir später zusammen essen, und du schiebst die nächste Ladung Plätzchen rein. Du und Mom, ihr seid ein eingespieltes Team, als würdet ihr das schon immer machen. Und ich exe gleichzeitig mit Dad den nächsten Shot und wir knallen die leeren Gläser auf den Tisch. Er grinst, weil ich schon angetrunken bin, und fragt: »Sollen wir aufhören, Mason?« Total klar und deutlich, ohne zu lallen oder sonst was.

»Wir hören erst auf, wenn du unter diesem Tisch liegst, Dad!« Mom dreht sich mit den Weihnachtsbackhandschuhen zu mir um und lacht mich aus. Dann lachst du mich auch aus, Emilia. Was soll das?

»Du«, blaffe ich und deute mit dem Zeigefinger auf dich. »Musst hinter deinem Mann stehen!«

»Im Zweifelsfall entscheide ich mich für deinen Vater, Mason, also Klappe zu.« Ich bin kurz davor, dich anzuspringen. Du siehst es in meinen Augen und machst grinsend ein paar Schritte hinter meinen Vater, der auch selbstgefällig grinst.

»Kleine Verräterin«, nuschle ich und schenke Dad und mir nach.

»Willst du auch einen, Baby?«

»Wäh, nein danke!« Du drehst dich von mir weg und machst dich ans Würzen von den Kartoffeln. Ich höre, wie meine Mutter fragt: »Hast du schon die Planerin angerufen, wegen der Sitzplatzordnung?«

Ach so, das habe ich ja ganz vergessen zu erwähnen. Wir heiraten am vierzehnten Februar und ich bin ein bisschen aufgeregt.

»Und denk dran, Emilia, wir haben am fünften Januar die letzte Anprobe für dein Brautkleid.«

»Ja, ich würde aber lieber die letzte Anprobe ein paar Wochen später ansetzen.« Ich verdrehe die Augen; ich hasse diese Weiberscheiße. Du und Mom, ihr seid richtige Brautzillas, ihr habt alles an euch gerissen, die ganze Planung, nur das Datum habe ich entschieden. Es ist das Datum, als ich dich das erste Mal gespürt habe, und als ich wusste, dass ich dich nie wieder gehen lassen werde – auf der Beerdigung meiner Oma. Vor fünf Jahren.

»Bist du aufgeregt, Mason?«, fragt mein Vater und macht unsere Shotgläser wieder voll.

»Wieso denn, *Dad*?«

»Weiß nicht, du wirst heiraten. Du wirst vor dreihundert Menschen verkünden, dass du diese Frau für immer und immer und immer und immer in jeder Lebenslage, in jeder noch so kritischen Phase, in allen schönen und furchtbar schrecklichen Zeiten – und dann erst recht – lieben wirst. Und dann erst diese kleinen Quälgeister, die folgen werden, von denen man denkt, dass man sie los ist, wenn sie aufs College gehen, aber in Wahrheit wird man sie nie wieder los, weil es kleine Dämonen sind, dafür erschaffen, um einen bis an sein Lebensende zu foltern. Bist du dafür bereit, Mason?« Ich exe meinen Drink und schaue panisch zu dir rüber, Baby. Dann wieder zu meinem Vater und zu dir. Ich sehe dir in die Augen und irgendwie ist es komisch, Emilia, aber ich habe keine Angst vor nichts.

Selbstsicher wende ich mich wieder an Dad, schenke mir nach und verkünde:

»Ja. Bin ich.« Und er lächelt stolz. Es ist das erste Mal, dass ich dieses Lächeln sehe, und ich muss sagen, es tut ein bisschen gut. Wir exen einträchtig den nächsten Drink, als dein Handy klingelt.

Du runzelst die Stirn und ziehst es aus deiner hinteren Hosentasche.

»Wer ist das?«, frage ich.

»Anonym«, antwortest du schulterzuckend, immer noch ein leichtes Lächeln im Gesicht, weil du mich gerade gehört hast. Du gehst ran und lauschst. Dabei beobachte ich dich, weil ich anonyme Anrufe nicht mag, Emilia. Dein Lächeln verschwindet langsam, deine Mundwinkel sinken, deine Haut wird mit einem Mal blass und in deinen wunderschönen, eben noch so strahlenden Augen breitet sich das pure Grauen aus.

Dad sieht es auch, da drehst du dich schon um und gehst ins Bad. Mein Herz rast, weil ich mich daran erinnere, wie es war, als du das das letzte Mal gemacht hast. Da hat es sich auch so perfekt zwischen uns angefühlt und wurde mit einem Anruf vernichtet.

Nicht schon wieder …

Ich stehe auf und folge dir mit steifen Schritten. Hoffentlich hast du nicht abgesperrt, weil ich sonst die Tür eintreten muss, aber sie steht offen, und als ich um die Ecke biege, ist nichts so, wie ich dachte.

Du sitzt auf der zugeklappten Klobrille und dein Gesicht ist tränenüberströmt. Mein Magen sackt ein Stockwerk tiefer. Du hebst den Blick, als hättest du mich gespürt, er ist so verzweifelt und ängstlich, wie ich ihn noch nie gesehen habe.

Noch nie.

Meine Hände fangen genauso an zu zittern wie deine, als du mich so hilflos ansiehst. Dir fällt fast das Handy aus der schweißnassen Hand, als du es von deinem Ohr nimmst und den Lautsprecher einschaltest, sodass ich mithören kann.

»… und auf jeden Fall, Emmy«, höre ich eine rauchige Frauenstimme sagen, die so tief ist, dass ich zuerst denke, es wäre ein Mann, »… will ich dich besuchen und deine neue Familie kennenlernen. Wie kannst du nur so verantwortungslos sein und mir nicht mal Bescheid sagen, obwohl du doch weißt, in welchen Verhältnissen ich lebe. Hast du so sehr vergessen, woher du kommst, du undankbares Miststück? Hast du deine Mutter wirklich einfach so vergessen? Du hast dich jetzt schon über zehn Jahre nicht bei mir gemeldet. Ist dir denn so egal, was mit mir ist, Emmy?« Dein Mund steht offen, dein Kinn zittert und ich sehe, dass du kurz vor dem Zusammenbruch stehst. Ich darf jetzt nicht ausflippen, aber ich reiße dir das Handy aus der Hand, verschwinde damit und drücke es meinem Vater in die Hand, weil ich mir selbst nicht traue. Denn ich weiß, dass ich ihre Adresse rausfinden und sie abknallen werde, wenn sie auch nur ein falsches Wort sagt, und sie hat schon zu viel gesagt.

»Das ist Emilias Mutter, kümmer dich drum oder ich fahre hin und bring sie um.« Dad presst sofort die Zähne aufeinander. Ich sehe das erste Mal seit Dr. Daniels das Monster in seinen Augen. Mom, die schockiert in der Küche steht, sieht es auch, aber sie hält ihn nicht zurück, als er hochgeht und ich das Schließen der Bürotür höre. Ich bin so außer mir und wütend, aber ich muss mich jetzt zusammenreißen. Für dich.

Ich gehe zurück ins Bad, wo du wie ein kleines Mädchen auf dem Boden kauerst, die Beine umschlungen und die Stirn an die Knie gepresst. Du heulst und ich kann mir genau vorstellen, wie du früher in eurem Bad genauso gesessen hast.

»Emilia«, sage ich und knie mich vor dich. Als du mich anschaust, sehe ich die Dunkelheit in deinen Augen, und ich weiß, woher sie stammt. Das wusste ich schon immer, aber jetzt ist es so klar. Dieses große Monster hat Spuren bei dir hinterlassen, und die muss ich dir austreiben, bevor du für immer unglücklich bleibst. Tief in dir.

Du schluchzt und ich kann dich kaum verstehen, als du erklärst: »Sie wollte Geld ... weil sie gehört hat, dass ich in eine reiche Familie heirate. Von Bridget.« Ich atme tief durch und streiche mit beiden Händen durch dein Haar, bevor ich dein klitschnasses, tränenüberströmtes Gesicht halte. Dann setze ich mich zu dir auf den Boden, ziehe dich auf meinen Schoß, wo du dich sofort einkringelst wie ein kleines Kätzchen, dein Gesicht an meine Halsbeuge presst, und haltlos weinst.

Und das ist gut, Emilia.

Du musst das alles loslassen.

Emilia, als du anfängst zu reden, erfordert es mir alles ab, sitzen zu bleiben und mir nicht die Ohren zuzuhalten. »Sie hat immer alles gehört. Wir hatten eine sehr kleine Wohnung, es gab nur ein Schlafzimmer und ein Wohnzimmer. Sie haben im Wohnzimmer geschlafen, ich einen Raum weiter. Man konnte jeden Nachbar, jeden Schritt hören, immer, man konnte alles hören. Man konnte auch mich hören, wenn ich geschrien habe, und ihn, wenn er gestöhnt und gegrunzt hat. Weißt du, ich war acht, als er das erste Mal zu mir ins Zimmer kam, Mason.« Du klammerst dich fester, während ich dich stärker an mich presse. Ich weiß nicht, was ich fühlen und was ich sagen soll. Mir ist schlecht. Ich würde dich am liebsten im Keller einsperren, um dich vor allen bösen Dingen zu beschützen, die auf dieser Welt herumlaufen und von denen es viel zu viele gibt. »Und ich wollte, als ich zehn war, meiner Mom alles erzählen. Weißt du, was sie gesagt hat? Ich wäre eine kleine Schlampe, die Lügen erzählt, und man darf keine Lügen erzählen. Ich soll aufhören, mich wie ein Flittchen anzuziehen und ihm schöne Augen zu machen. Das wäre pervers, weil er mein Vater ist.« Ich presse so fest die Zähne zusammen, dass es knirscht. Die Haut an meinem Hals ist ganz nass von deinen Tränen. Sie laufen mir in den Pullover. »Irgendwann mit elf habe ich mich damit abgefunden und mit fünfzehn war es schon Routine. Ich habe nichts mehr gesagt, wenn er ins Zimmer kam, habe mich von mir selber abgekapselt. Das habe ich über all die Jahre perfektioniert und mich woanders hin geträumt. Ich habe immer gedacht, es wäre meine Schuld. Und ich habe immer gedacht, dass es schlimm ist, eine Frau zu sein, und dass es falsch ist, sich schön anzuziehen und Brüste zu bekommen. Alles, was meine Freundinnen so stolz präsentiert haben, habe ich immer versteckt. Erst mit Riley habe ich langsam gelernt, dass ich sein darf, wer ich bin, und erst mit dir konnte ich auch wirklich *ausleben*, wer ich bin. Ich bin kaputt, Mason.« Deine Stimme bricht und du wirst immer leiser. »Und ich soll Kinder in diese Welt setzen?«

»Wir haben Zeit für diese Scheiße, mach dir darüber keine Gedanken.« Ich wiege dich hin und her und du schweigst. Die Schluchzer lassen langsam nach.

»Bist du wütend auf ihn und auf sie?«, frage ich.

»Ich hasse sie. Ich würde sie umbringen, wenn sie vor mir stehen würden.«

»Dann komm.« Ich stehe mit dir in meinen Armen auf und trage dich in den Keller. Dad ist immer noch oben am Telefonieren und Mom wirft mir einen mitleidigen Blick zu, als wir nach unten gehen und ich dich mitten in den heiligen Hallen abstelle.

Du stehst so verloren in der Dunkelheit meines Kellers. Kein Lichtstrahl fällt herein, weil die Fenster zugeschneit sind und nur sehr wenig Tageslicht durchlassen. Aber wir brauchen auch keine Sonne. Nicht jetzt. Ich greife nach dem Baseballschläger, der neben meinem alten Kleiderschrank lehnt. Du reagierst nicht, bis ich mich vor dich stelle und deine Hand nehme, in die ich den Schläger lege und deine Finger darum schließe. Du runzelst die Stirn und starrst ihn an.

»Lass es raus und schrei rum, was du ihnen sagen würdest, wenn sie vor dir stehen würden. Schrei es einfach raus. Glaub mir, das bewirkt Wunder, Emilia.«

»Ich kann den Keller nicht zerstören«, murmelst du ungläubig.

»Manchmal muss man etwas zerstören, was man liebt, um etwas Neues daraus entstehen zu lassen. Und wir bauen uns immer wieder einen neuen Keller, Baby. Wenn wir das wollen.«

Du lächelst mich leicht an. »Ich würde ihr sagen, dass sie eine schlechte Mutter war.«

»Weiter.«

»Und ich würde ihr sagen, dass ich weiß, dass sie alles gehört hat, was er mir angetan hat.« Du packst den Baseballschläger fester und deine Stimme wird lauter, während du dich schon umsiehst. »Und ich würde ihr sagen, dass sie mich verdammt noch mal im Stich gelassen hat, als ich eine Mutter gebraucht hätte.« Du rammst den Baseballschläger in den Kleiderschrank und siehst mich schockiert an, aber ich mache nur lächelnd eine ausladende Handbewegung, damit du weitermachst, also umfasst du den Baseballschläger noch fester. »Ich würde ihr sagen, dass sie mein ganzes Leben zerstört hat!« Du drischst ihn in den Fernseher und Glas fällt klirrend zu Boden. Du atmest schneller und wirkst … fasziniert. Schon nimmst du das nächste Objekt ins Visier. »Und ich würde ihm sagen, dass ich nicht schuld daran bin, dass er ein perverser, kranker Mistkerl ist und dass er den Tod nicht verdient hat, weil er zu gnädig für ihn ist! Und dass er meine Seele gebrochen hat, als ich seinen Schatten das erste Mal in meinem Zimmer sah, und er die Dunkelheit mitgebracht hat. *Ich will deine Dunkelheit nicht, du Bastard!*« Tränen laufen über deine Wangen und bei jedem Wort schlägst du mit voller Wucht auf etwas anderes ein, sodass schon bald Holz und Metall und Glas überall verstreut liegen. Meine Augen folgen dir, damit dich nichts trifft, denn du bist blind in deiner Wut. Mittlerweile bist du total atemlos, stehst vor dem Couchtisch und brüllst: »*Du hast mir meine Kindheit gestohlen. Du hast mir meine Jugend gestohlen. Du hast mir jedes bisschen Selbstwert aus dem Körper gesaugt wie ein Vampir!*« Du zerstörst meinen Couchtisch. »Du hast mich gebrochen! Du hast mir wehgetan! Ich bin nicht das Problem! *Du warst das Problem!* Du bist krank! Du bist pervers! Du hast dein Kind vergewaltigt!« Damit sprichst du es das erste Mal aus. Scheiße! Du fährst zu mir herum, mit dem Baseballschläger in den Händen. Deine Augen, Emilia, sind nicht mehr deine. Sie wirken ganz dunkel, weil deine Pupillen riesig sind. Der Baseballschläger zischt gerade so an meinem Gesicht vorbei, weil ich zurückweiche, als du ihn mir über den Kopf ziehen willst. Ich bin blitzschnell bei dir und presse dich an meine Brust.

»Ich bin's«, murmle ich an deinem Haar.

Der Baseballschläger fällt dumpf auf den Boden und du sackst mit mir zusammen auf die Knie.

Und dann heulst du – mit mir auf dem Boden.

Deine Stirn an meine gepresst.

Deine Finger in meinen Pulli gekrallt, wie die Finger eines Ertrinkenden.

Dein Körper schüttelt sich in heftigen Krämpfen und ich versuche, dich in diesem Chaos hier irgendwie zusammenzuhalten. Es ist wie eine Entgiftung, Emilia. Als würden deine ganzen Dämonen aus dir strömen, als würdest du sie mit jedem Schluchzer von dir stoßen.

Ich hasse es, dass es Momente in deinem Leben gab, in denen ich dich nicht beschützen konnte. Auch mit acht hätte ich ihm ein Messer in die Brust gerammt. Gott, Emilia, hätte ich dich nur früher gekannt.

Mit einem Mal straffst du dich und deine Lippen suchen hektisch meine. Deine Finger zerren an meinem Gürtel.

Oh Baby, ich weiß, was du da machst.

Und das ist das Problem, weshalb du in deiner New-York-Zeit von einem Mann zum anderen gewandert bist, als ich nicht da war.

Ich fange deine Handgelenke ab. Deine Augen gleiten in meine und sehen mich so verletzt an.

»Nein, du brauchst das nicht. Nicht jetzt. Hör auf es zu verdrängen, und lass es jetzt einfach raus.« Du siehst mich eine kleine Ewigkeit an. Ich halte deinen Blick, genau wie ich deine Hände halte, bis deine Schultern nach unten sacken und du die Augen schließt und tief durchatmest, deine Stirn an meine Schulter lehnst und weiter weinst, bis keine einzige Träne mehr übrig ist.

Das dauert die ganze Nacht.

Und ich halte dich die ganze Nacht.

Mittendrin stehst du auf und gehst ins Bad, um dich zu übergeben, weil dein Körper einfach überfordert ist. Ich folge dir und halte dein Haar und streichle deinen Rücken. Dann trage ich dich ins Bett und du heulst weiter. Bis du einschläfst, aufwachst und wieder heulst, ehe du weiterschläfst und das Ganze von vorn losgeht.

Um acht Uhr am Morgen, als die Kirchenglocken läuten, schaust du mich an. Es ist, als würde ich eine ganz neue Seite von dir sehen, als du lächelst, mit deinen Fingerspitzen über meine Wange fährst und »Hi« flüsterst.

Ich streiche dein Haar zurück, küsse deine Stirn und antworte: »Hi.«

Epilog

Mason

Wir sind total fertig, als wir uns anziehen und nach oben gehen. Es ist Weihnachten, Emilia, und ich starre dich die ganze Zeit prüfend an, weil ich Angst habe, dass der Sturm noch nicht vorbei ist.

Baby, ich glaube, er wird nie wirklich vorbei sein.

Aber du hast heute Nacht den ersten Schritt gemacht, damit du wenigstens weißt, wie du dein Boot hindurchrudern sollst. Ich hatte noch nie so viel Respekt vor dir. Du hast ein Löwenherz, aber ich glaube, das weißt du.

Und ich werde jeden Tag meines Lebens dafür sorgen, dass du es nicht vergisst.

Ich halte deine Hand fest und mustere dich. Du trägst ein weißes Strickkleid mit schwarzer Schleife um die Taille. Deine Haare hast du zusammengebunden. Irgendwie siehst du anders aus, so in dir ruhend und ausgeglichen, und als du mich anschaust, ist dein Blick so klar. Obwohl du kaum geschlafen hast, leuchten deine Augen. Du lächelst und gibst mir einen kleinen Kuss. Einfach so.

Als wir ins Wohnzimmer gehen, ist schon das blühende Leben ausgebrochen. Die Sonne scheint durch die Fenster und glitzert auf dem Schnee, der im Vorgarten liegt. Die Hunde rennen wild durch das Haus und jagen sich gegenseitig. Dad lacht und ich erschrecke mich ein bisschen, weil das so ein ungewohnter Klang ist. Ich bemerke schnell, dass er Mom auslacht, die sich einen Reif aus Rentierohren aufgesetzt hat. Dann sagt er: »Fuck, ich liebe dich, Baby!«, und küsst sie gerade, als wir reinkommen.

Dad bemerkt uns als Erster. Ich schaue ihn fragend an und er nickt kurz, weil er das wie immer erledigt hat. Deine Mutter wird sich nie wieder melden. Das weiß ich schon jetzt. Mom sieht dich vorsichtig an, aber du strahlst sie an, denn mit ihren Rentier-Ohren kann man sie nur anstrahlen.

»Oh mein Gott, die sind so süß«, sagst du und Mom setzt dir auch welche auf, die sie dir natürlich auch gekauft hat. Ich hoffe, sie hat mich ausgelassen bei der Scheiße. Als wir um die Ecke biegen, stockst du. Ich pralle fast gegen dich und halte dich an den Schultern. Riley sitzt am Tisch, mit einem Kaffee – gewohnt arrogant und überheblich.

»Guten Morgen, *Bro*!«, sagt er.

Ich habe ihn sechs Wochen nicht gesehen, Emilia, und ich habe ihn immer noch nicht dafür bestraft, was er dir angetan hat, weil Dad stundenlang auf mich einredete, dass ich vernünftig sein und an die Konsequenzen denken soll. Dass du mich gewählt hast, nicht ihn, und dass du mich heiraten wirst, nicht ihn, und bla, bla, bla, bla, und dass ich jetzt meinen Scheißarsch beruhigen soll. Trotzdem will ich sofort an dir vorbeistürmen, aber du legst einfach nur eine Hand ganz leicht an meinen Oberarm und ich stocke. Ich schaue zu dir runter und du siehst mich an. Fuck, Baby, du hast genug Gewalt erlebt, das reicht für ein ganzes Leben, also küsse ich dich einfach, um es ihm reinzudrücken, statt ihm meine Faust in die Fresse zu ballern. Ich küsse dich lange und tief und ich bringe dich zum Seufzen. Das ist genug Strafe für den Wichser.

»Guten Morgen, *Bro*«, sage ich dann, streiche mit dem Daumen über deine Unterlippe, gehe in die Küche und nehme mir einen Pancake.

»Mason«, motzt Mom und gibt mir eine auf die Finger, aber ich setze mich trotzdem und du neben mich. Da, wo du hingehörst.

Du ignorierst Riley, weil er den Ring weggeschmissen hat. Alles andere hättest du ihm verzeihen können, aber das war zu viel. Weil er von mir war. Und ich liebe dich noch ein bisschen mehr.

Als alle am reichlich gedeckten Tisch sitzen, mit Obst, Pancakes, Eiern, Bacon und *Last Christmas* im Hintergrund gähne ich und greife erst mal nach der Kaffeekanne.

»Habt ihr nicht geschlafen?«, fragt Dad mit einer Spur Mitleid in der Stimme und schaut dann dich an. »Wie geht's dir, Emilia?«

Du lächelst zuversichtlich. »Wir haben nicht wirklich geschlafen, aber mir geht's gut.« Dann nimmst du meinen Kaffee, den ich mir gerade eingeschenkt habe. Dad zieht eine Augenbraue hoch, als du daran nippst. Du kriegst große Augen und stellst ihn wieder ab.

»Was ist denn jetzt wieder los?«

»Das würde ich auch gern wissen!«, meint Riley mit verengten Lidern.

»Wieso?«, fragst du total pseudounschuldig und Mom sagt: »Ihr habt doch schon wieder ein Geheimnis! Keaton! Das geht so nicht. Ihr könnt nicht immer alles vor uns geheim halten!« Mein Dad weiß sogar, wie dein Brautkleid aussieht, Emilia. Er weiß sogar, welche Farben die Blumen auf unserer Hochzeit haben sollen. Du hast ihn letztens angerufen, weil die Konditorei, aus der du die Torte wolltest, geschlossen hatte. Wieso er? Und nicht Mom?

Das ist doch nicht normal!

Aber, Baby, ich schaue dich an und du bist so zufrieden. Du brauchst einen Vater wie meinen. Den hast du immer gebraucht. Ich würde ihn dir schenken, wenn ich könnte, und sogar selbst auf ihn verzichten, obwohl er das Wichtigste ist, was ich habe.

Nach dir.

Natürlich!

Dad schneidet sich betont lässig einen Pancake zurecht, kaut eine gefühlte Stunde darauf, während du so langsam an deiner Melonenscheibe knabberst, dass ich die Augen verdrehe.

»Was ist los hier? Ich habe genug von dem Scheiß. Da hinten läuft Weihnachtsmusik, und *er* ist da!« Ich deute mit dem Daumen auf Riley »Das reicht doch an Folter.«

Der antwortet gelangweilt: »Ich könnte mir auch was Besseres vorstellen, als mit dir an einem Tisch zu sitzen.«

Mom geht auf wie Hefeteig. Irgendwie wirkt sie so aggressiv heute. Dabei ist doch Weihnachten. »Also. Ihr hattet euch doch erst vor Kurzem ausgesprochen und alles war gut! Wieso könnt ihr es nicht einfach lassen?«

»Tja, manche Dinge ändern sich einfach nie«, sagt Riley und sieht dich vielsagend an.

»Oh, viele Dinge können sich aber auch sehr schnell ändern«, erwiderst du und funkelst ihn wütend an. Ich mag das, Baby. Dann nehme ich deine Hand auf den Tisch. Die mit dem Ring. Meine Mom wird weich, als sie dieses Bild sieht. Das wollte sie schon immer sehen. Sie dachte nämlich immer, ich würde als Single in der Gosse enden, ohne irgendjemanden, mit einer Überdosis tot in einem Müllcontainer. Aber dass ich noch vor dem Wunderkind heirate und so einen Scheiß, das hätte sicher niemand geglaubt.

»Also noch mal. Ich habe es immer noch nicht vergessen, auch wenn ihr vom Thema ablenkt. Was haltet ihr schon wieder geheim? Dad, denkst du, ich merke nicht, wie auffällig ruhig du bist? Du hast mich noch nicht einmal *Scheißkröte* genannt, was ist los?« Mein Vater sieht mich sinnierend an, das Kinn auf die Faust gestützt, und meint: »Ach, ich muss mich langsam daran gewöhnen, das nicht mehr zu tun, damit du nicht so blöd dastehst.«

»Vor wem?«, frage ich und *du* starrst auf deinen Teller. Atmest du gerade schneller?

Hä?

»Was ist los hier? Ich bin verwirrt.« Dad sieht dich auffordernd an und zieht eine Braue hoch. Dann schauen dich alle an und du schluckst. Mein Herz rast und ich weiß nicht, wieso. Du drehst deinen Kopf zu mir, atmest noch mal durch und sagst:»Glaubst du an Wunder und an Licht, das in der Dunkelheit entstehen kann?«

»Was meinst du?«, frage ich emotionslos, obwohl die Emotionen wild in mir toben.

»Ich meine, glaubst du daran, dass zwei kaputte Menschen wie wir etwas absolut Perfektes erschaffen können?«

»Nein?«

»Und was ist, wenn ich dir sage, dass wir das gemacht haben?« Ich schaue dich verständnislos an, bis du meine Hand nimmst und sie einfach auf deinen Bauch legst. Nach wie vor verstehe ich nichts. Ich schaue dir in die Augen und mir wird heiß und kalt und heiß und wieder kalt, und ich frage mich, was du gerade gemeint hast, ehe es *klick* macht.

Es überwältigt mich und ich keuche auf. Gefühle, die ich noch nie empfunden habe, vermischen zu einem gewaltigen Sturm, der alles in mir mit sich reißt, und wenn ich nicht schon sitzen würde, würde ich auf die Knie sinken. Ich kriege gar nicht mit, wie alle anderen reagieren, weil ich so auf dich und deine wunderschönen Augen fixiert bin.

»Ehrlich?«, frage ich leise.

Du nickst und Tränen steigen dir in die Augen.

»Fuck, Baby!«, flüstere ich und du lachst, während die Tränen überlaufen. Ich sitze nur da und starre dich eine gefühlte Ewigkeit an. Mit einem Mal sehe ich dich mit anderen Augen. Du bist das Kostbarste dieser Welt für mich und ich werde sie für dich niederreißen. Gänsehaut kriecht über meinen Körper, dann beuge ich mich vor und verstecke mein Gesicht an deinem Hals, damit keiner am Tisch sieht, dass ich Tränen in den Augen hab, und weil ich dir so nah wie möglich sein muss. Deine Finger streichen durch mein Haar und ich presse die Lider aufeinander, atme tief deinen Duft ein und weiß, dass es hart wird, weil wir beide explosiv sind und solche Babys verdammt viel Verantwortung erfordern. Aber ich weiß auch, dass es das absolut Richtigste ist, was wir je getan haben, und dass ich am absolut richtigen Ort bin.

Bei dir.

Blinzelnd sehe ich dich an und erst jetzt wird es mir so wirklich klar. Du hast ein Baby im Bauch, ein kleines Leben, einen winzigen, stolpernden Herzschlag, der aus uns beiden entsprungen ist. Wir sind ein Tsunami, wir sind das Chaos, aber irgendwie ist in diesem ganzen Dreck etwas Echtes, so Kostbares gewachsen. Ein kleines Wunder.

Du streichst durch mein Haar und fragst verwirrt: »Weinst du etwa?«

Ich schüttle den Kopf, lache und lehne meine Stirn an deine.

»Gott, ich liebe dich, Emilia.«

»Ich weiß.«

VORSCHAU GARDEN OF

EVIL

Hi!

VORSICHT!

Dieses Buch ist nichts für schwache Nerven. Wir sind nichts für schwache Nerven. Ich werde deinen Kopf manipulieren und er deinen Körper – bis nichts mehr von dir übrig ist. Bis du total abhängig bist – bis du nur noch an uns denken kannst und nichts anderes mehr für dich zählt.

Also, wenn du dich nicht zu hundert Prozent hingeben kannst oder nur nach strikten Regeln spielst, dann bist du bei uns falsch. Wir haben keine Regeln. Wir sind keine Romeos. Wir sind keine fairen Spieler. Wir haben keine Grenzen – und wir respektieren auch deine nicht.

Bei uns gibt es kein Gut und Böse. Kein Dunkel und Hell. Bei uns gibt es nur den Abgrund. Wenn du bereit bist zu fallen, dann lass dich von uns stoßen. Sag nicht, wir hätten dich nicht gewarnt – und erwarte nicht, dass wir dich auffangen.

Aber der Sturz wird unvergesslich, Babygirl.

Bist du bereit?

    Caden und Carter Rush

Prolog

Ich würde dir gern sagen, dass wir uns manchmal langweilen und Spiele spielen.

Ich würde dir gern sagen, dass ich der Gute bin und er der Böse.

Aber bei uns gibt es kein Gut und Böse, weil wir beide direkt aus der Hölle kommen, Alayna.

Und eins ist klar: Einem der Monster, das wir beide in uns haben, wirst du erliegen, denn du bist nicht stark genug für zwei davon.

Die Zeit läuft, Alayna.

Ich zähle bis drei.

Eins!

Zwei!

…

Du denkst, ich bin er, Alayna

Carter

»Ist was, Alayna?«, frage ich und du schüttelst den Kopf.

Du trägst Ballerinas, Alayna, und ich weiß, was du für eine bist. Hier am Tisch spielst du das liebe, brave Mädchen und bei mir im Bett bist du die versaute Hure.

Manchmal frage ich mich, ob du weißt, dass du mit uns beiden schläfst. So blöd kann man doch nicht sein, es nach so vielen Malen nicht wenigstens zu *ahnen*. Aber du sitzt hier, total scheinheilig mit deinem *Caden* – und ich glaube, du weißt gar nichts. Du hast dein langes Haar, was an den Ansätzen dunkel ist und nach unten hin immer heller wird und mich an flüssiges Karamell erinnert, offen gelassen, weil du weißt, dass *er* das liebt. Ich weiß genau, auf was er abfährt. Er ist mein Zwillingsbruder.

Deine dunkelbraunen Augen, die wie zwei schwarze Löcher wirken, sind nur leicht geschminkt.

Du ziehst deine perfekt gezupften Augenbrauen in die Höhe, als du meinen Blick erwiderst und langsam von einer Karotte abbeißt.

Du bist wieder mal bei uns zum Essen, Alayna, weil du die Nacht bei Caden verbracht hast.

Caden sieht genauso heiß aus wie ich, aber er ist nicht so abgefuckt wie ich. Er ist der, der im Leben noch eine Chance hat. Ich bin der, der gar keine Chance will.

Du trägst eine kurze, weiße Schlafhose, die ich dir später mit größtem Vergnügen ausziehen werde, und ein gelbes Shirt von ihm, das du anbehalten darfst, weil es perfekt zu deiner gebräunten Haut passt. Deine vollen Lippen schließen sich um die Karotte und du beißt erneut davon ab. Gestern Nacht hattest du noch meinen Schwanz im Mund und ich habe keine Ahnung, ob du das überhaupt weißt.

Ich schaue meinen Bruder an, der meinen Blick gelangweilt erwidert, denn er merkt, dass du mit mir spielst. Weil du unbedingt willst, dass ich dir Beachtung schenke, wieso auch immer – zumindest versuchst du, mit mir zu spielen. Er weiß es und es ist ihm nicht nur egal. Ganz im Gegenteil. Er *liebt* das.

Du denkst, ich hatte dich noch nicht, Alayna, und du willst unbedingt, dass ich dich heiß finde. Es fällt mir so leicht, dir vorzuspielen, dass ich es *nicht* tue. Weil mir klar ist, dass ich dich sowieso später wieder spüren werde – genau wie Caden. Ich mache nichts, was mein Bruder nicht weiß und vorher absegnet. Wir haben dieses Zwillingsding und teilen wirklich *alles*.

Ich liebe diesen Scheißer.

Ich zucke mit den Schultern in seine Richtung und nehme mir auch eine Karotte, von der ich abbeiße. Wahrscheinlich bin ich immer noch stoned von gestern. Die Party war ziemlich krass. Du warst auch da, Alayna. Wir haben es im Schlafzimmer von dem Typen getrieben, der die Hausparty organisiert hat. Währenddessen war Caden unten und hat eine Tüte geraucht. Wir machen das gern, Alayna, uns gleich anziehen und die Leute verarschen. Vor allem die Frauen. Das machen wir schon seit der Highschool und wir haben das perfektioniert. Ich weiß genau, wie mein Bruder tickt, und er, wie ich es tue. Ich weiß genau, wie er spricht, und kenne seine Gestik sowie Mimik – und umgekehrt. Wir wechseln uns ab, so wie bei dir. Du merkst das gar nicht und ich mag das. Dabei weiß ich, dass ich ganz anders ficke als er. Manchmal überlege ich, ob du bei ihm auch so oft kommst wie bei mir. Aber das würde ich nie laut fragen, Alayna. Und ich weiß, wie ich dich berühren muss, damit du den Unterschied nicht merkst.

Deine Lippen sind voll und du kaust auf der unteren herum, während du darauf wartest, dass mein Dad dir den Orangensaft gibt, um den du ihn vor gefühlten dreißig Minuten gebeten hast. Ich erbarme mich, strecke meine Hand nach der Karaffe aus und stelle sie dir laut hin.

»Danke!«, hauchst du. Wieso so schüchtern, Alayna? Immer, wenn meine Eltern da sind, bist du so ein kleines Reh. Im Bett hingegen sieht das ganz anders aus. Und das wissen wir beide. Also Caden und ich. Du eher nicht.

»Und Carter, was hast du heute noch vor?«, fragt Caden mich und ich lasse die Augen träge von dir zu ihm wandern.

»Hmmm… mal sehen, da steigt 'ne Party bei Landon, diesem kleinen Loser, der sich bestimmt selbst dafür umbringt, wenn ich da erscheine. Vielleicht geh ich da hin, kommst du auch?«

»Ich will auch mit!«, quengelt es vom anderen Ende des Tisches. Ich lasse genervt meinen Kopf zurückfallen und verdrehe die Augen. Aber Dad macht das schon.

»Party, Ava? Du?« Er sieht meine kleine Schwester mit einer erhobenen Augenbraue an und spießt sein Rührei auf. »Ganz sicher nicht!« Dad ist ein Kontrollfreak, wie er im Buche steht. Wenn es um unsere Schwester geht, ist er besonders schlimm. Genau wie ich. Er hat uns nicht nur sein Aussehen: seine schwarzen Haare, seine markanten Gesichtszüge und seinen Körperbau vererbt, sondern auch seinen abgefuckten Charakter, und das, was von Mom einfließt, macht das Ganze auch nicht besser. Außer dass unsere Augen eine besonders türkisblaue Färbung haben, die jedes Höschen schmelzen lässt. Aber meine kleine Schwester Ava hat die Augen meines Vaters: undefinierbar. Manchmal bräunlich und manchmal mit einem grünen Stich und manchmal sogar bläulich schimmernd. Total verrückte Augen, so verrückt wie diese Familie.

Aber ich mag das ein bisschen. Die ganze Nachbarschaft ist normal, nur wir nicht.

Ava stöhnt total genervt und wendet sich nun an unsere Mutter. »Mom, jetzt sag doch auch mal was. Ich bin siebzehn Jahre alt! Was hast *du* denn mit siebzehn so gemacht?«

»Das steht hier gar nicht zur Debatte!«, sagt mein Vater sofort und Mom legt eine Hand auf seinen Arm.

»Die Antwort lautet nein, Ava! Du gehst nicht raus! Du schminkst dich nicht und du ziehst auch keine kurzen Röckchen an. Versuch es bei mir erst gar nicht, die Welt ist hässlich und ich lasse dich nicht auf irgendwelche Partys gehen, wo Typen wie deine Brüder rumrennen!«

»Hey!«, beschwert sich Caden träge und ich grinse unsere Mutter total stoned an.

Dad schlägt mir auf den Hinterkopf. »Grins nicht so debil!«

»Woah, ihr seid heute echt scheiße drauf!«, murmle ich. »Was ist denn los?«

»Ich muss dein Gesicht sehen, das ist los. Und das gleich zweimal!«

»Dad, entspann dich mal!« Ich lege ihm meine Hand auf die Schulter und bekomme einen Todesblick, der selbst Chuck Norris schreiend davonlaufen lassen würde.

»Wir sind das Wochenende bei euren Großeltern zum Essen eingeladen. Das heißt, bereitet euch die Tage darauf vor, keine Drogen zu nehmen, keinen Alkohol zu trinken, nicht … Halt dir die Ohren zu, Ava!« Sie verdreht die Augen und folgt seiner Anweisung. »Nicht *rumzuvögeln* oder sonst was für einen Scheiß zu fabrizieren, den ihr immer so fabriziert!«, meint Dad und macht unserer Schwester ein Handzeichen, dass sie die Hände wieder von ihren Ohren nehmen kann.

»Du willst nur, dass wir da wie Musterschüler auftauchen, weil Onkel Riley kommt und seine superperfekten Stepford-Kinder mitbringt. Ich konkurriere nicht mit sowas, Dad. Das ist unter meinem Niveau.«

»Und du bist unter *meinem* Niveau, du Kröte«, antwortet er gelangweilt.

»Was wird das überhaupt?«, fragt Caden. »So ein Happy-Family-Zuckerwatten-Übermom-macht-einen-auf-wir sind-alle-glücklich–Treffen-Dingsbums?«

»Hey, wenn eure Übermom eine Zuckerwattefamilie will, dann gebt ihr ihr eine verdammte Zuckerwattefamilie!«, meint Mom und zeigt mit der Gabel auf jeden Einzelnen von uns. »Das ist Regel Nummer eins.« Ich schaue sie an und finde, sie ist wie ein Vampir. Seit ich klein bin, hat sie sich nicht verändert. Ihre Haare sind schulterlang und tiefschwarz. Sie hat immer nur diese eine Falte auf der Stirn und ihre türkisblauen Augen sehen immer mehr, als sie sagt. Ich hasse das. Mit keinem Elternteil ist zu spaßen, deswegen mussten Caden und ich schon immer zusammenarbeiten. Wir haben sehr früh verstanden, dass wir in dieser Familie nur so überleben können, und unser Überdad, also *Opaaaaa,* ist auch nicht besser. Die einzige einigermaßen Normale ist unsere Übermom Liv, auch wenn sie ebenfalls einen Schuss weghat, um ehrlich zu sein.

Das ist bei uns Rushs nun mal so.

Du bist immer ein bisschen verschüchtert, nicht wahr? Wenn du mit uns an einem Esstisch sitzt und dir vorstellst, wie du als Nächstes meinen Schwanz lutschst.

»Kommst du auch mit, Alayna?«, fragt Ava und wickelt sich eine ihrer dunkelblonden Strähnen um den Zeigefinger. Sie ist die einzige Nicht-Dunkle von uns und gleicht meiner Übermom zu ihren Jugendzeiten eins zu eins, wie niemand müde wird, zu erzählen.

»Ich weiß nicht«, antwortest du überrumpelt.

»Komm doch mit, das wird lustig!«, meint Caden mit dieser vielsagenden Stimmlage und ich grinse. Wir brauchen schließlich ein Spielzeug am Wochenende, sonst halten wir das mit diesen ganzen Irren in einem Haus nicht aus.

»Ja, das wird lustig!«, gebe ich dazu und kriege einen Todesblick von meinem Vater, der Chuck Norris die Eier schrumpeln lassen würde. Aber Caden und ich grinsen uns nur an, während du fragend zu Caden siehst – deinem *Freund*. Er schwingt einen Arm um deine Stuhllehne und spielt mit deinen langen gewellten Haaren. Wie immer. Das ist seine Psychoscheiße.

»Wird *sicher* lustig, oder, Baby?«, meint er und du wirst rot, weil du genau weißt, was er mit *lustig* meint. Wir haben dieselbe Auffassung davon.

»Wenn du willst«, sagst du schulterzuckend und ein bisschen lasziv. Du kleine Schlampe. Wir haben dich alle durchschaut. Wieso spielst du uns eigentlich noch die schüchterne Maus vor? Aber Caden tut so, als würde er es dir abkaufen, einfach, weil er besser darin ist, sich zu verstellen, als ich. Er hebt dein Kinn mit einem Finger, und Ava gibt protestierendes »Iiiihhhh, Caden! *Du bist so eklig*!« von sich, als er dich küsst. Ich neige den Kopf zur Seite. So sieht das auch aus, wenn *ich* dich küsse. Nur, dass ich es härter tue. Viel härter.

»Reicht jetzt, meine Augen fallen mir aus!« Dad

stöhnt genervt und streicht sich über das Gesicht. Caden küsst dich noch ein bisschen länger, was mich amüsiert, bevor er zurückweicht und aufsteht.

»Ich muss jetzt zum Training!« Er spielt Football und ich kiffe in meiner Garage. Alayna, so ist das bei uns. Wir haben Semesterferien. Ava hat Schulferien und unsere Eltern haben die schlimmste Zeit ihres Lebens. Caden und ich sind einundzwanzig und haben ein Studium begonnen. Ich Mediengestaltung und er Psychologie, aber darauf habe ich nicht wirklich Lust. Mir geht's gut hier. Ich krieg meine Wäsche gewaschen, Mom bestellt ständig Pizza und ich habe eine scheißgeil ausgebaute Garage inklusive Einliegerwohnung darüber. Unser Geld besorgen wir aus diversen anderen Quellen, worüber wir aber niemals laut sprechen.

Caden wohnt im ausgebauten Dachboden, wo ich mir seine Tussis ausleihen kann. Ich habe keine Lust, irgendwen aufzureißen, das macht er. Er ist der Profi darin, Frauen um den Finger zu wickeln – ich, sie zu vögeln.

Und Dad wollte, dass wir hierbleiben.

Er hasst uns, aber er will uns auch nicht im Wohnheim wohnen lassen.

Er ist einfach ein Kontrollfreak, besonders, wenn es um Mom und Ava geht. Die wird wahrscheinlich, bis sie achtzig ist, nicht ausziehen dürfen. Das wird lustig. Ich freue mich darauf, wenn die Diskussionen anfangen. Momentan hat sie ein großes Zimmer im Stockwerk, in dem unsere Eltern schlafen, sodass Dad *alles* hört, was sie tut. Sie kann sich nicht rausschleichen, und schafft sie es doch, bin da noch ich in der Garage. Ich sehe alles, besonders, wenn es um meine kleine Schwester geht. Es macht sie aggressiv, was ich wiederum amüsant finde. Ich bin so gelangweilt. Irgendwas muss ich ja tun.

»Wir müssen los, Mason!«, sagt Mom und steht auf.

»Lasst das Haus stehen!« Dad seufzt, schmeißt noch einen Fünfziger auf den Tisch und folgt ihr, ohne noch was zu sagen. Er weiß, dass es sowieso nichts bringen würde. Er wird jetzt in sein Büro beim FBI fahren und Mom in ihren kleinen Fotoladen. Wir haben also sturmfrei bis mindestens fünfzehn Uhr. Und du, Alayna, wirst hoch auf diesen Dachboden gehen, und kurz bevor Caden von seinem Training zurückkommt, werde ich dich da oben besuchen.

Du wirst wieder seinen Namen stöhnen, aber es wird mein Schwanz in dir sein.

Er ist schon jetzt hart – allein, wenn ich daran denke.

Caden nickt mir zu und segnet es somit ab. Ich kann es kaum erwarten.

Halt die Klappe und lies,

Alayna!

Carter

Du bist in seinem Zimmer, Alayna, auf dem Dachboden, wo du hingehörst, und du hörst Musik und wartest darauf, dass Caden vom Football zurückkommt. Ich bin gerade aus der Dusche gekommen und trage nur eine tiefsitzende Trainingshose, als ich einfach die Treppe nach oben gehe, vorbei am Zimmer meiner Schwester. Das Haus ist so ruhig, ich höre nur deine Musik und schon fast die Schreie, die ich dir gleich entlocken werde. Ich gehe langsam, denn ich habe Zeit, und rauche eine, obwohl Dad das im Haus streng verboten hat. Die Stufen knarren, als ich meine nackten Füße darauf setze, und ich lockere meine Schultern. Dabei lasse ich meinen Kopf hin und her rollen, bevor ich einfach die Tür öffne, um mir zu nehmen, was auch immer ich fucking will.

Dad hat die beiden Dachschrägen komplett verglast, sodass man Aussicht auf den dahinterliegenden Wald hat. Gleißendes Sonnenlicht scheint in den Raum und man sieht die feinen Staubpartikel tanzen. Rechts und links stützen zwei Holzbalken das Dach. Rechts steht ein Schrank, der komplett verspiegelt ist, weil mein Bruder sich gern beim Ficken sieht. In der Mitte liegt ein flauschiger, beigefarbener Teppich und neben dem Schrank befindet sich ein Schreibtisch, der um die Ecke reicht und von zwei riesigen, gut bestückten Bücherregalen abgegrenzt wird. Auf ihm stehen ein hochmoderner Computer und drei Bildschirme. Niemand darf an seinen PC. Trotzdem lässt du über ihn die Musik laufen. Das ist nicht gut, Alayna. Aber ich weiß, dass er gut darin ist, sich nicht anmerken zu lassen, in welcher Gefahr du mit ihm steckst, und dass er alles andere als der gute Junge ist, den er dir so perfekt vorspielt.

Du liegst links auf seinem großen, hohen, schwarz bezogenen Bett. Auf dem Bauch, Alayna. Dein Arsch ist das Erste, was mir auffällt, in diesem knappen, seidigen und weißen Stofffetzen, der kaum deine Arschbacken verdeckt. Ich werde diesen Arsch noch ficken, aber nicht jetzt. Denn ich habe gerade keine Geduld, dich vorzubereiten.

Deine Waden ragen in die Höhe und deine kleinen nackten Füße schwingen vor und zurück. Du hörst einen meiner Lieblingssongs, Alayna.

She Wants Revenge, *tear you apart*. Und das habe ich vor. Langsam.

Deine langen, gewellten Haare sind ein Chaos und ich liebe das. Sie fallen über deinen Rücken sowie deine Schultern und du schmeißt sie immer wieder von einer Seite zur anderen, weil sie dich stören. Vor dir auf dem Kissen liegt ein Buch, was du gerade liest, während die Musik aus den Lautsprechern durch den ganzen Raum dröhnt, die an der Decke befestigt sind.

Du hörst mich nicht und du siehst mich nicht, weil ich das nicht will.

Ich trete langsam an dich heran, beuge mich über deinen Arsch und zerre dir mit einem Ruck die Shorts und den Slip vom Körper.

Du schreist auf, aber bevor du herumwirbeln kannst, drücke ich deine Beine nach unten und spreize sie mit einem Knie. Mein Schatten fällt auf dich, als ich deine langen Haare um meine Faust wickle und deinen Kopf ruckartig nach hinten ziehe.

Du atmest schnell, Alayna, und ich bringe meine Lippen an dein Ohr.

»Warst du ein böses Mädchen, Alayna?«

Du erschauerst, als du meine Stimme hörst, und flüsterst atemlos: »Caden, wo kommst du auf einmal her?« Du checkst es einfach nicht, Alayna, dabei müsstest du nur etwas auf die Tätowierungen auf meiner Brust achten. Sie weichen in winzig kleinen Details von denen meines Bruders ab. Oder *willst* du es vielleicht gar nicht sehen?

Ich würde dir gern sagen, dass wir beide direkt aus der Hölle kommen, aber dafür genieße ich dieses Spielchen hier zu sehr. Mit einer Hand umfasse ich meinen Schwanz und nehme ihn aus der Hose. Ich trage selten Boxershorts. Das ist ein weiterer kleiner Unterschied zwischen uns, den du nie bemerkst.

Langsam streiche ich damit an deiner Feuchtigkeit entlang. Du stöhnst schon jetzt und reckst mir deinen Arsch entgegen, weil du ein Luder bist.

Ich haue dir auf den Arsch. »Halt still, Alayna!«, fordere ich mit rauer Stimme, und du lässt ihn wieder sinken. »Und sprich nur, wenn ich es dir sage.« Deine Worte interessieren mich nicht, Alayna. Du drückst deine Stirn gegen das aufgeschlagene Buch und ich ziehe deinen Kopf wieder nach hinten, bevor ich mich an deinem Eingang positioniere, in den ich mich schon so oft geschoben habe.

»Lies vor«, fordere ich und drücke mich mit einem Stoß tief in dich. Gott, du fühlst dich so gut an, Alayna. Das kann einen Mann schon süchtig machen.

Du stöhnst laut: »*Gott!*« und lässt deinen Kopf nach hinten gegen meine Schulter sinken. Ich drücke dich wieder nach unten.

»LIES!« Ich bewege mich langsam in dir und deine Stimme klingt zittrig, als du anfängst, zu lesen.

»Der Roman stellt die Frage nach dem Verhältnis …Oh Gott, Caden!«

Ich haue dir auf den Arsch. »Oh Gott,Caden, steht da nicht, Alayna!«

Du stöhnst wieder. »Von Liebe und Unterwerfung …Gott! … beziehungsweise der freiwilligen Aufgabe …« Ich stoße hart in dich. »OH GOTT!«, schreist du erneut und ich lächle.

»Weiter!«

»… Aufgabe des eigenen Willens«, hauchst du atemlos.

»Mir gefällt das mit der Aufgabe des eigenen Willens«, wispere ich dir ins Ohr und ziehe mich wieder bis zu meiner Spitze aus dir zurück. »Weiter!« Dann schiebe ich mich bis zum Anschlag in dich.

»Fuuuuuck!«, keuchst du und willst mir wieder den Arsch entgegenrecken, aber ich haue drauf und bohre meine Finger in dein Fleisch. Du schreist.

»Weiter, sonst höre ich auf!«

»Bitte nicht!«, wimmerst du und ich lache in mich hinein.

»Also?«

Ich spüre ein Kribbeln in meiner Seite, was immer auftaucht, wenn mein Bruder in der Nähe ist. Das ist unsere Verbindung. Ich schaue mit einer erhobenen Braue über meine Schulter. Mein Bruder lehnt verschwitzt in Sportsachen im Türrahmen, wie ein Forscher, der in der Wüste ein Rudel Löwen beobachtet. Ich grinse ihn an und ficke dich härter. Er verdreht die Augen, bleibt aber stehen.

Ich wende mich dir zu und ziehe mich wieder aus dir raus. »Weiter, Alayna! Ich habe nicht den ganzen Tag Zeit.«

Du nickst hastig. Während du schwer atmest, suchst die Stelle, an der du warst, findest sie allerdings nicht und liest irgendwas vor.

»*Im Rahmen ihrer Erziehung wird sie gefesselt*... Oh mein Gott, härter!«

Ich hebe eine Braue und ziehe mich aus dir zurück. »Du gibst mir keine Befehle, Alayna!«

»Sorry, mach weiter!«, rufst du heiser und gibst mir damit schon wieder einen Befehl.

»Soll ich aufhören?«, frage ich angepisst.

»NEIN!«

»Dann halt die Klappe und lies!«

»Ja«, hauchst du und ich zerre dein – sein – Shirt mit einem Ruck über deinen Rücken nach oben und streiche deine Wirbelsäule nach unten bis zu deinem Arsch, auf den ich wieder hart schlage.

Du schreist. Ich liebe das.

»...*gefesselt, ausgepeitscht und gelehrt*...Scheiße, was machst du da?«, fragst du entzückt und der pure Genuss klingt in deiner Stimme nach.

»Ich ficke dich, Alayna. Weiter.«

Du stöhnst heiser und ich werde noch ein bisschen härter in dir. »... *jederzeit und für jeden ...Oh Gott ... sexuell ... Sex ... sexuell verfügbar zu sein!*« Atemlos lässt du die Stirn gegen das Buch sinken und kommst laut.

Und heftig.

Um meinen Schwanz herum.

Ich kann es kaum aushalten, lege den Kopf zurück, genieße deinen Orgasmus um mich und ficke dich hindurch.

Dann ziehe ich mich zurück und komme auf deinem Arsch. Ein kleines Zugeständnis an meinen Bruder, denn er hat mir verboten, *in* dir zu kommen, Alayna. Aber ich halte mich nur daran, weil ich weiß, dass er zusieht.

Dann stehe ich auf, ziehe meine Hose hoch und gehe. Du drehst dein Gesicht völlig ausgepowert in meine Richtung. »Wohin gehst du?«, fragst du sehnsüchtig und ich schaue dich irritiert an. Das hat dich nicht zu interessieren. Aber ich muss dir ja den Caden vorspielen, der übrigens immer noch in der Tür steht, aber so, dass du ihn nicht siehst. Er ist verschwitzt und ich gehe davon aus, dass er duschen will.

Also sage ich: »Duschen, Baby.« *Baby.* Ich hasse diese Pärchenkacke. Aber du darfst ja keinen Verdacht schöpfen.

Dann gehe ich selbstgefällig grinsend an meinem Bruder vorbei und sage mit meinen Augen: *Top das!*

Er lacht trocken auf und rammt mir leicht den Ellbogen in die Seite, bevor ich nach unten verschwinde. Ich liebe mein Leben, Alayna.

Gib dich völlig auf, Alayna

Caden

Als mein Bruder die Treppe nach unten nimmt und ich ihm nachschaue, gehe ich ihm hinterher und ins Badezimmer, wo ich meine Sportsachen ausziehe. Ich habe den Ständer meines Lebens, nur wegen dir, Alayna, aber ich ignoriere ihn vorerst. Das ist der Unterschied zwischen Carter und mir. Ich kann mich kontrollieren, er nicht.

Dann steige ich unter die ebenerdige Dusche und lasse das Wasser über meinen Körper laufen. Ich mag es, zuzusehen, wie du gefickt wirst. Mein Bruder würde uns beiden nie zusehen, dafür ist er viel zu besitzergreifend. Ihm ist klar, dass ich es tue, aber es zu wissen und zu sehen, ist ein Unterschied. Ich hingegen weiß, dass du mir gehörst, Alayna. Das kann auch sein Schwanz nicht ändern.

Wir teilen uns alles, seit wir kleine Scheißer waren, und ich liebe meinen Bruder und würde dich jederzeit für ihn aus meinem Leben schmeißen. Dasselbe würde er auch für mich tun. Nur so kann es zwischen uns klappen – unsere kleine Vereinbarung.

Das alles fing damals mit meiner ersten Freundin Paulina in der Highschool an. Sie war bei uns zu Hause. Unsere Eltern und unsere Schwester waren nicht da. Ich hab sie gefickt, da war ich fünfzehn, und auf der Couch liegen lassen, weil ich kurz ins Bad musste. Als ich zurückkam, hat Carter sich schon über sie hergemacht. Sie hat gedacht, er wäre ich, was ich richtig amüsant fand. Seitdem machen wir das ständig, beziehungsweise, ich hole die Frauen und teile sie mit ihm. Ich bin drei Minuten älter als er und man kümmert sich doch um seinen kleinen Bruder. Carter ist genauso impulsiv und laut wie unser Vater. Er rastet ständig aus und er hat ein echtes Problem mit Frauen. Mit allen, außer Ava und Mom. Er behandelt sie wie Dreck und hat Angst davor, sich zu binden.

Ich hingegen bin mehr wie Keaton Rush, das sagt zumindest mein Vater ständig. Was auch immer er damit meinen mag.

Aber jetzt will ich dich auch ficken, denn deine kleine Lesung hat mich verdammt hart gemacht. Fast konnte ich fühlen, wie du dich um ihn herum angefühlt hast.

Ich steige aus der Dusche, wickle mir ein Handtuch um die Hüften, werfe einen kurzen Blick in den Spiegel und streiche mir durch das nasse, schwarze

Haar. Es gibt wirklich keinen Unterschied an unserem Aussehen, bis auf ein Muttermal am Unterarm, aber darauf achtet niemand. Wir sind gleich groß, ein Meter einundneunzig, haben beide den gleichen athletischen Körperbau und die gleichen breiten Schultern. Außerdem haben wir uns beide den Oberkörper mit fast identischen Maori-Tattoos, wie Dad sie hat, zugeklatscht. Jeder hat seine Geschichte erzählt, aber unsere Geschichte ist fast dieselbe. Deswegen gibt es nur sehr wenige Abweichungen, die auf den ersten Blick nicht auffallen. Wir haben beide die gleiche Augenform und die gleiche türkisblaue Farbe, worauf du total abfährst, Alayna, und die gleichen vollen Lippen. Wir tragen unseren Dreitagebart gleich, wir haben sogar identische Frisuren. Denn wir lieben es, die Leute zu ficken. Oft tragen wir sogar die gleichen Klamotten, obwohl sich unser Stil im Grunde unterscheidet. Carter fährt voll auf Schwarz ab und ist die zu Fleisch gewordene Abgefucktheit, während ich es mit hellen Oberteilen, Jeans und Chucks halte. Auch unsere Charaktere unterscheiden sich erheblich.

Während Carter impulsiv und das personifizierte Chaos ist, mag ich es zu hundert Prozent kontrolliert und alles nach Plan. So hab ich einige Male seinen Arsch gerettet, weil er sich immer von einer Scheiße in die nächste manövriert. Ich bin stets ruhig und gelassen und behalte alles im Blick. Aber wenn ich mal wütend werde, flippe ich richtig aus. Dann kann auch Dad mich nicht halten, obwohl es ihm eigentlich immer gelingt, weil er es von Carter schon gewohnt ist.

Ich beschließe, dich jetzt mit meiner Anwesenheit zu beehren, und gehe wieder nach oben. Meine Schwester hört peinlichen Teenie-Pop und springt in ihrem Zimmer rum. Sie ist echt hyperaktiv und eingesperrt in diesem Haus, weshalb sie mir manchmal wirklich leidtut– mit Dad und Carter, den zwei irren Kontrollpitbulls, die über sie wachen.

Als ich ins Zimmer komme, liegst du total fertig auf dem Rücken, immer noch unten ohne, und alle Gliedmaßen von dir gestreckt. Du schwitzt, deine Haare kleben an deinen Armen und du starrst an die Decke, als könntest du nicht glauben, was soeben passiert ist.

Ich lasse das Handtuch fallen, gehe nackt an dir vorbei und beachte dich gar nicht. Stattdessen nehme ich mir eine Zigarette aus der Schachtel auf dem Nachttisch, die Carter liegenlassen hat, und mache mir eine an. Dann setze ich mich zu dir auf die Bettkante. Meine Augen fahren über deinen Körper. Das Shirt, was du von mir trägst, bedeckt dich gerade so, und du siehst mich ein bisschen panisch an, als du merkst, dass ich hart bin.

»Oh Gott, Caden! Schon wieder? Ich glaube, das überlebe ich nicht.« Nachdem Carter dich gestern auf der Party rangenommen hat, hatte ich dich über Nacht, und zwar die ganze Nacht. Ich mache keine halben Dinger. Eben war er wieder da, und jetzt bin ich dran.

Die Frau, die wir uns teilen, muss immer sehr ausdauernd sein. Und das bist du, nicht wahr, Babygirl? Du bist eine kleine Nymphe und sexsüchtig. Deswegen behalten wir dich auch so lange. Du bist interessant und langweilst uns nicht, was sonst immer sehr schnell passiert.

Ich ziehe an meiner Zigarette und schiebe mit meinem Zeigefinger das Shirt ein wenig nach oben. »Das sieht aber ganz anders aus, Alayna.« Ich fahre mit zwei Fingern zwischen deine gebräunten, straffen Schenkel und streiche deine Mitte hauchzart entlang. Ich mag es, dich langsam und bedacht mit federleichten Berührungen in den sprichwörtlichen Wahnsinn zu treiben, bis du weder ein noch aus weißt. Irgendwann habe ich dich soweit, dass ein Fingerschnippen reicht und du alles für mich tust, was ich will. Dass du kommst, ohne, dass ich dich wirklich berührt habe. Dass ich dich umprogrammiert habe, wie ich es auch bei meinen Computern tue. Die Festplatte neu formatiert und auf meine Bedürfnisse eingerichtet. Ich habe schon damit angefangen und es wird nicht mehr lange dauern, bis der Prozess beendet ist.

Du stöhnst heiser, und ich weiß, warum du so klingst. Weil du eben geschrien hast wie eine kleine Nutte.

Deine kleinen Finger krallen sich in den Stoff meiner Bettwäsche und du lässt dein Becken träge kreisen. Ich liebe, wie das aussieht. Ich liebe es, dass du dich so leicht in die Lust fallen lassen kannst. Das ist für die meisten Frauen viel schwieriger. Auch, wenn du fast totgefickt bist, du kannst immer noch ein bisschen mehr ertragen. Du hast immer Lust auf mich. Egal, ob mein Bruder dich spankt oder ich dich mit kontrollierten Worten und Berührungen völlig in den Wahnsinn treibe.

»Was hast du mir da vorhin vorgelesen, Alayna?«, frage ich heiser und du atmest schwer.

»Lektüre fürs Studium.«

»Aha.« Ich streiche mit meinen Fingern herab und ziehe mit der anderen Hand an der Kippe. »Hat sich interessant angehört. Magst du das? Dich völlig aufzugeben? Kannst du dir das vorstellen? Und von anderen Männern völlig benutzt zu werden?«

Du stöhnst tief. Denn du liebst es, was ich mit dir mache, Alayna. Du hebst mir dein Becken weiter entgegen und ich drücke es nicht zurück, sondern schiebe zwei Finger langsam in dich. Dabei lege ich den Kopf schief und sauge die Lust auf, die sich auf deinem Gesicht ausbreitet. So fucking schön.

»Hast du dir schon mal vorgestellt, wie es wäre, von zwei Schwänzen gefickt zu werden?«

Du stöhnst lauter und deine Muskeln ziehen sich gierig zusammen. »Bitte, Caden!«

»Was denn? Ich dachte, du wärst so fertig.«

»Fick mich einfach!«

»So unersättlich, Alayna?« Ich ziehe die Finger zurück und stehe auf. Du gibst einen protestierenden Laut von dir, als ich zum Aschenbecher schlendere, extra zu dem auf der anderen Zimmerseite, und die Kippe ausmache. Aus meiner Kiste hole ich einen Plug, weil ich glaube, dass es langsam Zeit für die nächste Stufe wird. Dann gehe ich langsam wieder zu dir zurück, spreize deine Beine mit meinem Knie, beuge mich über dich und küsse dich tief. Deine Arme schlingen sich sofort um meinen noch feuchten Körper und du stöhnst in meinen Mund, als du meine Muskeln an dir spürst. Du bist bereits süchtig nach mir. Ich küsse mich an deinem Hals herab, beiße dir durch den Stoff meines Shirts in einen Nippel. Du quiekst auf, und ich schiebe es mit einer Hand nach oben, um mich auch deinem Bauch widmen zu können, bis dahin, wo du so feucht und bereit für mich bist. Ich streiche mit der Zunge hauchzart über deine sensible Haut und beobachte dabei dein Gesicht. Deine Augen werden dunkel, so verlangend, dein Atem geht schneller. Als ich den kühlen Analplug in deine Vagina tauche und ihn mit deiner Feuchtigkeit benetze, zuckst du zusammen und stöhnst dann lauter. Deine Hand krallt sich in mein feuchtes Haar und ich grinse ein bisschen teuflisch, während ich dich weiter mit federleichten gezielten Berührungen verwöhne. Ich halte dich am Abgrund, kurz vorm Kommen, streiche mit meiner Zunge gemächlich über deine Klitoris, während ich ihn langsam in deinen Hintern einführe. Du keuchst, reißt deine Augen auf und zuckst zurück, aber ich bleibe still und verwöhne dich geduldig weiter, bis du dich wieder entspannst und dich mir öffnest. Dann schiebe ich ihn mit einem Ruck ganz in dich, du hauchst schockiert meinen Namen und krallst deine Finger fester in mein Haar.

Ich grinse breiter, kreise weiterhin geduldig um deinen Kitzler, führe meine Finger vorn in dich ein und dann ficke ich dich abwechselnd mit dem Plug und meinen Fingern, bis du das ganze Haus zusammenbrüllst, Alayna, und man es bis nach draußen hören kann.

Bis du zitterst.

Bis du nicht mehr denken kannst.

Bis du völlig in deiner Lust zerlaufen bist.

Ich liebe das.

Kurz bevor du kommst, ziehe ich meine Finger zurück und schiebe stattdessen meinen Schwanz mit einer fließenden Bewegung in dich.

Fuck, das fühlt sich so gut an. Wie der Himmel.

Ja, du solltest dich bald daran gewöhnen, von zwei gefickt zu werden.

Du weißt gar nicht, wie dir hier geschieht, und du umklammerst mich gierig.

Ich lasse dich heftig kommen, weil ich es so will, und explodiere tief in dir. Ich bin der Einzige, der in dir kommt, Alayna.

Denn du gehörst mir. Jetzt und für immer, Alayna.

Danksagung

Hallo unsere Süßen,

wir hoffen, dass ihr die Mason und Emilia Reihe so sehr geliebt und gefühlt habt wie wir. Wir haben eigentlich in dieser Welt gelebt und es steckt all unser Herzblut darin. Für uns sind die beiden etwas ganz Besonderes und mehr als nur zwei Buchcharaktere. Wir hoffen, dass es für euch auch so war und ihr nochmal an sie denken werdet.

Aber hiermit hat diese Ära noch kein Ende.

Es wird noch mehr von den Rushs kommen – viel mehr.

Es wird noch ein bisschen heißer, verbotener, spannender und dramatischer. Es wird euch in eine Welt entführen, wie ihr sie noch nie gesehen habt und ihr werdet eure Grenzen kennen lernen, genauso wie wir es tun mussten beim Schreiben. Mehr dazu im Herbst.

Erstmal bedanken wir uns bei euch.

Für die unglaubliche Resonanz, für jede Rezension und jeden Kommentar, jede Nachricht und jedes einzelne Teilen. Das ist es, wofür ein Autor schreibt.

Wir danken auch unserem A.P.P. Verlag und unserer unglaublichen Coverdesignerin Marie Graßhoff, die uns jeden Wunsch erfüllt hat. Wir danken Isabella Kaden für ihr wunderbares Lektorat und unserem unfehlbaren Korrektor Andreas März.

Wir danken Alex, ohne den wir verhungert ausgetrocknet und total gestorben wären.

Wir danken Mike, weil er uns immer, wenn wir zu tief drin sind mit Niesattacken, Fürzen, Geschrei, seltsamen lauten Gelache, fragwürdigen Ausrufen und anderem komischen Teenie-Verhalten, in die Realität zurückholt.

Wir danken Mia, weil sie bei den schlimmsten Szenen immer angedackelt kam und uns rausgerissen hat.

Wir danken Herkules fürs furzen, der uns somit daran erinnert hat, das Zimmer zu lüften und Jack fürs anmonstern. Wir danken den Katzen, die uns total terrorisiert haben, mit schreienden Klagerufen, sich öffnenden und schließenden Türen und auf unserem Schoß-Gehocke während wir schreiben wollten.

Danke an jeden einzelnen, der uns unterstützt und an uns geglaubt hat.

Danke an jeden einzelnen, der hinter uns und dieser Reihe stand und uns motiviert hat, wir hätten nie mit so einer Wahnsinns-Resonanz gerechnet.

Danke, an jeden einzelnen der eine Rezension und

mag sie noch so klein sein bei Amazon hinterlässt.
Danke an jeden einzelnen Leser. Danke an EUCH!
Over and out
Maria und Don

Über Don Both

Die 30-jährige Tschechin, die in Bayern lebt, fing im Alter von zwölf Jahren an Geschichten zu schreiben, weil sie die beste Kurzgeschichte in der Schule abliefern wollte. Der Plan gelang und sie entdeckte dadurch ihr Talent, Geschichten erzählen zu können. Während ihrer Schulzeit und ihrer Berufsausbildung als Kinderpflegerin ließ sie ihrer Fantasie als Hobbyautorin freien Lauf. Der Schwerpunkt ihrer Erzählungen lag anfangs meist bei Liebesromanen, und humorvollen Komödien. Jedoch kam auch das Drama, die Fantasy und der Horror nicht zu kurz. Im späteren Verlauf floss auch immer mehr Erotik ein und diese Kategorie entwickelte sich schnell zu einer ihrer liebsten. Im Jahr 2010 wagte sie den großen Schritt und stellte einige ihrer Erzählungen auf einer Fanfiktion- Seite einer breiteren Leserschaft zu Verfügung. Ihre Angst Spott und Häme dafür einzustreichen, war mehr als unbegründet. Sie hatte durch ihre provokanten aber ehrlichen Geschichten schnell eine große, begeisterte Leserschaft und gewann einige Wettbewerbe und Preise. Durch diese Erfolge ermutigt veröffentlichte sie im Jahr 2013 ihren ersten erfolgreichen Roman »Immer wieder Samstags« und gehört seit dem zu einer der meistgelesenen Autoren auf dem ebook- Markt. Privat engagiert sie sich für den Tierschutz und lebt mit ihren Katzen, ihrem Mann und ihrem Sohn im kleinsten Kuhkaff der Welt.

Lesetipp

Vorgängerteile – Unter deiner Haut – Reihe!

Unter deiner Haut: http://amzn.to/2kvnPBv

Immerwieder – Reihe (The unholy Book of Tristan Wrangler)

Lesetipp, wenn man mehr über Tristan, Mia und Robbies Vorgeschichte erfahren will.

»Die Geschichte wurde schon tausendmal erzählt - er, jung, sexy, knackig und reich. Sie klug, mollig, unsicher, aus armen Verhältnissen … Eigentlich habe ich nicht wirklich damit gerechnet, dass es mich packt - aber wir reden hier von Tristan Wrangler … und der ist wirklich heiß! Und man merkt schnell, dass hinter seiner perfekten äußeren Fassade ein wundervoller Mensch steckt. Ich mag den Schreibstil von Don Both sehr gerne. Sie kann so dreckig schreiben, wie Tristan grinst!«

(The unholy Book of Tristan Wrangler – Sammelband zum Sonderpreis): http://amzn.to/2c3VpKd

(Immer wieder Verführung – Sammelband zum Sonderpreis: https://www.amazon.de/Immer-wieder-Verf%C3%BChrung-Sammelband-ebook/dp/B01C63HCWC/ref=asap_bc?ie=UTF8

(Immer wieder Tristan und Mia: https://www.amazon.de/Immer-wieder-Tristan-Mia-ebook/dp/B012AQ6FPK/ref=asap_bc?ie=UTF8

Stay, Baby, Stay

(Immer wieder ist nicht genug): http://amzn.to/2cq2tT6

(Travel zum Glück): https://www.amazon.de/Tristans-Travel-Gl%C3%BCck-kuschelige-Weihnacht-ebook/dp/B01MYSERYR/ref=pd_sim_351_1?_encoding=UTF8&psc=1&refRID=VDKYHM3BY7S1TJGTR2WW

Wer mehr über Lilian Price und Vladimir Romanov erfahren will:

Mad Love: http://amzn.to/2c3Xt4D

Bad Love: http://amzn.to/2cqdXpl

Und vor allem Ménage à trois: http://amzn.to/2c3XFkr(Hier gehts um Kristovs Eltern)

Die Towerreihe umfasst noch einen Teil von Kera Jung, allerdings nicht mit den euch bekannten Charakteren: https://www.amazon.de/gp/product/B00LGUV7FK/ref=series_rw_dp_sw

Wer mehr über Luca Cavalli und seine Isabella erfahren will:

Isabella Parker ist zweiunddreißig Jahre alt und hat als erfolgreiche Staatsanwältin beruflich alles erreicht, was man erreichen kann. Privat sieht es ganz anders aus – sie braucht keine Liebe, keine Freunde und keine Familie. Sie ist gern Einzelgängerin, bis sich, im (Zwangs)Urlaub ihre und die Wege des charismatischen Luca kreuzen, der ihr zeigt, was es heißt zu leben.

Einerseits hat sie so einen aufmerksamen, charmanten und attraktiven Mann noch nie getroffen, doch andrerseits existiert da eine dunkle Seite – eine, die ihr zum tödlichen Verhängnis werden könnte.

Als sie davon erfährt, ist es bereits zu spät und sie den subtilen Verführungskünsten des mysteriösen Fremden verfallen.

Womit der erste Zug seines Spiels vollbracht wäre.

Der etwas andere Don Both Roman …

Abgeschlossene Romanze/Erotik/Thriller

Corvo – Spiel der Liebe: http://amzn.to/2cqcmzY

Über Maria O'Hara

Maria O'Hara wurde 1991geboren und lebt in Baden-Württemberg. Schreiben ist für sie der Ausgleich zum Alltag, die Balance zwischen Realität und Fantasie. Mit den richtigen Musikern an ihrer Seite, die es ihr ermöglichen, Momente genau vor ihrem inneren Auge zu erfassen, und vielen Tassen Milchkaffee, kommt es auch mal vor, dass die Nacht vorbei und drei neue Kapitel erstellt sind. Im Vordergrund steht in Marias Büchern das Drama; je verworrener und tiefgreifender, desto besser.

Bisher erschienen:

Wild Cherry, Sweet Cherry
Ride or die – Obsession, Ride or die – Black summer, Ride or die – Dark Paradise
Beautiful Mess
Rebels – Band eins, Rebels – Band zwei
Pretty in White – Emily, Pretty in Black – Emma, Pretty in Red – Ami
Pure Sin:
Mit Emily Key:
The Plaza Manhattan:
1. Room 666
2. Diamondheart
3. Game of souls
4. White Satin
Una Palabra
Mit Don Both:
Seducing, Mr. O'Connor
Rejecting Mr. O'Connor
Tempting Mrs. Waldorf
Obsessed
Possessed
Run, Baby, Run
Cry, Baby, Cry
Mit Kera Jung:
14 Carat
20 Carat
24 Carat

www.ingramcontent.com/pod-product-compliance
Lightning Source LLC
Chambersburg PA
CBHW070752280626
47162CB00016B/163